Ruth Pfau

Das letzte Wort wird Liebe sein

W0326972

HERDER / SPEKTRUM

Band 4513

Das Buch

„Unmöglich" – das ist kein Wort für sie. Eine kleine, temperamentvolle, tapfere und zähe Frau, die seit über 36 Jahren eine Geißel der Menschheit bekämpft. Heute hat sie die Lepra in den unendlichen Wüsten und unzugänglichen Hochgebirgstälern Pakistans unter Kontrolle. Eine Frau, die mehr Mut bewies als Männer und Militärs, als sie illegal in das kriegszerrüttete Afghanistan ging, um ein Gesundheitssystem aufzubauen. Und die den heute weltweit geforderten Dialog mit dem Islam seit Jahrzehnten bereits lebt. Immer wieder bewies sie Mut vor den Mächtigen in einem autoritären Dritte-Welt-Land, das unter dem Zusammenbruch traditioneller Werte und dem Teufelkreis von Gewalt und Gegengewalt leidet. Jetzt hat sie sich einer neuen Herausforderung, einer wieder schier unmöglichen Aufgabe gestellt: Die brodelnde Hölle der 13-Millionenstadt Karachi, die unter einer Flut von Elend zu ersticken droht und fast wöchentlich von Streiks erschüttert wird. Ruth Pfau ist überzeugt: Der Mensch ist zum Glück und zur Liebe geboren. Und das Böse muß man anspringen, wo es begegnet. In diesem Buch erzählt sie von der Gewalt, die ihr persönlich begegnete und wie sie sie überwand. Sie berichtet von ihrer Arbeit und von ihren Träumen, erzählt von Krisen und Hoffnungen. Sie nimmt den Leser mit in die abenteuerliche Welt Afghanistans und in die von Warlords beherrschten Stadtviertel Karachis, wo Terror und Gegenterror den Menschen Angst und Schrecken einjagen, – und erzählt immer wieder vom größeren Abenteuer einer Liebe, die sich berühren läßt durch einzelne Menschen und ganz konkrete Schicksale. Ein Buch voller Tiefe und Kraft, das keinen unverändert lassen kann.

Die Autorin

Dr. med. Ruth Pfau, geb. 1929 in Leipzig, Mitglied des Ordens der Töchter vom Herzen Mariä, ging 1960 nach Karachi, wo sie die Lepraarbeit begann. 1980 Ernennung zur Nationalen Beraterin für das Lepra- und TB-Kontrollprogramm für ganz Pakistan durch die pakistanische Regierung im Rang einer Staatssekretärin. 1981 ging sie erstmals illegal nach Afghanistan. Wichtige internationale Aufgaben im Auftrag der Weltgesundheitsorganisation. Zahlreiche hohe Auszeichnungen. Bei Herder/Spektrum: Verrückter kann man gar nicht leben. Ärztin, Nonne, Powerfrau (Band 4436)

Ruth Pfau

Das letzte Wort wird Liebe sein

Ein Leben gegen die Gleichgültigkeit

Herausgegeben von Rudolf Walter

Herder
Freiburg · Basel · Wien

Einige Namen wurden aus
Gründen des Persönlichkeitsschutzes geändert.

Gedruckt auf umweltfreundlichem,
chlorfrei gebleichtem Papier

Originalausgabe

Alle Rechte vorbehalten – Printed in Germany
© Verlag Herder Freiburg im Breisgau 1996
Herstellung: Freiburger Graphische Betriebe 1996
Umschlaggestaltung: Joseph Pölzelbauer
Umschlagbild: DAHW, Würzburg
ISBN: 3-451-04513-1

Inhalt

Paris – Karachi

Ein eiskalter Februartag. Die Schneeflocken wirbeln über die Seine, sinken auf die Brücke St-Michele und vergehen …

Vor 36 Jahren bin ich auch hier gestanden, ans Brückengeländer gelehnt, den Blick auf die Türme von Notre-Dame, trunken von Paris und dem Glück, Ihm zu gehören, bedingungslos, mit geschlossenen Augen und singendem Herzen und einem wilden, zärtlichen, tanzenden Glück – ein Glück, zu dem Paris gehörte, seine rauschende überschäumende Festlichkeit, seine stillen Kirchen, in denen es nach Vergangenheit und nach Weihrauch roch, das triste, endlose Elend der Banlieu, Montmartre –.

Einmal kam mir in Montmartre eine Gruppe Frauen entgegen. Besonders eine blieb mir im Gedächtnis, jung, hinreißend, unwiderstehlich frech – es gab eine Zeit, da wollte ich auch einmal so sein. Vielleicht war ich in einem Winkel meines Herzens auch heute noch so? Warum hast Du mich dann gerufen, und die kleine Schwester meines Herzens nicht? Oder rufst Du sie auch auf diesem Wege? Maria Magdalene, hast Du sie nicht besonders geliebt (und ich trage nicht zufällig ihren Namen), gerade deshalb, weil sie so „viel geliebt" hat?

Notre-Dame – nach dem peitschenden Schneegestöber draußen ist es im Vorraum plötzlich ruhig und warm. Das Hauptschiff voll von japanischen Touristen. Es summt und brummt und quirlt durcheinander, ich hole tief Atem, wo finde ich die Andacht des Raumes, der hohen, herrlichen Gewölbe wieder? Vor 35 Jahren, da gab es Besucher, aber keine Touristenmassen, natürlich, sage ich tapfer, es ist schön, wenn sie Europas Erbe sehen – aber mein, mein Notre-Dame? Ich gehe ein wenig ziellos und verloren durch die Seitenschiffe, man hatte gesagt, es sei Messe um neun, Messe, hier? Und da, nahe am Hauptaltar, klingt es auf. Leise. Feierlich, ein Psalmodieren, als ob das Herz des Domes singt. – Ich folge dem Ton, eine ältere Frau winkt mich durch eine schmale Tür in einem schmiedeeisernen Gitter. Hinter dem Hauptaltar, im Vorderschiff: ein gedeckter Altar. Eine Gruppe alter Mönche psalmodiert. Die Gemeinde buntgemischt, altersmäßig und auch in der Hautfarbe, die Psalmen von Gelineau, damals kam es gerade auf, die Muttersprache in der Liturgie ...

Notre-Dame – wer hat damals die Vision gehabt, dieses „Gotteshaus" zu bauen? Wer den Mut, anzufangen? Und wer die Beharrlichkeit, es zu vollenden? Das Filigran der Rosen in den Seitenschiffen – das mystische Blau-Rot der Glasfenster – die wuchtigen Säulen. Die Priester am Altar sind alt, die meisten. Der Zelebrant ist gebrechlich. Die Gesänge der Mitbrüder von vergangener Schönheit. Das Gewölbe, die Glasfenster, die Statuen von erlesener Schönheit. Ich denke an Karachi. Den Kitsch, die Gipsfiguren. Das begeisterte Gedröhne der „Musik", die Jugend und die Kinder, die im Schiff herumlaufen und dich am Ärmel zupfen. –

Die Zukunft der Kirche liegt in der südlichen Welthälfte, was können wir, im Herzgebiet des ehemals christlichen Europa, was können wir tun, um ihr den Boden zu bereiten?

Später. Wir wohnen im Mutterhaus, eine deutsche Mitschwester (und Kon-Novizin) und ich. Nora aus Indien ist hier, auch sie war Kon-Novizin vor über dreißig Jahren, heute ist sie Vertreterin der Generaloberin. Wann wird die Gemeinschaft von einer Schwester aus Asien geleitet werden?

Mein Zimmer liegt im vierten Stock. Über den Dächern von Paris. Der Schnee wirbelt vorm Fenster. Noch weigert sich die Tanne im Gartenkarree, die Last des Schnees zu tragen, sie schüttelt sich im Sturm. Aber das runde Rasenrondell, das heißt die weichen, weißen Flocken willkommen. –

Morgens um 10 Uhr La Sainte Chapelle. Früher machen sie nicht auf. Auch einer der andächtigen überwältigenden Träume meiner Noviziatszeit, heute von Touristenmassen heimgesucht. La Sainte Chapelle sei um die Reliquie der Dornenkrone gebaut, sagt Wiltrud, das wußte ich noch nicht. Die Dornenkrone – in diesem lichtdurchfluteten farbtrunkenen Raum. Die Gruppe junger Leute, die vor den goldenen Pfeilern posieren und sich von ihren Kameraden fotografieren lassen, wechselt regelmäßig ab. „Heike und Udo vor der Dornenkrone" – es ist mir zuviel. Ich dränge zum Gehen. Wenn La Sainte Chapelle mir gehörte – ich würde in der unteren Kapelle, der „Dienstbotenkapelle", die Ausstellung von Amnesty international aufstellen – und würde das Tonband laufen lassen – und alle Touristen daran vorbeizwingen, weil man anders zum zweiten Stock nicht hinaufkäme – und dann würden weniger kommen, weil sich das herumspräche (und die Einnahmen würden zurückgehen), und die, die oben ankämen, wären still und würden sich fragen, wo diese farbentrunkene sonnendurchströmte Festlichkeit ihren Ursprung habe, mit der man die Dornenkrone, die Dornenkrone feiert. –

Wiltrud hat die Kassette mit, Bericht über Pakistan von Amnesty international, Laufdauer eine Stunde, wir werden sie heute abend im Mutterhaus zeigen. Und dann brauche ich, um zu schlafen, die Erinnerung an La Sainte Chapelle ... Oder vielleicht will ich dann gar nicht schlafen.

Am Abend dann der Film. Die Schwestern unserer Gemeinschaft arbeiten in der Stadt, erst um 20 Uhr konnten wir zusammenkommen, die wollten das auch sehen. Ich sollte es mir um diese Zeit nicht mehr ansehen, meinte Wiltrud noch: „Du kannst danach nicht schlafen." Wir ließen die Dokumentation aber doch laufen, und das angekündigte Schreckensszenario war völlig normaler Alltag von Pakistan. In 90 Prozent der gezeigten Fälle wäre mir gar nicht eingefallen, daß das Menschenrechtsverletzungen sind.

Man hat sich viel zu sehr an den Schrecken gewöhnt...

Der Film zeigt u. a. die Zwangsversetzung eines Arztes, der dadurch seine mühsam aufgebaute Privatpraxis verloren hatte. Menschenrechtsverletzung? Gut, daß es Menschen noch so empfinden! Der Arzt ist Ahmadi – Anhänger einer muslimischen Sekte, die zusätzlich zum gesamten Glaubensgut der Muslime noch daran glauben, daß nach dem heiligen Propheten Mohammed noch ein weiterer Prophet erstanden sei. Bhutto hat die Sekte zu Abtrünnigen erklärt – und Ketzer sind vogelfrei. Damals ein politisches Ablenkungsmanöver – heute das Leid unzähliger Menschen. Ganze Dörfer wurden dem Erdboden gleichgemacht. Gut, daß sich jemand in Deutschland die Mühe macht, über die Verfolgung der Ahmadis zu berichten, und den Alltag von Karachi beim Namen nennt. Wenn es keiner täte, würden wir vielleicht in nicht zu ferner Zukunft Gewalt als Normalfall ansehen...

Gewalt – habe ich eigentlich irgendwann einmal in einer gewaltfreien Gesellschaft gelebt? Aufgewachsen unter Hitler – ein Kind, als der Krieg ausbrach, Teenager, als die Russen das Land besetzten – eine kurze unvergeßliche Studienzeit in West-Deutschland in Freiheit – dann zurück in ein autoritäres Dritt-Welt-Land, in dem selbst eine „demokratisch gewählte" Regierung, auch die unter einer Frau, bedenkenlos mit Folter und politischem Mord arbeitet, und eine Stammeskultur, die Rache, Auge um Auge und Zahn um Zahn, als erste männliche Tugend preist.

Sicher, wir konnten etwas tun. In unserer eigenen kleinen Einflußsphäre. Heute herrscht in keiner der Familien unserer Lepra-Assistenten mehr die Blutrache. Aber die „neue" Gewalt, die das Land überschwemmt, diese völlig irrationale haßerfüllte blanke Gewalt, Terror um des Terrors willen – wie soll man mit ihr umgehen?

Eingebrochen in mein Leben ist diese neue Dimension von Gewalt zum ersten Mal in Gilgit.

Nichts mehr wird wie früher sein

Der Überfall in Gilgit

An einem Tag wie jeder andere

„…und als er das Maschinengewehr auf uns richtete", sagte Lal Wali, „da stand sie plötzlich im Raum und hielt ihm den Arm fest, und mit einem Arm konnte er nicht schießen. Dadurch sind wir alle entkommen, durchs Fenster …"

„*Wer* hat den Angreifer festgehalten?" fragt die junge Ärztin.

„Unsere Doktorin", sagt Lal Wali.

Ich sitze mit fünf Kollegen im Dienstzimmer von Oberst Farooq im Militärkrankenhaus. Fünf Augenpaare starren auf mich.

Oh, habe ich das getan?, denke ich. Gut.

Erinnern kann ich mich nicht mehr. Für mich ist der gestrige Tag nur noch ein Gewirr von Blut und Verwundeten und Maisfeldern, in denen ich nach dem Fahrer suche, weil ich mit meinem gebrochenen Arm den schweren Dieselwagen nicht steuern kann. Und das nahe gelegene Militärkrankenhaus ist die einzige Hoffnung für die Verwundeten …

Der Überfall auf das Krankenhaus in Gilgit.

Die Arbeit, ja, die hat sich danach wieder normalisiert.

Aber mein Leben, das ist seither nie wieder wie zuvor gewesen.

Es war ein Tag wie jeder andere. Wir hatten eine Weiterbildungsveranstaltung geplant, für ein Wochenende im September, in eben jenem Krankenhaus. Northern Areas ist eine eher kleine Provinz, so waren wir nicht viele, vierzehn insgesamt, zwölf Lepra-Assistenten. Ich kann noch heute alle namentlich aufzählen, die damals zusammengekommen waren.

Ampheri, das Dorf am Rande der Stadt Gilgit, wo unser Krankenhaus liegt, ist schon immer berühmt gewesen für seine Schönheit – und im letzten Jahrzehnt zunehmend berüchtigt für seine Schießereien. Ein blutiges Ritual: Regelmäßig flackern hier, stets um die gleiche Jahreszeit, zwischen Sunniten und Schiiten Schießereien auf, es gibt heftige Kämpfe. Nicht zufällig steht dieses Gebiet unter Militärverwaltung.

Der zweite Tag unseres Workshops. 6 Uhr. Ich sitze, wie jeden Morgen, draußen am Fluß. Noch liegt das Tal in der frühen Dämmerung, aber der morgendliche Septemberhimmel überflutet die kahlen Felsberge mit seinem pastellenen Licht. Aus dem Fluß steigt leicht und weich der Morgennebel und hüllt das Dorf, die Felder, die Bäume in seine fließenden Schleier. Verschlafen blöken die Schafe auf der Weide neben dem Krankenhaus. Ich atme tief den schwermütigen Frieden dieser verschleierten Landschaft in mich ein.

Da plötzlich bricht die Sonne über die Gipfel der Berge, fanfarenhaft. Taucht den Fluß und das Tal in ihr verwirrend goldenes Licht, blendet meine Augen. Am Gegenufer galoppiert eine Gruppe von Jungen über den Abhang, um die Pferde zu tränken. Raschid steht im schmiedeeisernen Tor des Krankenhauses und ruft mich zum Frühstück.

Der Tag hat begonnen.

Die Gruppe ist voller Begeisterung bei der Arbeit. Sie haben gestern die Tuberkulosepatienten auf Station voruntersucht und stellen jetzt ihre Kranken vor. Ich genieße einmal wieder die ideale Lehr- und Lernsituation: Jeder Satz wird als unmittelbar wichtig für die eigene Arbeit empfunden und deshalb mit gespannter Aufmerksamkeit aufgenommen.

Rehman begleitet seinen Patienten zurück ins Krankenzimmer. „Die Kinder sind von der Schule nach Hause geschickt worden", sagt er, als er zurückkommt, „da braut sich etwas zusammen."

„Wir sollten uns absetzen", sagt Mujib nervös. Ausgerechnet Mujib, der Hüne, aus dem kriegerischsten Stamm der Provinz.

„Weglaufen?" sage ich. „Wenn wir bei jedem Gerücht unsere Arbeit abbrechen, dann können wir überhaupt nichts mehr tun. Ins Krankenhaus werden sie ja doch nicht kommen."

Keine Gegenrede.

Wir machen weiter.

11 Uhr, Teepause. Sangien hat den Tee in der Küche über dem Holzfeuer gekocht. Ich bleibe zurück, um die nächste Stunde vorzubereiten. Sie werden mir den Tee herüberbringen.

Kugelschutz für Raschid

Da plötzlich – Lärm. Irgend etwas ist los. Ich laufe aus dem Zimmer. Und da stürmt der Junge mit dem Maschinengewehr an mir vorbei. Ein gutaussehender Junge, hellhäutig, blaue Augen. Nicht älter als 22. Er tritt gegen die Küchentür, steht mitten im Raum, schreit – was? Unartikuliert. Oder in einer Sprache, die ich nicht verstehe. Ich sehe sie noch: die Lepra-Assistenten, wie die Hühner auf der Stange, direkt vor ihm, die Teetassen mit beiden Händen fest umklammert, vor der Mündung der Kalaschnikow. Eine Salve, und er hätte sie alle niedergemacht.

Nein, ich entsinne mich nicht, daß ich ihn festgehalten hätte. Nur, daß ich mich zwischen die Jungen und das Maschinengewehr warf, mit ausgebreitetem Tschador, dem Schleier der muslimischen Frau – Symbol der Mutter in seiner Kultur. Schutzmantel der Madonna in meiner ...

Die Lepra-Assistenten nutzen die Situation. Blitzartig sind sie durch das offene Fenster verschwunden, ins Freie und in Sicherheit. Rings um das Krankenhaus stehen übermannshohe Maisfelder. Die bieten ein undurchdringliches Versteck. Nur Raschid bleibt. Er war nie jemand, der wegläuft. Er bleibt bei mir und den Kranken – die Station ist voll belegt mit Patienten.

Die Situation hat sich durch die Flucht der anderen zugespitzt. Schon an der Hautfarbe wird der Konflikt offensichtlich. Raschid ist dunkelhäutig, jedem erkennbar als Sunnit. Der Angreifer ist hellhäutig, also unverkennbar Schiit. Es sind nicht zwei Religionen, die sich hier bekriegen, es sind zwei verfeindete Stämme.

Die sieben oder zehn Minuten, die folgen, sind eine Ewigkeit. Eine Hatz zwischen Jäger und Wild. Eine Jagd durch das Krankenhaus. Ich mit meinem Tschador vor dem Maschinengewehr. Er legt auf Raschid an. Der läuft weg, der andere hinterher.

Ich folge, werfe mich dazwischen, die Jagd beginnt erneut – die Zeit scheint stillzustehen.

Nein, der Junge ist kein Berufsmörder. Sonst hätte er schon längst auf mich geschossen. Wer drückt diesen Bergbauernbuben das Gewehr in die Hand? Wer drängt sie zum Morden, wer zwingt sie, ihre Seele zu verraten? Seine Augen – nie werde ich seine Augen vergessen. Ist das Besessenheit? Ist es das, was sich in Konzentrationslagern und Folterkammern der Welt abspielt? Haß – blanker, kalter, blutrünstiger Haß, den kein Wort und keine Bitte mehr erreicht? Ich versuche, mit ihm zu sprechen. Es gelingt mir nicht. Ich erreiche ihn nicht. Ich versuche es wieder, spreche in einer Tonlage, die auf Beruhigung abgestellt ist: „Sagen Sie mir doch, wen Sie auf dieser Station suchen? Sie können doch unmöglich hierher gekommen sein, um unsere Patienten zu überfallen …"

Ich dringe nicht zu ihm, kann die Mauer zwischen uns nicht durchbrechen. „Sie wissen doch, das sind nur meine Lepra-Assistenten, und dort sind meine Patienten. Sie können doch nicht gekommen sein, um kranke Menschen und Leprahelfer totzuschießen!"

Kein Wort kommt zurück. Er steht auch nicht unter Drogen, die Symptome hätte ich gekannt. Aber an seinen Augen sehe ich: Der Junge ist einfach „weg".

Immerhin funktioniert noch der Reflex, daß man auf einen Tschador, auf seine Mutter, nicht schießt. Ich spüre, wie die Angst in mir hochsteigt: Wie lange wird er das Katz-und-Maus-Spiel noch mitmachen? Wann wird die Sicherung durchgebrannt sein?

Irgendwann laufe ich ihm durch eine ungeschickte Bewegung plötzlich doch frontal ins Maschinengewehr. Nein, er hatte nicht auf mich eingeschlagen. Ich war ihm einfach so nahe gekommen, daß ich mich verletzte.

Ich blute.

In diesem Augenblick kommt plötzlich ein zweiter, ein wesentlich älterer Mann. Auf einmal war er im Flur aufgetaucht, eine Pistole in der Hand. Dieser Ältere spricht mit mir. Nein, auf unsere Patienten würden sie nicht schießen, sagt er.

Dann ist er wieder verschwunden. Ich bin noch vollauf damit beschäftigt, Raschid Kugelschutz zu geben.

Der ältere Mann kommt zurück. Flüstert dem jüngeren etwas zu. Vielleicht ist Militär ausgerückt? Das Krankenhaus liegt etwas außerhalb der Stadt. Und die Garnison ist ganz in der Nähe stationiert. Ich schöpfe Hoffnung.

Aber der Ältere hatte nur eine verschlossene Toilettentür entdeckt. Und darin hatten sich zwei unserer Angestellten eingeschlossen, die an diesem Fortbildungskurs nicht teilgenommen hatten. Mit ihnen drei Patienten. Während ich mit dem Kursus beschäftigt war, hatten die Angestellten unseres Krankenhauses die Patienten auf Station versorgt. Unser Kurs fand im gleichen Gebäude statt. Wir hatten nur eines der Stationszimmer ausgeräumt. Als die beiden Angestellten den Überfall bemerkten, suchten sie in der Toilette Schutz und verriegelten den Raum von innen. Hätte ich etwas geahnt, hätte ich es verhindert. Ich kenne inzwischen die Mechanismen solcher Überfälle. Aber dazu war es jetzt zu spät.

Auf dem Flur steht eines unserer schweren Eisenbetten. Gleich daneben ist die Toilettentür. Der Junge mit der Kalaschnikow hat genau zwischen Eisenbett und Toilettentüre Position bezogen. Der Ältere hat ihn dahin dirigiert – wie eine Marionette in seiner Hand. Ich kann nicht mehr dazwischen. Ich flehe ihn an, versuche ihn festzuhalten. Ohne Erfolg. Er stößt mich so brutal weg, daß ich stolpere. Dann packt mich der Ältere und schleudert mich in die Ecke.

Beim Aufprall auf das Eisengestell bricht mein Arm.

Für einen Augenblick verliere ich das Bewußtsein.

Nach dem Massaker

Bis ich wieder zu mir komme und auf meine Füße taumle, ist bereits alles geschehen. Sie haben aus kürzester Entfernung die Holztür mit ihren Schüssen durchsiebt – mit aller Gewalt dagegengetreten – das Holz splittert. Haben die fünf Menschen, dicht gedrängt in dem kleinen Raum, mit einer Salve niedergemacht. Und waren in wilder Flucht davongerannt. Obwohl doch keiner hinter ihnen her war.

Ich kämpfe mich auf die Füße, stolpere zur Tür. Fünf Körper, blutüberströmt, zwei sofort tot, drei stöhnend. Die ersten waren über die anderen gefallen und hatten die Kugeln abgehalten. Der Jüngste der Verwundeten, ein vierzehnjähriger Bub, trägt den Schlafanzug der stationär Aufgenommenen.

Ich laufe ins Freie, vor das Gebäude. Rufe über den menschenleeren Platz, ob da irgend jemand einsatzfähig sei.

Totenstille.

Plötzlich, wie aus der Versenkung, erscheint der Nachtwächter. „Wir müssen den Fahrer suchen", sage ich, „ich kann den schweren Wagen mit meinem gebrochenen Arm nicht steuern."

Buland hält mich zurück: „Sie können das Krankenhausgelände nicht verlassen. Die Felder sind von den feindlichen Parteien besetzt."

In der Ferne MG-Geknatter.

Ich kenne diese Maisfelder. Diesseits des Feldwegs eine

Partei. Jenseits des Weges der Gegner. Die Kämpfe zwischen den Sunniten und den Schiiten brechen mit der Notwendigkeit eines Naturgesetzes immer dann aus, wenn die Maisfelder dicht und hoch stehen. Sie sind das ideale Versteck für Munition.

„Ich kann hier nicht sitzenbleiben", sage ich. „Ich muß das Feld auf jeden Fall passieren. Ich muß den Fahrer finden …"

Die Verletzten mit unseren Mitteln zu versorgen wäre unsinnig. Ich würde nur Zeit verlieren. Zwanzig Minuten entfernt liegt das Militärkrankenhaus, bestens ausgestattet. Die einzige Chance …

Ich laufe ins Freie. Buland mir nach. In der Ferne knattern immer noch vereinzelt MGs. Iqbal, unser Fahrer, kommt aus seinem Versteck, als er meine Stimme auf dem Feldweg hört: „Ich fahre, Frau Doktor", sagt er, „unter der Bedingung, daß Sie mir Militärschutz organisieren."

Auf der oberen Straße, auf dem Hügel, patrouilliert in diesem Augenblick eine Militärstreife. Wir keuchen den Berghang hinauf, wir müssen sie abfangen, unbedingt. Ich halte die Soldaten an. „Ein Überfall auf unser Krankenhaus –." Der verantwortliche Offizier kommandiert drei seiner Leute ab. „Lauft", sage ich zu Iqbal, „ich komme langsam nach." Jetzt, wo das Dringendste getan ist, melden sich die Schmerzen. Bisher hatte ich nur reflexhaft reagiert.

Als ich die Außenstation erreiche, laden sie die Schwerverwundeten schon in den Jeep. Erst einmal müssen die verarztet sein. Ich steige ein. Drei Soldaten auf dem Trittbrett. Wir fahren über den holprigen Steinweg. Die Verwundeten stöhnen. Das Schießen hat aufgehört.

Um die Toten werden wir uns später kümmern.

Oberst Farooqs Hilfe

Im Militärhospital erwartet uns Oberst Farooq. Obwohl schon längst Ausgangssperre verhängt ist, stellt er uns noch Militärfahrzeuge für die Evakuierungsaktion zur Verfügung. Er nimmt alle Patienten in seiner Klinik auf.

Die Verletzten bekamen ihre Erstversorgung. Während die medizinischen Bemühungen im Operationssaal auf Hochtouren liefen, fuhr ich wieder zurück. Die anderen Patienten mußten evakuiert, die Familien der Angestellten in Sicherheit gebracht werden. Wir haben dann im Leprazentrum noch das Mittagessen aufgegessen, das Sangien vor dem Überfall gekocht hatte. Darauf bestand ich, obwohl alle sagten, es sei ihnen nicht nach Essen zumute: „Ihr wißt nicht, was noch auf uns zukommt. Wenn ihr schon mal gegessen habt, haltet ihr besser durch."

Während des Essens stellt sich einer nach dem anderen ein; die übermannshohen Maisfelder hatten allen bis jetzt Schutz gewährt.

Wir waren noch dabei, den Wagen zu reparieren, als Oberst Farooq im Krankenhaushof vorfuhr.

Er überzeugt mich, mitzukommen. In der Klinik bleiben nur zwei Leute zurück, auf seine Anordnung unter Militärbewachung, damit nichts gestohlen wird.

Am Tag nach dem Überfall kann ich mir dann endlich ein Röntgenbild von meinem gebrochenen Arm machen lassen. Wir legen einen vorläufigen Gipsverband an – und sind alle viel zu beschäftigt, um uns weiter darum zu kümmern.

Die Kranken mußten aus unserem Hospital evakuiert werden. Die Angehörigen – die in unserer Klinik ja mit den Kranken leben – mußten nach Hause. Auch sie wollten nicht mehr an diesem Ort des Schreckens bleiben. Wir mußten auch den Urlaub für unsere Angestellten genehmigen lassen, sie sind ja Regierungsangestellte. Nachdem die Patienten in das andere Krankenhaus verlegt waren, hieß es Leute organisieren, die sie versorgten. Wenn plötzlich Tuberkulose- und Leprapatienten in ein Militärkrankenhaus kommen, ist eine solche Institution ja nicht darauf vorbereitet.

Große Sorgen machte mir der Angestellte mit dem Bauchschuß. Ziarat hatte, selbst schwer getroffen, noch unseren jungen verletzten Patienten gestützt und ihm in den Jeep geholfen. Um sein Leben haben wir eine ganze Woche gekämpft. Dreimal wurde er operiert. Nach der zweiten Operation bekam er eine Darmlähmung. Wir überlegten, ihn nach Islamabad auszufliegen. Seine Söhne drängten darauf. Es starteten aber keine Flugzeuge. Als dann schließlich doch noch eine Militärmaschine ging, war das Militär dagegen, ihn auszufliegen. Der Militärarzt war nicht mein Angestellter, dem ich Weisung erteilen konnte. Und ich habe mir dann auch gedacht: Ihn noch einmal zu transportieren und ihn dort allein sterben zu lassen – war es das wert? Wir wußten, daß nur ganz wenig Hoffnung bestand. Und dann sagte Oberst Farooq: „Auch in Islamabad sind die Chancen 0,5 zu 99,5. Und die Söhne kann ich auf keinen Fall mit ausfliegen."

Ziarat ist dann kurz darauf im Militärhospital gestorben.

Der Überfall hatte drei Menschenleben gekostet.

Aber auch positive Nachrichten erreichen uns. Ein Anruf: Sie hätten Ayub, einen unserer Lepra-Assistenten, 2 km unterhalb Ampheris klamm und völlig erschöpft aus dem Fluß geborgen.

Wir nahmen ihn im Militärkrankenhaus auf, um seinen Schock zu behandeln. Später erzählt er mir die Geschichte. „Als ich die Schüsse im Krankenhaus hörte, da dachte ich, jetzt nehmen die Terroristen Rache, jetzt werden die Felder durchgekämmt. Ich wußte nicht, ob irgendeiner meiner Freunde noch am Leben sei. Der Fluß schien mir die einzige Chance, ich weiß, ich bin ein guter Schwimmer, so stürzte ich in die Fluten ..."

Ayub, warm in Wolldecken verpackt, die Infusion angelegt, schaut zu mir auf, ein schwaches Lächeln um den Mund. „Ich hatte es mir nicht ganz so eiskalt vorgestellt", sagt er. „Und auch die Strömung war stärker, als ich gedacht hatte ... Aber dann habe ich es doch geschafft." Er dreht sich zur Wand. Zufrieden, müde und erschöpft.

„Dein Schutzengel war mit dir", sage ich.

Und Ayub, halblaut: „Ich wußte, meine Mutter betet für mich ..."

Nachtgespräche

Oberst Farooqs Sohn, Student der Rechtswissenschaft und gerade auf Semesterurlaub, trat mir willig sein Zimmer ab. Es wurde ein Abend der langen Gespräche. Oberst Farooq erzählt mir von hitzigen Debatten der Ärzte, die er selbst gehört hatte: Warum sich die Muslime gegenseitig ermorden und Christen den Mut haben, sich schützend vor bedrohte Menschen zu stellen?

Es ist an diesem Abend, daß Oberst Farooq mich fragt: „Warum tun Sie das? Das hätte keiner von uns gemacht. Keiner."

Die Abende sind kalt in den Bergen, wir sitzen am offenen Kaminfeuer. Ich suche nach einer Antwort. Weiß ich doch selber nicht, was abgelaufen ist. „Gemacht" habe ich nichts. Es ist mir widerfahren.

„Ich weiß nicht", sage ich. „Mit Heldentum und mit Tapferkeit, so wie Sie die verstehen, hat das nichts zu tun. Da ist offensichtlich ein Computerprogramm gespeichert. Das läuft dann ab."

„Und wie kommt man zu einem solchen Computerprogramm?" will er wissen.

Seine Frau bringt eine Tasse heißen Tee. Es ist Zeit für die Fernsehnachrichten. Die Unruhen in Gilgit werden nicht erwähnt. Obwohl der Überfall im Krankenhaus nicht der einzige Übergriff gewesen ist, 8 Todesopfer haben die Kämpfe an einem einzigen Tag gekostet.

„Ihr Team hat mich tief beeindruckt", sagt Oberst Farooq. „Die Geistesgegenwart, die Toten zurückzulassen und erst die Verwundeten ins Krankenhaus einzuliefern.

Und was mir am meisten nachgeht: daß die sunnitischen Opfer von schiitischen Mitarbeitern unter Lebensgefahr ins Krankenhaus gebracht worden sind. Was haben Sie bloß gemacht mit der Gruppe? Daß die sich verantwortlich fühlen füreinander. Wenn das möglich würde in diesem Land, über alle konfessionellen Grenzen hinweg … Dann hätte Pakistan noch eine Zukunft …"

Die nächsten drei Abende werden Oberst Farooq und seine Frau mir keine Ruhe geben. Sie wollen wissen, was das bedeutet: Gelübde ablegen. Sein Leben einem „Ruf" überantworten …

Wir sprechen über Ehre und Blutrache und Sippenhaft. Einmal sagt er: „Was ich überhaupt nicht verstehen kann nach all dem, was Sie durchgemacht haben: Es müßte für Sie nun doch *das* Siegeserlebnis sein, wenn der Mann geschnappt wird. Jetzt können Sie ihm doch Ihre Rechnung servieren."

Es war der Abend, an dem die Polizei anrief. Ich sollte zur Vernehmung zur Verfügung stehen. Sie hätten einen jungen Mann geschnappt, der als Täter in Frage käme. Ich müsse ihn identifizieren.

Ich erinnere mich genau: Wir saßen noch am Abendbrottisch, als dieser Anruf kam. Mich überfiel eine heiße Panik. Doch: Ich wollte den Jungen sprechen, ich wollte ihn fragen, warum hast du das getan – es ist schwer für mich, damit zu leben – wie wirst du damit leben können? Ich möchte mit ihm sprechen – aber ich kann, ich kann, nein, ich kann ihn nicht dem Galgen überantworten. – Wir haben drei Menschen verloren. Wenn jetzt der vierte gehängt würde, würde doch keiner der anderen wieder lebendig. Ich berge den Kopf in den Händen. „Ich kann nicht", sage ich unter Tränen. „Sagen Sie denen, ich kann nicht …"

Oberst Farooq ist betroffen. Geht zum Telefon. „Ich verstehe sie auch nicht", sagt er, „aber sie ist anders als wir, Sie müssen ihr schon glauben. Ja, ich weiß, sie ist die einzige Augenzeugin – aber sie wird es nicht tun, weil sie es nicht tun kann."

Farooq legt den Hörer auf. Kommt zurück zum Tisch und setzt sich. „Verzeihen Sie mir, daß ich frage", sagt er, „aber ich muß es wissen: *Warum* können Sie nicht?"

Das Gespräch geht bis spät in die Nacht. Vergebung – der muslimischen Kultur so fern. Und doch die Tugend, nach der sich das Land am meisten sehnt. Als er mich durch den dunklen Garten zu meinem Zimmer bringt, bleiben wir einen Augenblick unter dem hohen klaren Sternenhimmel stehen und atmen die Stille der Nacht ein.

„Das mit der Vergebung", sagt Farooq unvermittelt, „warum sagt uns das niemand. Es ist eine Überlebensfrage für Pakistan, daß wir entdecken: daß nur Vergebung neue Wege in die Zukunft eröffnet. Mußten drei Menschen sterben, daß ich das erfahre?"

Wie alles ins Lot kam

Er hat dann später voll mitgespielt beim Prozeß der Versöhnung. „Befehl ist Befehl" – etwas, was es in Pakistan bei militärischen Stellen durchaus auch gibt –, diese Devise war Oberst Farooq fremd. Er hat nicht nur unser Team ins Militärkrankenhaus versetzt und uns eine ganze Station seiner Klinik zur Verfügung gestellt. Er tat mehr: Nachdem der Schock abgeklungen war, sprach er mit dem Team: „Wollen wir nicht mal zusammen raus und die Sachen saubermachen, die Blutspritzer abwaschen?"

Die Polizei war inzwischen vor Ort gewesen, hatte Spuren gesichert und alles aufgenommen. Ich hatte in der Zwischenzeit Geld bereitgestellt, damit die Türen repariert und neu angestrichen werden konnten. Das Team hat dann – auf seine Anregung hin – diese Reparaturen ausgeführt. Dann, allmählich und ganz behutsam, über Monate, gewöhnte er alle, Patienten und Mitarbeiter, wieder zurück ans Krankenhaus.

So kam alles wieder ins Lot.

Hassan Ali, unser Leprosy Field Officer, der eigentlich

verantwortlich für das ganze Krankenhaus ist, war inzwischen wieder zurückgekehrt. Er war zu einem längeren Fortbildungskursus in Peshawer gewesen, als der Überfall passierte. Er ist Schiite, wie die Angreifer. Und er kannte natürlich den Jungen, der geschossen hatte. (Der Junge lebt jetzt im Untergrund; meine Leprahelfer wissen, wo er sich aufhält. Ich habe ihnen gesagt: „Ich will es gar nicht wissen. Damit ich mich nicht verplappere.")

Mit Hassan Ali war ich mir auch einig, daß wir mit den Söhnen des ermordeten Ziarat sprechen mußten.

Die Söhne Ziarats wohnen noch im Ort. Die Grenze zwischen den Wohngebieten der Schiiten und Sunniten verläuft ja mitten durch dieses Dorf.

Mir lag selber sehr an einem Gespräch mit ihnen. Es fand nicht gleich nach dem Überfall statt – wir hatten ja erst einmal viel zu organisieren. Erst bei meinem zweiten oder dritten Besuch kam es dazu. Im Krankenhaus.

„Daß *ich* die Täter nicht identifiziert habe", sage ich, „bedeutet nicht, daß auch ihr dazu verpflichtet seid." Trotzdem versuche ich zu erklären: Wenn wir eine Kette von Rache und Gegenrache und Gegen-Gegenrache ins Rollen bringen, wird das auch das gesamte Leprateam gefährden. Die waren ja alle dabeigewesen. Ob es da nicht vielleicht besser sei, einen Neuanfang zu setzen? Und das hieße: Vergebung. Es ist mir auch nicht schwer geworden, in diesem Sinn zu plädieren. Ich war überzeugt: Der Junge war wirklich nicht bei sich. „Das war kein Mord. Jemand hat ihn total fanatisiert." Das haben die beiden mir dann auch tatsächlich abgenommen.

Daß diese beiden Sunniten, junge Männer zwischen zwanzig und dreißig, nach unserem Gespräch auf Blutrache tatsächlich verzichtet haben, die für sie eine Frage der Stammesehre ist, und daß sie es mir nicht vorwarfen, daß ich den Jungen mit der Kalaschnikow nicht identifiziert hatte, das war mehr, als ich in meinen wildesten Träumen zu hoffen gewagt hätte. Ihr Verzicht auf Rache war für mich eines der großen Geschenke meiner Zeit in Pakistan.

Hassan Ali hat dann im Dorf viel Überzeugungsarbeit geleistet. Dabei argumentierte er nicht moralisch, sondern ganz handfest: „Den Chancen der Schiiten-Partei habt ihr mit diesem Übergriff aufs Krankenhaus nachhaltig geschadet." Das entsprach den Tatsachen. Und das haben sie eingesehen. Als die Feindseligkeiten zwischen Sunniten und Schiiten im nächsten Jahr wieder ausbrachen, bildeten die Dorfbewohner einen Schutzgürtel rund um das Krankenhaus.

Wunden heilen

Wie es weiterging? Zunächst waren die Lepra-Assistenten wieder in das Krankenhaus gezogen. Dann hatten sie ihre Familien nachgeholt. Es hat einige Zeit gedauert, bis die Wunden heilten. Aber es mußte weitergehen.

Sechs Wochen später. „Wir haben heute den ersten Patienten wieder aufgenommen", sagt Kushan Shah befriedigt. Ich bin zurück in Gilgit. Sie haben mein Zimmer zurechtgemacht, frische Bettbezüge, die Schreibmaschine auf dem Tisch, das Tablett mit der Teekanne. Wie früher. Ich hatte Angst gehabt. Irrationale panische Angst. Ich hatte gedacht, ich könnte den Anblick nicht ertragen, die Küche, die Veranda, die Station. Oberst Farooq hatte mich warmherzig eingeladen, er würde sich freuen, wenn ich bei ihnen wohnen würde, und ich wußte, es kam von Herzen. Ich hatte ihm gedankt und dann abgesagt – ich weiß nicht, wie ich das Nein über die Lippen brachte.

Es brannte kein Licht im Krankenhaus, als wir mit unserem Jeep näher kamen. Aquil hupte – hupte – dann Dauerhupe –, da kamen sie angestürzt mit ihren Taschenlampen. Sie hätten gerade Kurzschluß gehabt im Krankenhaus, sagten sie. Aber auf Station und in den Dienstwohnungen brenne Licht, und wie schön, daß wir gesund angekommen seien, nach der Überschwemmung hatten sie schon befürchtet, daß die Straße vielleicht noch nicht in Ordnung sei!

Es ist so normal, so völlig normal, meine Angst ist verflogen. „Kompliment", sage ich, „da habt ihr also die Station wieder aufmachen können. Wenn erst einmal der erste Patient aufgenommen ist, wird das Krankenhaus bald voll sein." Gegessen, nein? Abendbrot? „Nein danke, ich habe erst in Chilas ein spätes Mittagessen gehabt, aber eine Tasse Tee, die würde ich natürlich nicht abschlagen ..."

Es hat etwas seltsam Tröstendes, Beglückendes – fast hätte ich gesagt „Sieghaftes".

Am nächsten Tag setze ich mich mit Hassan Ali zusammen. Er war nicht Augenzeuge des Schreckens gewesen und daher auch nicht so traumatisiert wie die anderen. Wir überlegten: „Was können wir tun?"

Das Krankenhaus liegt wunderschön an einem Fluß, inmitten von Feldern, das Grundstück voller Rosen- und Aprikosenbäume, die entweder Blüten tragen oder Früchte: eine Oase. Wir haben uns viel einfallen lassen, um diesen Ort zu neuem Glanz zu bringen und die Schatten zu vertreiben.

Als wir dann etwas Geld durch eine Erbschaft aus Deutschland bekamen, da investierten wir sie in dieses Krankenhaus. Alle sagten: „Das ist und bleibt ein verfluchtes Gebiet." Gerade deshalb haben wir in diesen Bau investiert. Wir bauten eine Frauenstation, dann eine Röntgenabteilung und schließlich ein Labor. Wir erhöhten die Bettenzahl für die Tuberkulosebehandlung – und haben die Betten inzwischen auch belegt. Unsere Patienten kommen in der Regel mit Angehörigen. Und wenn eine Frau aufgenommen wird, müssen ja auch ihre Kinder aufgenommen werden. Wegen der Ansteckungsgefahr bei Tuberkulose bauten wir einen weiteren Raum für die Angehörigen, damit sie nachts wenigstens außerhalb der Krankenräume schlafen können. Und wir haben auch ein Gästehaus gebaut, direkt neben dem Kleefeld.

Dieses Kleefeld, das zum Krankenhaus gehört, mähen wir regelmäßig ab. Vom Erlös zahlen wir kleinere Ausgaben, z. B. wenn eine Glühbirne kaputtgeht. Und das Feld duftet in der Sonne unwahrscheinlich intensiv ...

Als ich das letzte Mal dort zu Gast war, blühte gerade der Klee. Ich stand in unserem neuen Gästehaus am Fenster. Draußen kreischten und tollten die Kinder. Die Frauen saßen im Garten, und ich hörte ihr Palavern. Der Klee duftete. Und die Kinder stahlen die kleinen, unreifen Pfirsiche von den Bäumen.

Die Welt war im Lot …

Rauschendes Fest unter Rosen

Das Ende eines Konflikts

Rufmord und Mord-Drohung

Der Konflikt zwischen Sunniten und Schiiten spiegelt sich in der Gruppe unserer Leprahelfer nicht wider, er spielt überhaupt keine Rolle im Team.

Er spielt leider bei der Regierung eine Rolle, nicht nur bei Beförderungsfragen.

Einer meiner schwierigsten Konflikte hing damit zusammen. Damals erhielt ich die nackteste Morddrohung, die ich in meinem Leben je bekommen habe. Es war ein hoher Militär, Sunnit. Das pakistanische Militär ist bekannt für einen hochentwickelten Ehrenkodex. Der aber sagte mir: „I don't care for my uniform." In der Uniform der pakistanischen Armee also sagte er mir dann unverblümt, auf offener Straße: „Geben Sie sich keinen Illusionen hin. Es wird mich keine fünftausend Rupees kosten, Sie unauffällig aus der Welt zu schaffen."

Es war ein Mann, der Bestechungsgelder nahezu tonnenweise fraß. Und der hatte sich mit Hassan Ali, unserem schiitischen Leprosy Field Officer angelegt, der unsere Gelder verwaltet und von dem nichts zu holen war. Die Leprosy Officers sind Staatsbeamte. Als vom Militär eingesetzter Verantwortlicher für das Gesundheitswesen war dieser Offizier formal sein Vorgesetzter. Als ihm Hassan Ali nun trotz des Drucks unsere Gelder nicht herausrückte, versuchte er es erst einmal mit Rufmord.

Als das nichts half, kam die nächste Stufe: Schikanen.

Wenn er am Telefon von einem seiner Angestellten im Gesundheitsdienst sprach, sagte er: „Dieser Schiit von Gilgit." Oder er sagte von einem andern: „Der Sunnit von Thor." Nicht: Der Lepra-Assistent oder der Arzt oder der Fahrer.

Jede Religion, die sich als alleinseligmachende versteht, kann bei solcher Mentalität zum Nährboden des Fanatismus werden. Es waren Schwarzweißzeichnungen in einem instrumentalisierten Raster der Religionsdiskriminierung. Wenn sich mehrere Bewerber um eine Stelle bewarben, bekam der eine die volle Planstelle, weil er der einzige Sunnit war. Schiiten waren nicht mehr unterzubringen, wie qualifiziert sie auch waren.

Die Directors of Health Services haben in der Regel zweijährige Dienstzeiten. Ich hatte Hassan Ali, der als regional verantwortlicher Leprosy Field Officer als Lepra-Assistent in der mittleren Beamtenlaufbahn rangiert, aber mit seiner Ausbildung die höhere Laufbahn durchaus noch erreichen kann, zunächst zur Geduld geraten. „Warum sollen wir uns Feinde schaffen? Warten wir, bis der Mann versetzt wird, dann gucken wir uns den nächsten an."

Aber dann fing dieser Vorgesetzte an, wirklich nicht nur lautstark, sondern auch bösartig aggressiv zu werden. Zur Sicherung der Pfründe hatte er auch schon die Verlängerung seiner Amtsperiode in unserer Region durchgesetzt.

Als er mir mit Mord drohte, hatte ich nur die Antwort bereit: „Es wäre das erste Mal in meinem Leben, daß das Rechte nicht siegte. Ich habe mehr Lebenserfahrung als Sie."

Daß er jetzt aber die Verlängerung seiner Amtszeit durchgesetzt hatte, war bedrohlicher. Es hätte für das Lepraprogramm nicht gerade das Aus bedeutet. Aber er hätte uns doch dramatisch schaden können. Er hatte bereits die Urlaube unserer Mitarbeiter storniert und die Gehälter nicht mehr ausgezahlt. Dann hatte er das Gästezimmer, in dem ich übernachte, in meiner Abwesenheit verschließen lassen. Ich mußte meine eigenen Räume aufbrechen lassen. Die Schikanen wurden immer unerträglicher.

Was ich dann tat, konnte ich nur mit dem Team durchziehen. Mit denen war alles klar abgesprochen. Mein Versprechen an sie war: „Ich krieg' den Mann weg. Es müßte schon merkwürdig zugehen, wenn mir das nicht gelänge. Meine ganze Lebenserfahrung steht dafür. Aber bezahlen müßt zunächst ihr. Denn der ist viel zu feige, als daß er sich an mir rächte. Aber ihr werdet seine Wut zu spüren bekommen, an euch wird er sie auslassen."

Die Reaktion des Teams kam einem klaren Auftrag gleich: „Machen Sie es! Auf uns können Sie zählen."

Über Monate betrieb er sein übles Spiel. Und dann bin ich eben jeden Monat fünfzehn Stunden im Jeep den Karakorum-Highway gefahren. Fünfzehn Stunden von Rawalpindi aus hin und fünfzehn Stunden wieder zurück. Nur um diesem Mann klarzumachen: Wir werden uns die Schikanen nicht einfach gefallen lassen. Die Sache war mir die Anstrengung wert.

Als es zu bunt wurde, wandte ich mich an seinen obersten Vorgesetzten dieser Provinz, den Gouverneur. Das war einer aus der nordwestlichen Grenzprovinz; der kannte mich dort vom Lepra-Hilfsprogramm. Das ist natürlich das Gute: Wer kennt mich in Pakistan nicht?

Dem sagte ich: „Ich möchte eine Aussprache mit Colonel F. T., und zwar in Ihrer Gegenwart. Mir verweigert er sie, ich kann mit ihm nicht einmal einen Termin vereinbaren. Aber mir ist die Sache sehr wichtig. Und ehe ich die Angelegenheit in Deutschland publik machen werde, mache ich noch dieses letzte Angebot einer gütlichen Klärung."

Dann kam der Tag. Wenn ich je in meinem Leben, in meinem fortgeschrittenen Alter einen Mann angeturnt habe, dann diesen Colonel. Nein, also die dabei waren, die haben nur mit offenem Mund dagesessen, als sei es ein Fernseh-Drama. Ich war wirklich nicht mehr dieselbe. Ich habe diesen korrupten Erpresser in Uniform wirklich zur Schnecke gemacht. Der konnte dann nur noch japsen. Ich hatte selber nicht gewußt, daß ich das so kann.

Als er dann noch zu behaupten wagte, daß meine Leute Gelder unterschlagen, da rastete ich aus: „Wenn Sie jetzt wollen", sagte ich atemlos, „wenn Sie jetzt wollen, daß ich aufhöre zu reden, dann nehmen Sie das sofort und in aller Öffentlichkeit zurück. Sofort. Und wenn Sie das nicht zurücknehmen, dann werde ich Ihnen in den nächsten zehn Minuten etwas erzählen ..."

Und ich habe ihm etwas erzählt. Und das hat sicher nicht nur zehn, sondern zwanzig Minuten gedauert. Ich war nicht mehr aufzuhalten.

Der Gouverneur versuchte auf mich einzuwirken: „Bitte beruhigen Sie sich. Setzen Sie sich doch wenigstens wieder hin!"

Aber ich war nicht aufzuhalten. Die Morddrohung habe ich zwar nicht genannt. Die betraf nur mich persönlich. Aber sonst schleuderte ich ihm alles entgegen, was ich wußte. Und ich wußte viel. Sehr viel. Ich stellte ihm in Anwesenheit seines Vorgesetzten nur Fragen: „Und wie ist es mit diesem Einkauf? Wie verhält es sich mit jener Anschaffung? Was hat es mit diesem Brief auf sich? Und wie ist es mit jenem Brief?"

Er wurde zusehends blaß und blässer.

Zuletzt brachte er überhaupt nichts mehr heraus.

„Und wenn Sie noch ein einziges Wort gegen meine Jungs sagen, dann beweisen Sie alles hier und jetzt, und zwar sofort, wenn Sie auch nur einen einzigen Beweis haben!"

Natürlich hatte er keinen einzigen.

Ich hatte mich in Wut geredet und war nicht mehr zu bremsen. Ich bin wirklich nicht so, ich kannte mich selber nicht mehr. Aber das war zu viel.

Der Gouverneur, der die ganze Vorgeschichte ja nicht gekannt hatte, reagierte merklich verwirrt und ratlos: „Doktor Pfau", sagte er hilflos, „so kenne weder ich Sie, noch habe ich jemals gehört, daß Ihr Image in der Öffentlichkeit so ist. Was ist denn eigentlich kaputt?"

Ich klärte ihn auf, über Unterschlagungen und Schikanen: „Dieser Herr hat verbreitet, daß ich mir mit Regierungsgeldern einen Bungalow gebaut hätte. Und daß er den der Regierung wieder zurückerobert hätte, und ich möchte, daß Sie kommen und sich ihn ansehen. Mein sogenannter Bungalow besteht aus einem Zimmer, in dem ich wohne, wenn ich die Klinik besuche. Ein gemeinsames Klo und ein Küchenraum werden von zwei Familien mitbenutzt. Und überdies haben wir es von Spendengeldern gebaut."

Der Gouverneur versprach eine Untersuchung, und er kam später, in meiner Abwesenheit, tatsächlich in unser Krankenhaus. Er wollte die Situation persönlich inspizieren. Am Ende sagte er zu Hassan Ali: „Werfen Sie diesen Mann in den Fluß, wenn er wiederkommt! Das ist es, was er verdient hat."

Ein Triumph wird ausgekostet

Wenige Tage danach hatte er die bereits erwirkte Verlängerung rückgängig gemacht: „Ich will den Mann nicht!" Der bekam sein verdientes Disziplinarverfahren an den Hals und wurde demissioniert, mit Pauken und Trompeten. Ich hörte es schließlich von seinem Nachfolger: Nicht nur widerwillig, sondern schäumend vor Wut hatte er seinen einträglichen Posten geräumt (nicht ohne sich noch zwei Fahrzeuge unter den Nagel gerissen zu haben). Dieser Nachfolger war ein alter Freund unserer Arbeit, der früher schon einmal einen Posten in Gilgit innegehabt hatte und sich freute, daß er uns alle wieder traf.

Ein großes Problem war damit vom Tisch. Diesen Sieg mußten wir feiern! Und da haben wir alles Geld zusammengekratzt, das wir gerade noch hatten, und ein Fest haben wir abgezogen, wie das Krankenhaus noch keines gesehen hatte. Alle Mitarbeiter waren eingeladen und alle Patienten. Es war ein Triumph, und er wurde ausgekostet an jenem Tag. Wir feierten ein rauschendes Fest, mitten unter rosaroten Rosen und blühenden Aprikosenbäumen.

Es war wunderschön an jenem Abend in Gilgit.

Karachi – Stadt des Terrors, Stadt des Todes

Ein Kreislauf von Gewalt

Raketenwerfer und Kalaschnikows

Die Gegend um Gilgit war lange Zeit die friedlichste Provinz in ganz Pakistan, noch vor zehn Jahren. Karachi hat eine ähnliche Entwicklung durchgemacht. Früher hat man in dieser Stadt quer über die Stammesgrenzen hinweg geheiratet: ein Pathane eine Belutschi, ein Belutsch eine Pandschabi, und ganz Pakistan hat fasziniert auf Karachi gestarrt und gesagt: „Was in Karachi möglich ist, wird eines Tages auch im übrigen Pakistan möglich sein."

Eine Eskalation der Gewalt hat diese einst blühende Handelsstadt inzwischen in eine Stadt des Terrors und des Todes verwandelt.

Neujahrsfest 1996. Ein neuer Anfang, unbeschrieben, weiß, verheißungsvoll …

Der nächste Tag, 2. Januar 1996. 17 Terrortote in Karachi heute. Man hat am hellichten Tag das Haus eines Milchhändlers ausgeraubt. Was verdient ein Milchhändler schon? Und was kann man schon in seinem Haus finden? Wenn sie sich nicht zur Wehr setzen würden, hatten sie gesagt, und der Polizei nichts meldeten, würde der Familie nichts passieren. Wie soll man sich zur Wehr setzen, wenn die Angreifer mit Maschinengewehren bewaffnet sind? Und dann haben sie, ehe sie abzogen, sieben männliche Familienmitglieder an die Wand gestellt und erschossen – den Vater, seinen Bruder, fünf Kinder … Es ist der Fastenmonat Ramzan, eine Zeit, in der man früher aufatmen konnte – eine Pause im Terror.

Ich darf nicht an die Mutter der ermordeten Kinder denken. Wieviel Empathie kann man sich leisten und nicht wahnsinnig werden?

3. Januar. Heute haben sie Baschirs Haus ausgeraubt. Wertgegenstände, Geld, das Motorrad. Und schließlich die Drohungen für den Fall, daß dies der Polizei angezeigt würde. Baschir ist langjähriger Mitarbeiter unserer Klinik, Lepra-Assistent, für die Physiotherapie im Krankenhaus verantwortlich. Er hat vier Kinder. Jetzt schätzt er sich glücklich, daß keinem der Familienangehörigen etwas passiert ist.

Das neue Jahr geht weiter, wie das letzte aufhörte. Karachi ist zum Dschungel von Gewalt und Mord geworden. Es herrscht eine Atmosphäre des Hasses und der Angst, bestimmt von Kalaschnikows und Raketenwerfern. Diese Stadt beklagt täglich mehr Terroristen-Todesopfer, als der Bosnien-Krieg zur gleichen Zeit am Tag Menschenleben gekostet hat. Die Morde der Terrorbanden verbreiten Angst und Schrecken. Ein einziges gemordetes Kind genügt, um eine Millionenstadt in Panik zu versetzen und das ganze Leben zu lähmen. Keiner in der ganzen Stadt wagt nach einem solchen Tag mehr, seine Kinder in die Schule zu schicken.

Angst und Terror

Der seit Jahren schwelende Konflikt hat sich zu einem offenen Kriegszustand zwischen den Extremisten und der Regierung entwickelt. Es herrscht ein ständiger Angstzustand, der vor allem die Bevölkerung quält.

Die Gründe für den Konflikt sind vielschichtig und verwickelt. Vieles erscheint verständlich, anderes völlig irrational.

Anfang Februar flog ich nach Deutschland. Der letzte grausige Mord passierte kurz vor meiner Abreise. Wir fanden den Torso eines Kindes. Zwei Tage später die Beine. Weitere zwei Tage später die Arme. Der Kopf war noch nicht aufgetaucht, als ich abfuhr. Was haben wir getan, daß diese jungen Männer keine Hemmschwelle mehr haben? Als Ärztin weiß ich doch: So etwas läßt sich nicht unauffällig und einfach machen. Die Mörder waren bestimmt von Kopf bis Fuß mit Blut bespritzt, ehe sie den Leichnam in Teile schnitten. Wenn solche Menschen, mit dieser niedrigen Hemmschwelle, in Karachi herumlaufen, dann kann alles passieren.

Terror auf allen Ebenen. Das Klima der Gewalt erreicht auch unser Projekt. Dr. Tobias, der das Lepraprojekt medizinisch verantwortet, steht plötzlich in einem schwierigen Dilemma. Er hat massive Morddrohungen bekommen, die widerlichsten, die ich in meinem Leben gelesen habe: „Wir werden Sie fesseln, die Mitglieder unserer Gruppe werden Ihre Frau vor Ihren Augen gruppenvergewaltigen, wir werden Ihren Sohn umbringen und Ihnen selber dann den Gnadenschuß geben." Ich bin überzeugt: Da rächt sich einer „nur" verbal. In dieser vom Terror geprägten Situation sehen viele eine Möglichkeit, persönliche Rechnungen zu begleichen. Aber die Lage ist nicht voraussehbar und deshalb ernst, blutig ernst. Zwei Briefe hat Dr. Tobias weggesteckt. Aber der tägliche Terror blieb als realer Hintergrund. Nach dem dritten Brief sagte er: „Ich kann nicht mehr." Wir haben seine Familie außer Landes gebracht. Jetzt fragen wir uns: Wie kann es in einer solchen Situation weitergehen? Was können wir tun?

Karachi heute. Man muß den sehr komplexen und undurchsichtigen geschichtlichen Hintergrund rekonstruieren, um zu begreifen, was hinter den Parolen von Rache und Gewalt steckt. Man muß wissen, wo in der Vergangenheit Unrecht geschah, um die explosive Situation in dieser Stadt zu verstehen.

Da gibt es ganz verschiedene, ineinander verworrene Stränge.

Zunächst die Situation der Biharis: Diese indischen Einwanderer aus dem Jahr 1947 werden bis heute als Flüchtlinge bezeichnet: Es sind Muslime, die nach der Teilung von Britisch-Indien 1947 aus dem mehrheitlich hinduistischen Indien in das neugeschaffene islamische Pakistan auswanderten und nach Karachi strömten. 1971, während der Pogrome, die der Gründung von Bangladesch vorausgingen, kam die zweite Welle von Bihari-Flüchtlingen nach Pakistan. Sie ließen sich vor allem in Orangi nieder, einem Außenbezirk von Karachi, im Wüstengürtel nach Belutschistan hin, einem Stadtteil, der heute mit einer Million Einwohnern die wohl größte Elendssiedlung der Welt ist. Durch unsere Arbeit hatten wir schon früh intensiven Kontakt zu dieser Flüchtlingsgruppe, unter ihnen gibt es zehnmal mehr Leprapatienten als in der einheimischen Bevölkerung. Damals war ich häufig in Orangi – und immer wieder fasziniert: Als sie noch in Zelten wohnten, stellten sie diese schon in Reihen auf, hatten also – offensichtlich nach einem Plan – schon Straßen ausgespart. Da sie keine Arbeit fanden, organisierten sie sich nachbarschaftlich in handwerklichen Kleinstbetrieben. Sie bauten Notunterkünfte mit zwei Räumen, einen davon benutzten sie als Fabrikraum, und im zweiten lebten sie. Sie haben Spielzeug gemacht, Spielzeugautos für 2 Rupees, Plastiksachen, alles, was man braucht und auch auf dem lokalen Markt verkaufen kann. Die Gruppe baute sich in diesem Slumviertel die Kanalisation selber. Die Biharis erhielten keinen offiziellen Flüchtlingsstatus – und damit auch keine internationale Hilfe. Diesen Status erhält nur, wer von einem Land in ein anderes flieht. Sie kamen aber aus demselben Land als Flüchtlinge: Bangladesch war damals noch Teil Pakistans. Deshalb also gab es vom UNHCR, dem United Nations High Commissioner for Refugees, keine Unterstützung. Und da es keine Hilfe von außen gab, haben diese Menschen sich an den eigenen Haaren aus dem Sumpf gezogen.

Ich entsinne mich noch an die erste Lepra- Reihenuntersuchung. Wir gingen von Zelt zu Zelt. Da saßen die Frauen – die Männer waren meist in Kriegsgefangenschaft oder umgekommen – mit ihren Kindern vor der kalten Feuerstelle. Und als wir sagten: „Wir können neben Lepra noch eine andere Sache für euch machen", war die Reaktion spontan und eindeutig – und typisch: „Eine Schule für unsere Kinder." Diese Biharis, eine ökonomisch und sozial bald aufsteigende Gruppe, wurde zweifellos in der Folge vom politischen Willensbildungsprozeß in Pakistan ausgeschlossen.

Als sie anfingen, sich in einer eigenen Partei zu organisieren, hatten wir große Hoffnung. Es war die erste Partei, und es ist auch die einzige geblieben, die nicht von Feudalherren beherrscht wird: eine wirkliche Bürgerpartei. Trotz ihres überdurchschnittlichen Bildungsniveaus (viele unserer Lepra-Assistenten haben wir aus dieser Gruppe der Biharis rekrutiert) – die Diskriminierung blieb. Dr. Zarina, unsere langjährige Mitarbeiterin, sagte mir einmal: „Meinen Sohn, der hier in Karachi geboren ist, rufen sie immer noch Mohadschir, d. h. Flüchtling. Nach 36 Jahren." So haben sie diesen diskriminierenden Begriff in den frühen siebziger Jahren politisch positiv besetzt und sich zur „MQM"-Partei zusammengeschlossen: Mohajir-Quaumi-Movement. Quaumi heißt eigentlich Stamm, beinhaltet aber die Forderung nach einem Heimatland. Als sich diese Gruppe mit diesem Anspruch formierte, war klar: Da ist eine ernst zu nehmende gesellschaftliche Kraft im Kommen.

Karachi war damals schon seit Jahrzehnten eine Stadt, in der es politisch drunter und drüber ging. Wenn gewalttätige Demonstrationen waren, konnte man nun plötzlich diese MQM-Jungs sehen, die Blumen verteilten. Blumen statt Kugeln. Sie bildeten Gruppen, die z. B. in Eigeninitiative ihre Straßen selber fegten, sie machten die Abwasserröhren wieder durchgängig, haben Straßen asphaltiert, Kinderspielplätze angelegt und Bäume gepflanzt. Es war wirklich eine herrliche Bewegung – zu Beginn. Ich träumte davon: Jetzt kommt Pakistan politisch zur Reife. Es bricht mir heute noch das Herz, wenn ich bedenke, was da an wirklich konstruktiven Möglichkeiten verspielt wurde. Natürlich, es gab Neid der Bevölkerung. Aber was hatten denn die Vertreter der Zentralregierung, alles reiche Feudalherren, von diesen Kleinbetrieben zu befürchten?

Ich bin kürzlich wieder in diese Wohngebiete von Orangi gekommen. Ich hatte Tohid Colony noch genau im Gedächtnis, wo wir damals von Haus zu Haus gezogen waren und den Stadtplan für unsere Reihenuntersuchung selber aufgezeichnet haben, weil es keinen gab. Ich kannte jede Straße. Als ich jetzt wieder kam, waren die Häuser verrammelt. Brutale Aggression im Verhalten der Schlägertruppen, die das Gebiet patrouillieren. Verängstigte Bewohner hinter vernagelten Fenstern und verschlossenen Toren.

Mir blutet das Herz.

Was damals, nach der Parteigründung, passiert ist, habe ich so genau nicht verfolgt, weil ich in dieser Zeit vor allem in den Provinzen aktiv war. Jedenfalls eskalierte über Jahre hinweg zunehmend die Gewalt auf allen Seiten. Die politische Organisation der Biharis war einhergegangen mit leidvollen Erfahrungen einer immer wieder gejagten Minderheit: Sie waren Opfer, als sich die Sindhis gegen diese aufstrebenden Kleinunternehmer wandten. Damals trieb man sie in der Markthalle zusammen und zündete das Gebäude an vier Seiten an. Wie viele Tote es damals gab, stand nie in der Zeitung. Nach diesem pogromartigen Übergriff gingen die Mohadschir in den Untergrund. Viele haben wir als unsere Patienten später in den ländlichen Gebieten von Sindh wieder aufgespürt, einen nach dem anderen.

Jahrelang passierte dann nichts Besonderes mehr. Dann flackerten die Auseinandersetzungen wieder auf.

In den späten siebziger Jahren, Anfang der achtziger Jahre kam es dann zum gewalttätigen Konflikt zwischen Pathanen und den indischen Einwanderern, wieder aus ökonomischen Gründen. Kern der Auseinandersetzung: Die Pathanen waren damals dabei, den Handel in Karachi zu monopolisieren. Die Biharis machten ihnen dieses Monopol nun streitig. Die Pathanen siedelten oben auf den Hügeln um Karachi, die Biharis unten. Die Pathanen, Angehörige der schwerbewaffneten Gebirgsstämme, die sich im Schießen traditionsgemäß ihre Männlichkeit beweisen, griffen von oben an. Militär riegelte das ganze Gebiet ab, um Ordnung zu schaffen. Die Kämpfe gingen über Tage. Ich war damals bereits Health Advisor der Regierung, wir konnten daher mit unserer Ambulanz in das umkämpfte Gebiet und Lebensmittel an unsere Angestellten und an Patienten, die dort wohnten, verteilen. Keiner von denen konnte die Kampfzone mehr verlassen, um Vorräte einzukaufen.

Bei der Gelegenheit hielt uns eine Gruppe von jungen Männern an.

Feindliche Blicke. „Was machen Sie hier?"

Pir Ali läßt sich nicht aus der Ruhe bringen. „Wir bringen Lebensmittel für unsere Patienten. Irgendwas dagegen einzuwenden?"

Darauf die unerwartet aggressive Antwort: „Verflucht, Sie sollen hier keine Lebensmittel reinbringen, bringen Sie uns Waffen."

Ich war entsetzt. Das war etwas, was man von dieser Gruppe vorher nie gehört hatte. Wirklich nie! Die wollten Geschäfte machen und in Frieden leben.

Ein paar Tage später wurde die Situation wirklich explosiv. Die Pathanen schickten ihre Familien zurück in ihre Dörfer. Und die Biharis packten ihre Bündel und zogen los.

Wir fragten verständnislos: „Wo wollt ihr denn hin?"

Und sie: „Es muß doch irgendwo in Pakistan einen Platz geben, an dem unsere Kinder in Sicherheit leben können. Wir werden suchen."

Das hat mich nie losgelassen: daß da eine Gruppe ist, die von Indien nach Bangladesch geflüchtet war und dann von Bangladesch nach Pakistan. Und jetzt mußten sie wieder Flüchtlinge werden, nachdem sie sich gerade durch harte Arbeit ein Dach über dem Kopf geschaffen hatten.

Danach schien sich alles wieder zu normalisieren. Unter

General Zia ul Haq gab es wenig Möglichkeiten, sich politisch zu artikulieren. Aber die Ruhe war trügerisch. Als die Konflikte erneut aufflackerten, hatten die Biharis bereits aus ihrer Vergangenheit gelernt und sich längst mit Waffen versorgt. Und ihre Partei, die angetreten war, Karachi zu entwickeln, schlitterte allmählich in eine entgegengesetzte Rolle: Jetzt wollten sie nur noch zerstören. Ihre Ur-Erfahrung war: Wenn wir uns nicht verteidigen, knallt man uns ab. Und die zweite Erfahrung: Selbst wenn wir uns politisch erfolgreich organisieren, werden wir als Gruppe nicht akzeptiert und sind auch nicht stark genug, um uns gegen Repressalien zur Wehr zu setzen. Der Leidensdruck ist durch eine hohe Quote ausgebildeter, arbeitsloser Jugendlicher erhöht. In einem Land, wo 75 Prozent aller Leute Analphabeten sind, zählt sich jemand schon zur intellektuellen Elite, der nur mittlere Reife hat. Soziologen erklären diesen Weg Karachis in die Gewalt so: Es geht um den Zusammenprall von ländlichen Feudalstrukturen und dem Stadtbürgertum, das sich entwickelt. Lebten 1947 noch 80 Prozent der pakistanischen Bevölkerung auf dem Land, sind es heute 60 Prozent, in 25 Jahren schätzungsweise nur noch 30 Prozent. Die Feudalherren halten an ihrer Macht fest. In Karachi schlug dieser Anachronismus erstmals in Gewalt um, als den neuen Schichten die Teilhabe an der Macht verweigert wurde. Bei den Kommunalwahlen in den späten achtziger Jahren hatte MQM in Karachi nämlich zunächst überwältigend gesiegt. Danach fing es an: Als die MQM dann die Mehrheit im Stadtparlament hatte, besetzte sie alle wichtigen Positionen mit ihren eigenen Leuten. Die Sindhis, denen „eigentlich" die Provinz Sindh „gehört", sahen sich völlig an den Rand gedrängt. Eine außerparlamentarische Opposition, die Regierungsverantwortung übernimmt, muß den Beweis antreten, daß sie politikfähig ist. Und da hat MQM offensichtlich versagt. Dennoch: Man hätte ihnen Zeit zum Lernen zugestehen müssen. So haben wir unser aufstrebendes Bürgertum nur in den Untergrund gejagt, und dort haben sie das Terroristenhandwerk gelernt.

Die feudal geprägte Zentralregierung übte in den frühen neunziger Jahren immer stärker Repressalien aus. Die Exekutive in Islamabad schickte 1992 die Armee nach Karachi, um eine weitere Eskalation der Aufstände zu unterbinden. Als die Armee abzog, blieben paramilitärische Ordnungskräfte zurück, die Rangers. Das war der Beginn eines grausamen Krieges inmitten der Stadt. 1995 sind nach einer offiziellen Angabe 2052 Menschen bei politisch motivierten Schießereien und Gewalttaten ums Leben gekommen, darunter viele unbeteiligte Menschen.

Drei Stränge bestimmen heute die bürgerkriegsähnliche Situation: der gewalttätige Kampf der Parteien, die Gegengewalt und der Staatsterror der Rangers, dann aber auch kriminelle Elemente, die in einer chaotischen Situation ihre schmutzige Wäsche waschen.

Parteienzwist und Bürgerkrieg

Zunächst die Parteien: Der Zentralregierung gelang es, die einheitliche Bürgerbewegung der MQM in zwei Parteien zu spalten. Nachdem sie aus der parlamentarischen Verantwortung herausgerissen war, spaltete sich die Bewegung. Neben MQM hat sich als zweite Partei Haqiqi etabliert: „Die Eigentlichen". MQM, die ursprüngliche ethnisch formierte Partei, ist heute eine Restpartei. Haqiqi wurde von der Regierung hofiert und gestärkt und dann genauso fallengelassen wie die andere. Beide Parteien bekämpfen sich jetzt bis aufs Blut. Sie sind so für die Zentralregierung nicht mehr gefährlich, aber für Karachi hat sich das Gefahrenpotential verdoppelt: zwei Terrorgruppen, die der Bevölkerung beweisen wollen, wer von ihnen die gefährlichere ist.

Haben MQM und Haqiqi irgendwelche politischen Ziele? Vielleicht arbeiten sie darauf hin, daß Karachi die sechste Provinz Pakistans wird – eine politische Region, in der sie Heimatrecht haben. Wenn ihr Führer Altaf Hussain, wirklich ein „Führer", im negativen Sinn des Wortes, aus seinem Exil in London nach Karachi telefoniert, ist am nächsten Tag die ganze Stadt im Streik. Sein Wort ist Gesetz in der hierarchiegläubigen MQM. Er putscht die Emotionen mit verführerischen Parolen auf: „Ihr seid ein Volk ohne Raum." Ein ranghoher MQM-Politiker gestand: „Wenn er sagen würde: Ertränkt euch im Meer, würden 70 Prozent der Mohadschir ihm folgen." Das ist bezeichnend für die emotionale und politische Situation.

Was immer die offiziellen Programme beider Parteien heute aussagen – eines der realen Hauptziele ist: Geld zu machen. Sie haben Karachi teilweise regelrecht erobert, Stadtteil für Stadtteil, Straßenzug für Straßenzug, und treiben Steuern in ihrem jeweiligen Hoheitsgebiet ein. In Landhi beherrscht Haqiqi das ganze Gebiet. Wo sie die Kontrolle haben, beschlagnahmen sie eine Villa, streichen sie weiß an, hissen ihre Flagge, eröffnen ihr „Hauptquartier" und nennen es „Weißes Haus". In G 11, in New Karachi, haben sie nur bestimmte Straßenzüge unter Kontrolle, benachbarte Häuserreihen stehen unter der Herrschaft von MQM. Jeweils am Eingang einer Straßenzeile verbarrikadieren sich die jungen Freiheitskämpfer hinter Sandsäcken. Wie Warlords haben sie alles unter sich aufgeteilt. Und dann wird eben rücksichtslos ausgeraubt, was nicht niet- und nagelfest ist. Leider macht die Polizei dabei mit. Die Bevölkerung kann sich nicht wehren. Was sollte sie auch dagegen machen?

Gegenterror

Gegen diese Terrorgruppen hat sich wiederum brutalster Staatsterror entwickelt: Das ist der zweite Strang der gewalttätigen Situation. Die Rangers, eine paramilitärische Eingreiftruppe der Polizei, wurden eingesetzt, nachdem die Armee der Ausschreitungen nicht Herr geworden und wieder abgezogen worden war. Die Mitglieder dieser Truppe sind aktive Mitspieler in dieser Tragödie von Ohnmacht,

Terror und Tod. Sie durchkämmen ganze Stadtviertel und terrorisieren die Bevölkerung. Sie riegeln Stadtteile komplett ab und durchsuchen sie nach Waffen. Eine ganze Altersgruppe wird einfach verhaftet. Man prügelt die Menschen so lange, bis sie etwas aussagen. Es kommt zu außergerichtlichen Exekutionen, ohne Verfahren und Urteil. Mattias, ein junger Mitarbeiter von uns, war in einem dieser Gefängnisse. Plötzlich war er weg, einfach verschwunden, bei einer dieser Polizeirazzien „eingesammelt", nur weil er im „verdächtigen" Alter war. Zwei Tage haben wir verzweifelt ganz Karachi nach ihm durchgekämmt. Am dritten Tag kam er nachts um vier im Krankenhaus an, noch im Schlafanzug. Sie hatten ihn mitgenommen, ohne der Familie etwas zu sagen. Nach seiner Festnahme war er zwei Tage lang verhört worden. Wenn die Rangers eine ihrer Razzien machen, dann nehmen sie alle jungen Männer zwischen 18 und 35 zu Verhören mit. Sie kommen nachts um 1 Uhr, kämmen das ganze Stadtviertel durch, dringen in jedes Haus ein. Jeder kann in ihre Fänge geraten.

Auch Denver, den Verwaltungsdirektor unserer MAC-Klinik, hat die Polizei fünf Tage eingesperrt – bis wir ihn endlich freibekamen. Der Grund? Sein Neffe, ein katholischer Junge, war mit einem muslimischen Mädchen durchgebrannt, und nach dem Prinzip der Sippenhaft wurden der Onkel und dessen Tochter, beide ohne Haftbefehl, mitgenommen. Das Mädchen wurde nach 24 Stunden wieder nach Hause geschickt. Er selbst, sagt er, sei nicht mißhandelt worden. Trotzdem war er gezeichnet: Kurz zuvor waren nämlich auf die Regierungsgebäude in Karachi fünf Raketen abgefeuert worden, mitten am Tag. Woher diese schweren Waffen kamen, ist bis heute ein Rätsel geblieben – die kann man ja nicht einfach so durch ein Wagenfenster werfen. Jedenfalls hatten die Rangers damals Verdächtige in großer Zahl im gleichen Gefängnis verhört, in dem Denver saß. Er hörte fünf Tage und Nächte lang ihre Schreie, 24 Stunden am Tag. Er sagte mir: „Ich bin fast wahnsinnig geworden."

Die jungen Männer, die für die Rangers rekrutiert werden, werden zu Mord und Totschlag mißbraucht. Sie leben aber selber unter extremem Druck und in ständiger Todesgefahr. Bei der hohen Arbeitslosigkeit heute nehmen viele alles auf sich, auch dies. Phasenweise richtet sich die Gewalt der Terroristen nur gegen die Rangers, da wird keiner erschossen außer Rangers, es wird keiner gekidnappt außer Rangers. Dann ist mal wieder die Zivilbevölkerung dran, und dann schließlich mal die politischen Gegner. Man weiß nie, wann was auf dem Programm steht.

Zusätzliche Konflikte

Und dann der dritte Strang: In der brutalisierten Atmosphäre, der Anonymität der Großstadt flackern zusätzliche Konflikte auf, werden alte Feindschaften gewalttätig ausgetragen. Die Leidtragenden wie überall: die Armen, die Frauen, die Kinder.

Es gibt kriminelle Erpressungen, es wird schmutzige Wäsche gewaschen, es gibt Repressalien, die man den Terroristen in die Schuhe schieben kann.

Der religiöse Aspekt spielt in diesem Straßenkrieg keine Rolle. Die Einwanderer sind ja Muslime. Sie sind wegen ihrer muslimischen Religion aus Indien geflüchtet. Sie sagen: „Wir sind die einzigen Pakistanis. Die anderen sind entweder Sindhis, Belutschis oder Pathanen. Aber wir sind Pakistanis, wir haben keine andere Identität."

Religiöse Differenzen werden wohl politisch mißbraucht und instrumentalisiert. Es kommt immer wieder einmal vor, daß direkt in eine Moschee geschossen wird. Kürzlich gab es 21 Todesopfer, weil in eine Gebetsgruppe, in einer Moschee, gefeuert worden war. Das wird dann aufgespielt als Krieg der Schiiten gegen die Sunniten. Die Schiiten haben sich dadurch aber nicht auf die Straße jagen lassen. In Gilgit sind es wirklich Schiiten-Sunniten-Konflikte. Aber in Karachi spielt das wohl keine Rolle mehr.

Wenn sich die Gewaltakte gegen die Zivilbevölkerung wenden, regiert blanker Terror. Wenn ein Kind, auf gründlichste Weise verstümmelt, seinen Eltern nach langer Wartezeit und Drohbriefen und Ankündigungen in Stücken zurückgeschickt wird, in Säcke eingenäht, dann genügt ein solcher Mord in einer Dreizehn-Millionen-Stadt, um alle als Geiseln zu nehmen.

Man spricht von einer bewaffneten Streitmacht von 5000, es sind kaum mehr. Damit lassen sich nur Terrorakte ausführen. Aber darauf verstehen sie sich.

Dann gibt es auch einige, die sich zwischendurch an Überfällen, freilich nicht an perversen Untaten, beteiligen. Die sagen dann ganz lapidar: „Meine Familie war verschuldet, ich mußte irgendwie Geld verdienen, auf normale Weise kann ich es nicht. Und jetzt kann ich nach 14 Tagen schon die Schulden meiner Familie zurückzahlen."

Pervertierte Opferrolle

Als der Terror noch nicht bis ins Zentrum von Karachi vorgedrungen war und sich noch in den ländlichen Gebieten von Sindh abspielte, konnten wir in der Zeitung regelmäßig solche Annoncen lesen: „Junge Leute gesucht, die mit modernen Kommunikationssystemen umzugehen wissen, beste Bezahlung, Chiffre." Jeder wußte, worum es da ging. Organisierte Banden saßen in den undurchdringlichen Dschungelwäldern entlang des Indus und haben diese Methoden ausprobiert, die sie später in die städtischen Guerillakriege einbrachten. Die Zeit der Straßenräuber, die einfach nur Beute machen, ist nur noch nostalgische Erinnerung. Diese Straßenräuber brachten Menschen nur in Selbstverteidigung um, und wenn, dann rasch. Die organisierten politischen Gangs wollen die Destabilisierung der politischen Ordnung und der augenblicklichen Regierung. Und ganz sicherlich wollen sie einfach immer wieder unter Beweis stellen: Die eigentlich Mächtigen in Karachi sind wir.

Ihr Kampf ist erfolgreich, freilich auf dem Rücken der einfachen Menschen. Zweimal in der Woche wird ein Generalstreik ausgerufen: Man kann nicht zur Arbeit gehen, die Kinder nicht zur Schule schicken, Wasser- und Stromversorgung sind unterbrochen. Da ein großer Teil Karachis vom Kleinhandel lebt, sind die Leute an solchen Streiktagen ohne Einkommen. Die hohe Arbeitslosigkeit steigt weiter: Die Industrien wandern in den Pandschab ab.

Ich habe einige Wochen in Mohadschirgegenden gelebt, als ich in unseren Außenstationen wohnte. Es ist immer dasselbe: Nachmittags ist es um das Krankenhaus herum noch ruhig. Dann fahren abends Jeeps durch die Gegend, und es dröhnt aus den Lautsprechern: „Morgen ist Streik, wer sich auf der Straße zeigt und erschossen wird, ist selber schuld." In Karachi werden dann vorsorglich am Abend vorher ein halbes Dutzend oder ein Dutzend Wagen in Brand gesteckt, Busse oder Privatautos – Gesten der Gewalt, die zeigen: „Wir meinen es morgen wirklich ernst."

Unter den vielen Mohadschirsympathisanten finden es immer mehr unerträglich, daß Karachis Wirtschaft durch diese Streiks total ruiniert wird. Die Menschen haben es langsam satt.

Es ist sicher wichtig, die Hintergründe der Situation zu analysieren und zu verstehen. Was ich aber nie werde verstehen können und was mich erschüttert, ist die Kälte dieses Mordens: Junge Männer suchen nachts Asyl in einem Haus. Sie sagen, die Polizei sei hinter ihnen her. Die Familie nimmt sie auf, läßt sie bei sich übernachten, serviert ihnen auch noch das Frühstück. Das essen sie in aller Ruhe. Und nach dem Frühstück stellen sie die männlichen Mitglieder der Familie, Erwachsene und Kinder, an die Wand. Erschießen alle, knallen sie einfach ab, ganz kühl und überlegt. Früher wurde geballert und geschossen: Ins Kreuzfeuer gerieten dann Kinder und Zivilisten, deren Tod in Kauf genommen wurde. Heute wird ganz gezielt, aber völlig unvorhersehbar gemordet. Da wird jemand gekidnappt, gefoltert und am Schluß getötet. Es gibt kein festzumachendes

Feindbild. Die stürmen nicht in die Büros der politischen Gegner und rattern ihre Magazine leer. Das ist nicht mehr der aggressive Reflex auf den Feind: Daß der Mensch einen Jagdinstinkt hat, weiß man. Das verstehe ich noch irgendwie. Aber daß Menschen sich abends hinsetzen und eine Ermordung in allen Einzelheiten kaltblütig nach dem Motto planen: Was machen wir morgen? – das ist pervers. Je unschuldiger der andere ist, desto mehr Angst erzeugt ein solcher Mord. Es geht den Terroristen darum, ihre Fänge in die Gesellschaft zu bekommen. Die Opferrolle pervertiert. Menschen, die sich als Opfer fühlen, werden wieder zu Tätern. „Rächt euch!" diese blinde Haßparole bestimmt die Gewalt von Karachi. Das Opfer ist wirklich nur noch Mittel zum Zweck blinder, kaltblütig kalkulierter Destruktion.

Nicht gleichgültig bleiben

Das ist aber nichts, was uns überheblich machen sollte. Auschwitz, Ort der kühl geplanten Vernichtung von Menschen, war von gebildeten Menschen erdacht. Was mich in Karachi erschüttert, das ist für mich als Deutsche keine Ersterfahrung. Aber diese erneute, hautnahe Erfahrung läßt bei mir eine Verdrängung nicht mehr zu, die man in Deutschland unter Umständen ein Leben lang durchhalten kann.

Auschwitz, Golgota, Karachi ...

es hätte nicht sein dürfen, und es ist trotzdem gewesen. Es „ist" noch immer.

An einen Freund schrieb ich in diesen Tagen: „... ich habe Jahre, Jahrzehnte nicht gewagt, hinzuschauen. Ich weiß nicht, ob Du das verstehst. – Natürlich verstehst Du das nicht, wenn ich es doch nicht in Worte heben kann? Den Wahnsinn kann man nicht aussagen. Kann man ihn stammeln? Wenn das Leben *so* ist – wenn es jederzeit *so* sein kann –, verstehst Du, daß ich in diesen Abgrund nicht schauen kann? Und doch hinschauen *muß* – weil es die

Wahrheit ist: daß das Leben so ist. Und weil uns nur die Wahrheit frei machen kann. Frei ..."

Ich muß hinschauen. Auch weil es die einzige Möglichkeit ist, der Gleichgültigkeit zu entgehen. Gleichgültigkeit, sagt Elie Wiesel (und er weiß es wie wohl keiner von uns), Gleichgültigkeit ist die eigentliche Sünde. Haß hat noch etwas von Menschlichkeit – den Täter und das Opfer verbinden noch Gefühle, dunkle Gefühle, die nicht sein sollten und trotzdem sind, aber für den Täter „ist" das Opfer, seine Existenz wird nicht verneint. Für den Gleichgültigen ist das Opfer nicht einmal im negativen Sinne existent.

Ich darf nicht wegschauen. Ich muß den Mut haben, hinzuschauen. Mir im Erinnern weh tun zu lassen.

E. schaut flüchtig durch die Zeitung.

„Vier Todesopfer gestern", konstatiert er kurz.

Die Notiz ist auf der Rückseite – auf die erste Seite kommen nur die zweistelligen Zahlen.

„Nicht mehr?" sagt M. „Gestern waren es elf."

„Einer ist zuviel, viel zuviel", fahre ich auf. „Viel zuviel." Vor meinen Augen die Mutter, die die Nachricht erhält.

Wieviel Empathie kann man sich leisten? Und trotzdem morgens das frühe Amsellied als Geschenk annehmen, und das überschäumende Rot der Bougainvillea?

Wider die Gleichgültigkeit – gerade heute, wo uns die Nachrichten überfluten. Ich muß hinsehen und es aushalten, die Realität akzeptieren: Der Mensch ist nicht nur gut. Ich muß zu meinen ungeweinten Tränen stehen, weil ich einen Teil der Wahrheit nur durch sie erreiche. Es ist nicht die ganze Wahrheit – aber es *ist* Wahrheit, und als solche „Leben". Vielleicht hat sich bei mir dieses eine geändert im Alter: daß ich hinschauen und eben diesem Leben eine Chance geben kann, dem Leben, wie es ist (wie es nicht sein sollte, aber eben doch ist), diesem Leben eine Chance geben und es dadurch der Gleichgültigkeit entreißen.

Warum mußte Golgota sein? Ich bin zu nahe am Geschehen, als daß ich mich Illusionen darüber hingeben könnte, was da geschehen ist. Ich kann unter keinem Kruzifix schlafen – ich muß es immer ehrfürchtig irgendwie im Schrank unterbringen. Ich kann dieses domestizierte Bild nicht ertragen – Golgota durfte nicht sein. Und war trotzdem. Warum? Ich weiß es nicht. Ich weiß nur, daß es war. Und daß ich, wenn ich wegschaue, etwas ganz Wichtiges der Gleichgültigkeit preisgeben würde. Ich weiß nicht einmal, *was* dieses Wichtige ist, aber es darf trotzdem nicht vergessen werden.

... und dann gehe ich abends um zehn Uhr noch einmal auf Station. Zu Paul. Obwohl ich weiß, daß er mich nicht mehr erkennt. Daß er mit seinen trockenen Lippen etwas murmeln wird, das mir unverständlich ist. Ich tropfe ihm einen Teelöffel Wasser in seinen ausgedörrten Mund. Er kann nicht mehr schlucken, die Infusion läuft, ohne ihm wirklich Erleichterung zu verschaffen. Seit drei Wochen stirbt Paul, und wir können ihm so wenig helfen. Es ist leicht, ihn zu vergessen – es sind noch 79 weitere Patienten auf Station, bei denen wir noch etwas tun können.

Und ich schreibe in meinem Brief an meinen Freund in Deutschland: „Verstehst Du, daß das etwas mit dem ‚Wider die Gleichgültigkeit' zu tun hat? Wie wir mit unseren Sterbenden umgehen?"

Wunder im Dschungel der Megapolis

Wir können etwas tun gegen den Wahnsinn

Mein Platz ist in Karachi

Ich habe meine Pläne für die nächste Zeit geändert. Es stehen nicht mehr die Fahrten in das Gebirgsmassiv des Nordens oder die Wüstengebiete des Südens von Pakistan, nicht einmal mehr ins kriegszerstörte Afghanistan auf der Prioritätenliste – es wird Karachi sein, dem meine Zeit und Hingabe gehören.

Ich habe mich um diese Stadt lange gedrückt. Karachi hatte ich als erstes voll in einheimische Hände gegeben. Ich bin wirklich erst jetzt nach Karachi gegangen, und das gezwungenermaßen. Ich mochte die Stadt nicht.

Dann kam das Jahr, in dem Dr. Tobias die Morddrohungen bekam und er froh war, daß ich zurückkam, und ich dachte: Wenn ich sowieso in Karachi sein muß, kann ich ja auch versuchen, daß ich etwas aus der Zeit rausschlage. Und wenn ich einmal angefangen habe, dann kann ich nicht mehr aufhören.

Also war mein Platz nicht mehr in den stillen Wäldern von Azad Kashmir, in verlassenen Berghöfen des Hindukusch, wo nachts der Mond die Gletscher des Nanga Parbat silbern aufleuchten läßt, mein Platz war in Karachi, der von Bruderzwist und Gewalttätigkeit an den Abgrund gebrachten 13-Millionen-Stadt.

Jeannine holte mich vom Flughafen ab. Wir tauschten mit jenem trockenen Humor, der uns so oft über kritische Situationen geholfen hat, Neuigkeiten aus.

Der erste Tag im Krankenhaus: Ich habe die Schreibmaschine nicht einmal aufmachen können. Angestellte, Patienten, Kandidaten im Ausbildungskursus gaben sich die Klinke in die Hand. Einiges ist rundherum schön: Ilyas kommt nur, um danke zu sagen. Er war in eine Unterschlagung verwickelt gewesen und entlassen worden. Der Fehltritt hatte sein Leben verwandelt, er hat zurückgezahlt, und schließlich konnten wir die Verantwortlichen überzeugen, ihm noch einmal eine Chance zu geben. „Beten Sie für mich", sagt er, als er sich verabschiedet.

Bei Zubeida kommt es nicht einmal zum Dankeschön. Unsere Wege kreuzen sich auf der Treppe, aber das Lächeln, das sie mir im Vorbeigehen zuwirft, sagt alles. Ihr Mann, in der gleichen Angelegenheit, hat ebenfalls Bewährungsfrist eingeräumt bekommen. Eine Entlassung bei der jetzigen Arbeitsmarktsituation, wenn man nur in Lepra eine Qualifikation hat und überhaupt keine Arbeitslosenversicherung besitzt, bedeutet nacktes Elend.

Und dann die eigentlichen Probleme ... Ich höre nur zu. Lösungen habe ich doch keine. Aber wenn sie schließlich aufstehen, sagen sie danke, Erleichterung in der Stimme. Wer im heutigen Karachi nimmt sich schon die Zeit, zuzuhören? Nur zuzuhören?

Abends durch die Geisterstadt

Abends, um acht Uhr, entscheide ich mich, doch noch zu unserem Noviziat zu fahren. Ich hatte ihnen heute morgen um sechs Uhr bei der Messe versprochen, daß ich die Nacht dort verbringe. Unsere Wachmannschaft schaut ungläubig: „Frau Doktor, es ist kein Mensch auf der Straße." Mein Herz flattert. Aber ich weiß: Wenn ich mich nicht von Anfang an „normal" benehme, werde ich die nächsten Monate meine halbe Zeit damit verbringen, das Sicherheitsrisiko abzuschätzen – und man kann es doch sowieso nicht tun. Wenn ich einfach drauflosl ebe, werde ich in den nächsten fünf Monaten genausoviel Erfahrung über die Dschungelgesetze in Karachi sammeln, wie ich sie von Afghanistan habe.

Also fahre ich. Es wird eine Sternstunde: Normalerweise braucht man 35 Minuten, um sich durch den Stau zu arbeiten um acht Uhr abends – heute, wetten, mache ich es in zwölf Minuten.

Ich schaffte es in elf Minuten. Eine halbe Stunde später begann das Maschinengewehrkonzert. Aber da saßen wir schon beim wöchentlichen „Friedensgebet" in der Kapelle. Äußerlich unberührt, psalmodierten unsere jungen Novizinnen die Bittlitaneien mit besonderer Inbrunst ...

Die Schießerei ging sporadisch die ganze Nacht weiter. Noch nicht an die Gesetze des Karachidschungels gewöhnt, wußte ich nicht: Sollte ich in voller Montur schlafen, wie in Afghanistan in ähnlichen Situationen? Oder es ignorieren? Schließlich entschied ich mich für einen Mittelweg: den Morgenrock. Im Morgenrock konnte ich notfalls rasch hinauslaufen.

Gegen drei Uhr schlief das Feuergefecht ein. Um fünf Uhr war Morgengebet in der Kapelle. Um sechs Uhr wollten wir nach Manghopir fahren. 5.45 Uhr begann die Schießerei erneut.

Es dauerte bis sieben Uhr, bis wir die nötigen Lageberichte eingeholt hatten: Im Stadtzentrum gehen die Gewaltakte weiter, draußen, nach Manghopir zu, hat sich die Situation beruhigt. Also: ich fahre, die Novizinnen nehme ich diesmal nicht mit. Aber sie können die Kochtöpfe in den Wagen packen, dann bringe ich wenigstens diese Überraschung mit.

Es ist wie in Afghanistan. Im fahlen Frühlicht sind alle Menschen, die dem Wagen entgegenkommen, potentielle Angreifer ... Die Straßen sind menschenleer: Ich kann 80 Stundenkilometer im Schnitt fahren, mitten in der Stadt. Nur in Golimar schalte ich in den zweiten, dann in den ersten Gang wegen des aufgezwungenen Slaloms: Sie haben sogar die Eisengitter, die die Fahrbahnen teilen, herausgerissen, sie liegen verbogen wild auf der Straße, zwischen Steinen, Ziegeln, verbrannten Reifen und Glassplittern. Nein, hier hätte ich gestern nicht sein mögen. Jetzt sind offensichtlich alle erschöpft. Es herrscht Friedhofsstille. Als ich in Nazimabad einbiege, sind die Straßen wieder frei. Einmal noch biege ich scharf von der Hauptstraße ab und suche meine Schleichwege durch die Hügel, weil sich auf der Hauptstraße eine riesige Rauchwolke erhebt – möglicherweise verbrennen die Straßenfeger den Morgenmüll, möglicherweise auch der Mob einen Bus ... Sicher ist sicher. Als ich in die Schule in Manghopir einfahre, verbuche ich die zweite Erfahrung: Es geht in der Regel gut. Diese „Dauerregel" scheint also auch für Karachi zu gelten. Nur keine Angst haben. Ich bin froh, daß ich es riskiert habe, als ich Surayas und Salimas Freude sehe und ihre Erleichterung, daß ich gekommen bin, wenigstens einer, wenn die Kommunität nicht kommen konnte. „Es ist gar nicht so wild", sage ich lässig, „gestern war's hot, aber das ist vorbei."

Der Alltag von Karachi hat mich wieder.

Wer meldet sich freiwillig?

Leprabekämpfung in Groß-Karachi. „Wir werden Lepra im Jahre 2000 im Griff haben in Pakistan", das ist das Glaubensbekenntnis des Teams, „mit Ausnahme von Groß-Karachi." Daß man in dieser 13-Millionen-Stadt eine systematische Leprabekämpfung weder aufbauen noch durchführen kann, daran hatte bislang keiner gezweifelt. Bis wir uns damals im Februar 1995 einmal zusammensetzten und es wagten, die Frage laut zu stellen, die uns insgeheim alle schon lange herumtrieb: Ist es wirklich unumgänglich, daß sich in dieser mit so schwerem Leid geschlagenen Stadt nun auch noch der Aussatz ausbreiten soll? Auf die Situation der Gewalt können wir nur punktuell, wenn überhaupt, einwirken – aber die Lepra zu bekämpfen, diesen Dienst könnten wir vielleicht doch leisten?

Wir entschieden uns, es wenigstens zu versuchen.

Man muß sich die Geographie dieser Stadt noch einmal vergegenwärtigen. Die geschätzten 13 Millionen Einwohner verteilen sich auf vier Distrikte. Die Unruhen sind häufiger in jenen Bezirken, in denen die indischen Einwanderer leben: Lalukhet, New Karachi (und da besonders der Stadtbezirk G 11), Korangi-Landhi (eine Doppelsatellitenstadt). Auch Malir ist betroffen, aber nicht ganz so schlimm, Orangi ist das schrecklichste Gebiet, dort würden wir zuletzt mit unserer systematischen Arbeit anfangen.

Die Frustration der letzten Jahre: Einige Patienten können wir nicht mehr erreichen. Weder wagen sich die Patienten, ihr Wohngebiet zu verlassen, noch die Lepra-Assistenten, in das Gebiet zu fahren. Hilflos, frustriert und mit schlechtem Gewissen verbrachte man die Morgenstunden auf der Außenstation ... Hätte man es wagen sollen –?

Das war wohl der Durchbruch in diesem Februar, daß wir den Mut aufbrachten, die Frage laut zu stellen.

Ist es wirklich unmöglich? Dann werden wir beweisen, daß es unmöglich ist. Und Karachi jenen Status des Katastrophengebietes geben, den ja auch andere Gebiete in der Welt haben. Und das heißt: daß wir dann nicht mehr verpflichtet sind, Lepra in Karachi in den Griff zu bekommen.

Vielleicht ist es aber auch nur schwierig, und nicht unmöglich?

Dann werden wir uns systematisch und mit vollem Einsatz an die Arbeit machen. Dann gilt die alte Devise des Teams: Lebend oder tot, das wird jetzt in Angriff genommen!

Wo anfangen mit dem Versuch? In G 11. Warum? Weil es dort besonders gefährlich ist. Wenn wir es in G 11 schaffen, dann schaffen wir es in ganz Karachi.

Wer meldet sich freiwillig?

Der Morgen in G 11

Wir klemmten unsere Krankenblätter unter den Arm und machten uns auf den Weg nach Neu-Karachi, in das Stadtviertel G 11. Es ist der verrufenste Block in Neu-Karachi, eine der unzähligen Satellitensiedlungen der 13-Millionen-Stadt. Die zwei rivalisierenden Terroristengruppen kämpfen um die Vorherrschaft in dem Gebiet. In erbitterten Straßenkämpfen haben sie ihre Hoheitsgebiete erobert. Straßenzug für Straßenzug. Eines der engen Seitengäßchen wird von einer Partei beherrscht, der nächste Straßenzug von der verfeindeten Gegenpartei. Sie haben sich Posten aus Sandsäcken gebaut und mit Maschinengewehren bestückt, um „ihr" Gebiet gegen Angreifer zu verteidigen. Die „Freiheitskämpfer" sind Teenager, 13 bis 15 Jahre alt, manche der Jungen um die 20. Die Bevölkerung wagt sich nicht aus den Häusern und also auch nicht zur Behandlung.

Wir lassen den Wagen außerhalb des Viertels stehen. Die Seitenstraßen sind jeweils von einer der Terroristengruppen bewacht.

„Weitermachen?" frage ich.

Keine Gegenstimme.

Die Krankenblätter demonstrativ in der Hand gehen wir auf die verbarrikadierten Jungen zu, in die Richtung der auf uns gerichteten Kalaschnikows. Ich voran, Kugelschutz fürs Team. Auf eine Frau meines Alters wird man nicht so einfach schießen wie auf eine Gruppe junger Männer, die man verdächtigt, daß sie auch Waffen tragen.

„Verzeihen Sie", sage ich auf Urdu, „können Sie uns helfen? Ich mache mir Sorge um eine meiner Patientinnen, sie ist nicht zur Behandlung gekommen, wir haben die Medikamente dabei, wissen aber nicht, wo sie wohnt."

Einen Augenblick überraschtes Schweigen. Unsicheres, aggressives Schweigen.

Die beiden jungen Männer, die mit mir gekommen sind, werden feindselig gemustert. Mir klopft das Herz. Später, im Wagen, werden wir uns erzählen, wie flau wir uns alle gefühlt haben.

„Das ist die Krankenakte", sage ich, „wenn Sie die einsehen wollen?" Einer der bewaffneten Jungen schiebt mir einen blauen wackligen Plastikstuhl zu. „Wenn Sie sich setzen wollen?" Das Eis ist gebrochen.

Sie geben uns Begleitschutz mit. Wir versorgen an diesem Tag alle Patienten in dem Gebiet. Es geht gut –.

Nur einmal wären wir beinahe ins Kreuzfeuer geraten. Denn plötzlich geraten die Jungen hinter den zwei verschiedenen Sandbunkern aneinander. Geschrei. Beide Seiten bereit, ihre Magazine leerzurattern. Wir auf offener Straße – wo Schutz suchen vor den Kugeln? Alle Türen sind verrammelt.

Nein. Eine öffnet sich, eine junge Frau stürzt aus dem Haus. Zieht uns durch die offene Tür, die sie sofort hinter uns verbarrikadiert. Läßt sich erleichtert auf den Cahrpoy fallen. „Allah sei Dank", sagt sie. „Ich dachte, ich würde zu spät kommen."

Wir kennen uns nicht. Nein: Wir kannten uns nicht. In dieser Minute der Gefahr haben wir uns erkannt.

Der letzte Fall an diesem Morgen stellt sich als die Tante des Aufrührers heraus. Am Ende trinken wir mit ihm ein Coca-Cola zusammen, das die Tante spendiert. Wir besprechen mit dem Anführer, daß wir das jetzt monatlich weiterführen wollen. Es scheint, als seien diese Jungen der Kalaschnikow-Generation froh, einmal etwas Konstruktives, Hilfreiches tun zu dürfen, gebraucht zu werden für einen sinnvollen Dienst.

Noch etwas fiel mir auf, an jenem Morgen im Stadtgebiet G 11: Salam, der jüngste aus der Gruppe derer, die mich begleiteten, war Pathane: also einer, der mit dem Ehrenkodex der Blutrache aufgewachsen ist. So ganz hatten sie uns ja doch nicht getraut, diese Terroristen-Teenager, einer mit seinem Maschinengewehr war immer wieder aufgetaucht, hier und da, ganz offensichtlich, um uns zu überwachen. Als wir dann zum Wagen zurückgingen, da sagte Salam ganz locker und gelöst zu diesem Jungen mit der schußbereiten Maschinenpistole: „Zufrieden? Wir sind es!"

Daß Salam diese innere Freiheit hatte, den anderen als Mensch anzusprechen: „War es schön für dich? Für uns war es richtig gut" – das bedeutet ganz konkret: der Möglichkeit des Bösen das Handwerk legen, wenn auch nur punktuell. Wenn das überall gemacht wird, dann ändert sich etwas.

Am späten Nachmittag ging es zurück in die Außenstation.

„Als ich heute morgen hörte, G 11 sei auf dem Programm, war mir richtig flau im Magen", sagt Mukeem. „Ich hatte richtige Bauchschmerzen."

„Ich auch", sage ich, „so richtig mulmig."

Wir sprechen Urdu, die Landessprache.

„Und jetzt?" frage ich. „Wie war der Tag?"

Mukeem lacht, wechselt ins Englische.

„*Supernice!*" sagt Mukeem begeistert. Ins Deutsche übersetzt: „Megageil!"

Einen Herzschlag lang bin ich zurück in Afghanistan. September 1994.

„... und genau deshalb sind wir unüberwindlich", sagt Houssain, als wir Fazit ziehen aus zehn Jahren Einsatz in Afghanistan, „wegen unserer Wehrlosigkeit, die ist unsere Stärke ..."

G 11 war der Versuchsballon und der Beginn eines Wandels in Karachi. Danach haben wir uns in alle Gebiete der Millionenstadt gewagt.

Bald haben wir es in Korangi versucht. Wir sprangen über die Schützengräben und tasteten uns an den Hauswänden in die Wohngebiete vor. Auch das ging gut. Dann haben wir es in Malir versucht. Ebenfalls mit Erfolg. Und dann haben wir uns zusammengesetzt und gesagt: Es geht offensichtlich. Aber man muß zwei Korrekturen anbringen an der jetzigen Arbeitsweise. Zunächst: Man muß Medikamente an Verteilungsplätzen austeilen, wo Patienten zu Fuß hingehen können. Busfahrten sind zu riskant. Es gibt zu viele Streiktage. Und zudem ist es gefährlich. Wenn die Kranken schon mal mit dem Bus hingekommen sind, wissen sie nicht, ob sie mit dem Bus zurückkommen. Also haben wir unser Verteilungsnetz enger geknüpft. Und die zweite Konsequenz: Männer durften nicht mehr ohne Frau zu diesen Einsätzen.

Seither wird jedesmal eine Frau mitgeschickt. Das benutzen wir natürlich als Botschaft im Sinne der Frauen: „Ihr könnt ja nicht mehr raus, ohne daß eine Frau mit euch geht!"

Und das in der patriarchalischen Männergesellschaft von Pakistan!

Der Tag, an dem wir Malang fanden

Viermal war das Team schon in „F 3" gewesen. Viermal hatten die Frauen die Tür spaltbreit geöffnet und auf die Frage nach Malang geantwortet, daß ein Mann dieses Namens hier nicht lebe – nie gelebt habe – oder doch, früher mal, aber er sei zu seinem Sohn gezogen, nein, die Adresse wüßten sie nicht, sie hätten mit der Familie nichts zu tun.

„Malangs Lepra ist noch ansteckend", sagt Philomena, „wir müssen seine Spur finden, und ich habe das Gefühl, er lebt doch dort."

Also noch einmal einen Versuch. Wir erfahren es immer wieder: Wenn zwei Männer vor der Tür stehen, wird nicht aufgemacht. Aus Furcht vor den Übergriffen der Terroristen. Eine ältere Frau wie ich, noch dazu Ausländerin – wenn die vor der Tür steht, da wagt man schon mal, die Tür zu öffnen.

Beim dritten Versuch bittet uns die Frau schließlich ins Haus.

Malang – ein alter, verfallener Mann, verschmutzt von Kopf bis Fuß, Bart und Kopfhaare verklebt, mit Wunden übersät, die kleinen Ameisen haben sich ganze Furchen in seine gefühllosen Beine gegraben – ein Aussätziger. In Karachi. 15. 5. 1995.

Es verschlägt uns einen Moment die Sprache.

Nasiem ist der erste, der das Schweigen bricht. „Erst mal ein Bad", sagt er trocken. Wir suchen ein Stück Seife und ein Handtuch – das ganze Team verschwindet mit dem Patienten im Waschraum, während ich mit den Frauen im Vorzimmer sitze. Was war geschehen?

„… er war ein schöner Mann, aber grausam", sagt seine Frau stockend.

„… und sehen Sie ihn jetzt", sagt seine Schwiegertochter, „das ist die gerechte Strafe Allahs. Ich wußte nie, wie ich mich vor seinen Übergriffen schützen sollte, ich war in Panik, wenn man mich allein mit ihm im Hause ließ. Und so jung verheiratet wie damals, konnte ich darüber auch mit keinem sprechen."

Ich höre zu. Eine von hundert, von tausend Frauengeschichten in Pakistan.

„Das Haus hat er gebaut. Nun haben wir ihm das Erdgeschoß überlassen und sind in den ersten Stock gezogen." (Der erste Stock ist luftig und voller Pflanzen und Blumen.)

„Aber er kann sich doch nicht mehr allein versorgen", wende ich vorsichtig ein.

„Kochen tun wir für ihn."

Aber Saubermachen offensichtlich nicht. Die Bettwäsche, das hatte ich mit einem raschen Blick gesehen, ist schwarz, Wanzen und Ameisen und Schwärme von Fliegen.

„Er ist krank", sage ich, „verlassen und traurig – haben Sie je über die Vergangenheit miteinander gesprochen?"

Schweigen.

„Ich bin Christ", sage ich, „aber ich dachte, im Islam gilt das gleiche: Einem Menschen in Not muß man helfen, ohne zu fragen, ob er das verdient hat." (In Pakistan wird alles zunächst einmal religiös hinterfragt. Noch.)

Schweigen.

„Sehen Sie sich Malang jetzt an!" ruft Nasiem. „Wir haben 25 Minuten geschrubbt, ehe seine ursprüngliche Farbe wieder sichtbar war!"

Malang sitzt im Sessel (auf den ich mich zehn Minuten später ostentativ setzen werde). Bart gestutzt, ein neues Hemd und ein erstes, fast scheues Lächeln.

Als Nasiem später den Motor anwirft, vergessen wir sogar, uns nach der sichersten Fahrtroute zu erkundigen. So voll ist jeder von Malangs Geschichte. Die Frauen haben das Zimmer saubergemacht. Wir haben uns auf die neue Kombinationstherapie geeinigt.

„Das war aufregend, als sich der zum Tier verkommene Patient plötzlich als Mensch entpuppte!"

„Und die Frauen haben das auch so erlebt."

„Und jetzt werden wir ihn ausheilen!"

„Und an der Versöhnung weiterarbeiten", sagt Philomena.

Ein paramilitärischer Konvoi kommt uns entgegen, aufgepflanzte Maschinengewehre.

Nasiem biegt vorsichtshalber in eine Seitenstraße.

„Das ist eigentlich toll", sagt er, „daß wir so eine sinnvolle Sache machen können, in all dem Chaos."

Das war für mich die beglückendste Erfahrung. Und an der Reaktion des Teams habe ich das gleiche gemerkt. Wir können etwas tun gegen die Angst und gegen den Wahnsinn in dieser Stadt. Wir müssen nicht resignieren. Den Wahnsinn können wir nicht direkt angreifen. Ich glaube nicht, daß dies irgend jemand kann. Diese Wahnsinnigen sind selber Getriebene. Den auf den Abgrund zurasenden Bus noch aufzuhalten, das geht nicht. Aber es ist für uns eine wichtige Erkenntnis, und sie hat uns wieder Mut gemacht: Es gibt doch Möglichkeiten, den Wahnsinn zu unterlaufen, mit irgend etwas Sinnvollem. Es gibt Menschen, die sind Hoffnungsträger. Es gibt neben dem Wahnsinn doch noch einen Sinn. Das ist die Erfahrung unseres Teams. Und Nasiem hat sie in Worte gefaßt.

Fatima und ihr Mann

Warum Philomena heute ausgerechnet Korangi R auf dem Einsatzprogramm hat, kann ich auch nicht ganz nachvollziehen. Als wir von der Hauptstraße abbiegen, hält uns ein tiefer Graben, quer über die Nebenstraße gezogen, schon nach 200 Metern auf. Noch denke ich, daß die Stadt vielleicht Kanalisationsröhren legt – später erfahre ich, daß die

Bevölkerung durch diese selbstgebauten Schützengräben sich vor den paramilitärischen Regierungstruppen ebenso schützt wie vor den Terroristen. Kein Wagen kam ins Siedlungsgebiet hinein. Wir fragen einen Passanten, wie wir denn nach Block R kommen könnten?

„R?", er schaut uns ungläubig an. Gibt dann aber Auskunft: Das sei nicht einfach, aber wenn wir rechts abbiegen würden – und dann links – geradeaus – weiter rechts – wieder links – rechts ..., dann kämen wir vielleicht durch.

Warum dann nicht gleich zu Fuß gehen?

„Aber den Wagen", sagt er, „den parken Sie besser auf der Hauptstraße."

Also los ...

Wenn es Philomena auch nur durch einen Seufzer angedeutet hätte, daß sie lieber zurückginge, hätte ich keine Minute gezögert, ihr zuzustimmen. Der Weg durch die Seitengäßchen ist ein Alptraum. Die Dienste der Stadtverwaltung sind schon seit Monaten zusammengebrochen, die Müllberge häufen sich in den Gäßchen. Man hat sie an einer Seite der Schützengräben aufgehäuft, und sie werden dann mit Petroleum übergossen und angezündet, wenn sich die Bevölkerung gegen die eindringenden Terroristen, aber ebenso gegen die Sicherheitskommandos der Regierung verteidigen will.

Wir drücken uns mühsam an den Hauswänden entlang, um die Gräben und die brennenden Müllhaufen zu umgehen. Totenstille auf der Straße, heruntergelassene Rolläden, die Läden mit Eisengittern verbarrikadiert, hier und da ein neugieriger oder ängstlicher Kinderblick durch eine spaltbreit geöffnete Tür – einmal kommt uns ein Fußgänger entgegen, den wir nach dem Weg fragen. Nach langer Mühe finden wir das Haus des Patienten.

Zwei Stunden später. Auf dem Rückweg durch die gleiche Geisterstadt. Wir sind in Hochstimmung. Es hatte sich doch gelohnt! Nicht, daß wir Fatima noch hätten ausheilen können; wir haben die Therapie abgesetzt, sie ist ein ausgebrannter Fall, ihre eigenen Abwehrkräfte haben sich erfolgreich mit der Krankheit auseinandergesetzt, wenn auch um den Preis erheblicher Behinderungen.

Aber wir haben ihr die Möglichkeit gegeben, einmal ihre Geschichte zu erzählen. Und die Familie davon überzeugt, daß Fatima ganz normal mit ihnen leben kann, essen und schlafen, weil keine Ansteckungsgefahr mehr besteht. Welch eine Erleichterung für Patientin und Familie gleichermaßen!

Fatimas Mann war ein infektiöser Leprafall, er hatte jegliche Behandlung verweigert – wir erfuhren erst während des Besuches, daß er verstorben sei, er hatte einen Herzanfall, und da die Familie kein Fahrzeug auftreiben konnte, starb er ohne ärztliche Versorgung. Seine Frau hatte ich vor zehn Jahren einmal gesehen, ein Frühfall – nach der Diagnose hatte der Mann es ihr untersagt, zur Behandlung zu gehen.

„Meine Eltern haben mich jung verheiratet, ich hatte meinen Mann vorher nicht gesehen, erst nach der Hochzeit sah ich, daß er leprakrank war. Aber da war ich schon mit ihm verheiratet, so mußte ich ihm dienen, und das habe ich auch getan – aber ich habe wieder und wieder versucht, ihn umzustimmen und ihm und später auch mir die Behandlung zu ermöglichen, aber er wollte nicht."

Jetzt ist Fatima hochgradig verstümmelt. Nein, das war nicht das am schwersten zu Tragende. Es war die ständige Furcht, in der die Familie lebte, daß das gleiche Schicksal noch weitere treffen könnte.

„Das haben wir gut gemacht", sagt Philomena, „jetzt kann Fatima wenigstens wieder an den Familientisch, und (mit einem erleichterten Lächeln der Solidarität unter Frauen) die Sorge um ihren Mann ist sie auch los."

Der Fahrer wartet auf uns auf der Hauptstraße. „Ich habe mich erkundigt", sagt er, „wir fahren besser nicht durch Block D, da wird geschossen, aber Block H ist frei."

Kalaschnikows und Raketenwerfer forderten weiter Dutzende Tote. Wie sollten wir unter den Umständen von Angst, Panik und Terror unsere Arbeit in den Vierteln weiter tun? Wir mußten eine Strategie finden, die uns erlaubte, buchstäblich unter den Mündungen der Maschinengewehre, die auf uns gerichtet waren, weiterzumachen. Irgendwie. Eine Journalistin, die in der Zeitung „Dschang" schreibt, hat uns in dieser Zeit sehr geholfen. „Dschang" heißt eigentlich „Krieg, Kampf". Das ist die meistgelesene Tageszeitung nicht nur in Karachi, sondern in ganz Pakistan. Diese Frau hat über Wochen hinweg jeden Mittwoch die ganzseitige Beilage ihrer Zeitung der Information über unsere Arbeit zur Verfügung gestellt. Die ganze Geschichte der Lepra wurde in dieser Mittwochbeilage erzählt, in Urdu, mit Bildern.

Wir hatten viele Patienten, deren Häuser wir gar nicht kannten, dann muß man sich erst durchfragen. Da war zuerst Mißtrauen, Angst: „Wieso fragt ihr nach dem?" Ich entsinne mich an einen bulligen Mann, der hatte sich offensichtlich gerade gewaschen und nur ein um die Lende geschlungenes Tuch an. Als er uns sah, fragte er mit bedrohlichem Unterton: „Was wollt ihr hier?" Als wir ihm erklärten, daß wir nach Leprapatienten suchten, war er wie verwandelt, die Freundlichkeit und Hilfsbereitschaft in Person; er führte uns durch das ganze Viertel. Des Rätsels Lösung: Gerade war die Mittwochbeilage in der Zeitung wieder erschienen: „Das sind die, die im ‚Dschang' standen. Das habt ihr doch alle gelesen."

Wenn man solche spontane Zuwendung immer wieder einmal erlebt, dann tut das gut. Wichtig ist, daß man sich solche Erfahrungen bewußtmacht und daß man sie kultiviert, daß man in der Gruppe nicht nur über das Grausige spricht, sondern auch über das, was man an Schönem erlebt hat. Nur indem man dem Negativen nicht den ganzen Raum einräumt, sondern ihm etwas Positives, etwas Schönes entgegensetzt, kann man es unterlaufen und die eigene Freiheit bewahren. Das bedeutet nicht, daß das andere dann aufhört. Das ist auch keine billige Anweisung zur Flucht. Es geht nicht um Sieg. Nein, es ist dieses Unterlaufen, von dem im Neuen Testament die Rede ist: „Und wenn dich die Besatzungsmacht zwingt, eine Meile zu laufen, dann laufe zwei, vielleicht kommt ihr ins Gespräch." Nur wenn man diese innere Souveränität aufbringt, nur wenn man ein wenig von seiner Freiheit dem anderen geben kann, dann öffnen sich vielleicht neue Wege.

Ich habe der Journalistin von unserer Erfahrung erzählt. Nun will sie künftig auf dieser Mittwoch-Seite jede unserer Außenstationen und unsere Mitarbeiter einzeln vorstellen, mit Foto. Und damit dem Team ein wenig Sicherheit geben.

Wiedersehen mit Ahmad Aman

Im Februar hatten wir ein deutsches Filmteam hier, sie wollten die von österreichischen Spendern unterstützten Sozialprogramme dokumentieren. 16 der 156 Patientenhäuser möchten sie sehen – 16, über die 13-Millionen-Stadt Karachi verstreut. Fünf Tage lang fuhr ich den kleinen Suzuki durch den chaotischen Verkehr von Karachi – durch winzige Seitengäßchen, in denen Hühner, spielende Kinder, Schlaglöcher und offene Abwasserkanäle jede Sekunde gespannte Aufmerksamkeit fordern – und erhebliches Fahrgeschick. Denn aus den meisten dieser Gassen kommt man nur im Rückwärtsgang wieder hinaus. Auf meiner Liste steht das Haus von Ahmad Aman.

Der Name sagte mir nichts. Ein kleines Reihenhaus, man sieht es ihm an, daß es stückweise gebaut ist, das obere Stockwerk hat noch unverputzte Wände, aber die Bougainvillea rankte sich schon am Türpfosten hoch und läßt ihre verschwenderische Blütenpracht über die rohen Backsteine der Gartenmauer fließen.

Wir klingeln. An der Tür erscheint ein Mann im Schlafanzug, gähnend und unrasiert. Oh, denke ich, mit einem plötzlich scharfen Schmerz, da hat er es also doch nicht geschafft.

Ich kannte Ahmad von der Station her. Ein schwerer Borderline-Fall, akuter Ausbruch der Krankheit, hochgradig depressiv, keinen Willen, weiterzuleben. Ich habe oft an seinem Bett gesessen und versucht, ihn zu trösten – „In drei Monaten", habe ich gesagt, „haben wir die Krankheit eingedämmt, in sechs Monaten können Sie zurück zur Arbeit, ich habe es so oft schon erlebt."

Ahmad öffnet seine verschlafenen Augen weit. Erkennt mich. Ein breites Lächeln: „Oh, Sie, verzeihen Sie den Aufzug, ich bin gerade von der Nachtschicht zurück – nein, daß Sie persönlich kommen! Sie müssen sich das neue Haus anschauen!"

Zehn Minuten später kommt seine Frau. Sie erzählt uns die Geschichte: „Als Ahmad so krank im Bett lag und die Kinder weinten und jeder dachte, er würde nicht überleben, da habe ich ja irgend etwas tun müssen, und da habe ich mir Arbeit gesucht, im nächstgelegenen Entbindungsheim – erst als Putzfrau, jetzt als Stationshilfe. Und als mein Mann zurückkam und wir wußten, daß er gesund würde, und er bald darauf wieder zur Arbeit ging, da wollten sie mich im Krankenhaus nicht weggehen lassen ..." – „... und da haben wir gesagt", unterbricht Ahmad, „die Kinder haben sich daran gewöhnt, nachts allein zu sein, und wenn wir beide Nachtdienst machen, dann können wir ganz schön verdienen, und das Haus langsam abzahlen und auch die nötigen Verbesserungen durchführen – das letzte, was wir uns geleistet haben, ist ein WC." Wir bewundern die blitzsaubere Toilette, Zementboden und Fliegengitter am winzigen Fenster, ein rohes Holzbrett an der Wand.

„... es ist nämlich gleichzeitig Badezimmer, dreimal am Tag kommt Wasser aus dem Wasserhahn, für eine halbe Stunde." Ahmad ist Flüchtling aus Bangladesch. „Als wir in Pakistan ankamen", sagt er nachdenklich und gießt uns eine Tasse Tee ein, „da lebten wir auf der Straße – ich war krank und sah keine Zukunft – die Kinder waren dünn und verwahrlost – meine Frau verzweifelt. Dann bekamen wir das Haus. Und wir waren plötzlich angesehen. Die Kinder bekamen einen Schulplatz, meine Frau eine Stelle. Und meine Krankheit ist fast ausgeheilt, und ich kann wieder arbeiten – *Gott ist gut.*"

Auf Station

Ein neuer Versuch in Manghopir, dem städtischen Leprosarium – der wievielte?

Immerhin: Wir haben die Anzahl der Patienten, die wir in der Kartei hatten und aus den Augen verloren haben, massiv reduzieren können – viele wurden in unseren Außenstationen behandelt, und es war der Stadtverwaltung nur nicht bekannt. Ein gutes Gefühl, daß die meisten Patienten heute bereits ausgeheilt sind! Im Leprosarium selber sind die stationären Patienten ebenfalls aus der medikamentösen Behandlung entlassen dank der neuen Therapie.

Was aussteht: eine effektive Behindertenbetreuung. Aussatz bedeutet Verkrüppelung, Verkrüppelung bedeutet Behinderung, Behinderung bedeutet Hilflosigkeit. Überzeugungen von vorvorgestern, die nur noch in den wenigen alten Leprosarien des Landes überleben. Deshalb kommt man immer wieder in die Versuchung, sich um diese wenigen Patienten, diesen „Überrest der Geschichte", nicht zu kümmern. Immer wieder kämpfen wir uns in diesem frustrierenden Geschäft zu der trotzigen Überzeugung durch – auch nur einen einzigen in seinem Leid zu vergessen ist zu viel!

Wir sitzen, wieder einmal, auf den Betten der Patienten, hören uns ihre Geschichten an – ihre langen, traurigen, monotonen Geschichten. Wir kommen behutsam auf die Frage ihrer Verletzungen, Verkrüppelungen, Verstümmelungen zu sprechen, und was wir vielleicht gemeinsam tun könnten, weitere Behinderungen zu verhüten. Afzal, der zwischen Afghanistan im Sommer und Manghopir im Winter hin- und herpendelt, hat seine eigenen Ideen entwickelt: Sein Kochtopf hat einen langen Holzstiel, der Deckel ebenfalls einen Holzknopf, da verbrennt er sich die Hände nicht mehr, wenn er seinen eigenen Tee zubereitet. Wir sind begeistert. „Hör mal", sagen wir, „das solltest du mal allen Patienten demonstrieren." Und dann sagt Sher Ali auch schon: „Wir werden eine Patientenversammlung einberufen, wo wir Ideen austauschen" – voneinander lernen sie bestimmt besser als von uns.

Am nächsten Tag haben wir eine bunte Matte über dem spärlichen Rasen vor dem Stationsgebäude ausgebreitet. Ein paar neugierige Patienten finden sich ein, langsam füllt sich der Platz.

„Ihr wißt doch, daß ihr nicht fühlen könnt", sagt Mukeem, „und wo und wann und warum ihr euch verbrennt, und trotzdem verbinden wir den ganzen Tag Wunden – es wäre doch mal gut, wenn wir uns unterhalten würden, was wir zusammen tun könnten, um die Verletzungen zu verhüten."

Schweigen.

Nein, so geht es offensichtlich nicht.

„Wie war das eigentlich, als du zum ersten Mal hier ins Leprakrankenhaus kamst?" will Sher Ali von Samad wissen, der schon 15 Jahre hier lebt. Ein breites Lächeln geht über Samads Gesicht.

„Das war vielleicht komisch!" entsinnt er sich. „Ich war an der Bushaltestelle ausgestiegen und hatte gar nicht gemerkt, daß ich beim Aussteigen den Schuh verloren hatte, weil ich ja nicht fühlen kann, und als ich barfuß hier im Krankenhaus ankam, da hatte ich mir schon die ganze Fußsohle auf dem heißen Pflaster verbrannt, es war nämlich Juli, und seither ziehe ich nie mehr solche offenen Sandalen an!"

Jetzt ist das Eis gebrochen. Jeder erinnert sich an die eine und andere Geschichte, man tauscht Erfahrungen aus, läßt den anderen an seinen Tricks teilhaben. Ali zeigt voller

Stolz seine Schuhe, er hat sich einen dicken Gummistreifen auf die Sohle geklebt, und Bahadur hat eine Zange, mit der nimmt er den heißen Teetopf vom Feuer, um sich nicht zu verbrennen. Zum Schluß schmieden wir konkrete Pläne: „Jeder Assistent wird mit einer Anzahl von Leprapatienten besonders enge Freundschaft schließen und ein Programm ausarbeiten, wie man die Bagatellverletzungen und Fußgeschwüre verhüten kann – und im Jahr 2000 werden wir das Krankenhaus nicht nur leprabazillenfrei, sondern auch ohne Verletzungen haben!"

Einmütiger Beifall.

Abends geht Josephine noch einmal über die Station. „Paß auf", hört sie Mohammed zu seinem Nachbarn sagen, ehe er sich in das Bettlaken wickelt, um die Mücken abzuwehren, „hör, Fazl, ich bin zu spät gekommen, aber du, du bist jung, paß bloß darauf auf, daß du alles lernst und tust, was wir so miteinander geplant haben, ich werde dich regelmäßig daran erinnern."

„Daß sie so die Verantwortung füreinander übernehmen", sagt Josephine, als wir uns am Morgen wieder treffen, „das hätte ich nie zu hoffen gewagt!"

Keine Nacht ohne Schüsse

Den Ausschlag gab Salma – Mutter von zwei Kindern, das jüngste zwei Monate alt, sie selbst auf Mutterschaftsurlaub, Lepra-Assistentin. Sie wohnt in der Dienstwohnung des Korangi Lepra Control Centre.

„Hoch willkommen", sagte Salma, „natürlich können Sie drüben wohnen – nein, wir haben keine Pläne, in eine ruhigere Gegend umzuziehen. Wo ist es ruhig heutzutage? Wenn der Herrgott uns ruft, müssen wir doch abtreten, und vorher kann uns keiner nach drüben schicken."

Die Lepra-Assistenten hatten alle nur möglichen Bedenken dagegen, daß ich in der Außenstation über Nacht bleibe. Ich sei so eine ideale Geisel – „... die überlegen sich doch auch bestimmt, wen sie alles für Ihre Freigabe freipressen könnten.“ Nicht ganz unlogisch. Einmal habe ich ein Programm abgebrochen, im Stammesgebiet im Himalaya, als mich der Stammesälteste darum bat: „Ich kann nicht garantieren, daß ich meine Männer im Griff habe. Sie sind die ideale Gegengabe für unseren Mann, den die Regierung geschnappt hat.“ Damals, in der Wildnis der Berge, habe ich darauf gehört.

Heute befinden wir uns mitten in der Stadt. Und der Dschungel von Karachi ist undurchsichtiger als der Dschungel des Stammesgebietes der Kohistani.

Morgens bringt Nasiem die Zeitung. „Die beiden haben sie heute nacht direkt hinter meinem Hause umgebracht“, sagt er, und er zeigt die Bilder, blutverschmierte Gesichter zweier Terroropfer, Jungen noch. „Danach hat die Bevölkerung einen Generalstreik ausgerufen, ich habe mein Motorrad geschoben und gesagt, ich müsse es zur Reparatur bringen, aufgestiegen bin ich erst, als ich die Hauptstraße erreicht habe, die ist unter der Kontrolle der Sicherheitsdienste.“

„Sie können nachts hier bleiben“, sagte Nasiem (er ist für das Programm verantwortlich), „aber wenn die Polizei die Terroristen jagt, dann springen sie über die Mauer und verstecken sich hier im Krankenhausgarten, da dürfen Sie nicht erschrecken.“

Keine Nacht, in der wir nicht durch Gewehrschüsse aufgeweckt werden – 14 Tote? „Meinen Sie, die schießen die ganze Nacht in die Luft, das ist viel zu teuer.“ – „... und als es vorgestern die große Schießerei auf der Hauptstraße gab, da war es eine richtige Karambolage, jeder wollte den Wagen in einer Seitenstraße in Sicherheit bringen, sie sind buchstäblich einer auf den anderen draufgefahren.“ – „Und deshalb möchte ich eigentlich nicht täglich 40 km durch Karachi gondeln, nur um nachts sicher im Zentralkrankenhaus schlafen zu können“, sage ich, und Salma wiederholt noch einmal, es wäre okay, und schließlich wohne sie ja hier mit ihren Kindern.

Also bleibe ich. Ich überzeuge alle, daß sie beruhigt nach Hause gehen können. Ich kenne das von dem Überfall in Gilgit: Zwölf Lepra-Assistenten und 18 Patienten – und ein Maschinengewehr war genug, sie in alle Winde zu verstreuen und mir die Verantwortung für die Schwerkranken zu überlassen, die nicht weglaufen konnten. Wenn es mir zu viel wird, werde ich das Programm abblasen. Aber einmal muß ich in Korangi wohnen um der Solidarität willen: „Ich habe zuviel Tote gesehen", sagt Nasiem, „als daß ich nachts noch ruhig schlafen könnte." Und Indryas: „Der verwundete Polizist auf der Brücke – alle seine Kollegen sind Hals über Kopf weggelaufen – und ich habe mein Motorrad auch um 180 Grad gedreht und bin weg, durch die Seitengasse, einfach so abgehauen, ich hatte auch keinen Mut, und auf mein Motorrad hätte ich ihn doch nicht packen können, die Streife hatte doch den Wagen dabei ..."

Unmögliches ist möglich

Im Februar 1996 werten wir dann die Statistiken aus. Es herrscht eine erwartungsvolle Hochstimmung. Die Ergebnisse haben den Einsatz gerechtfertigt:

864 Leprakranke haben wir in diesem Jahr geheilt aus der Behandlung entlassen können. Noch weitere 204 Geheilte, und wir haben das Lepravorkommen unter die Gefahrengrenze gesenkt, unter der sich die Krankheit nicht mehr als Seuche ausbreiten wird.

„Gut!" sagt Hamid, Leprosy Field Officer und für das Projekt verantwortlich. Und dann nachdenklich: „Und was wir dazu an Friedensdienst haben leisten dürfen, das war fast noch schöner."

Auch ich habe viel gelernt in dieser Zeit. Ich bewundere diesen unglaublichen Überlebenswillen der Menschen. In den drei Monaten, in denen ich in diesen Slumvierteln gearbeitet und auch gewohnt habe, hat man wirklich in 24 Stunden keinen Atemzug in seine Lungen bekommen, der nicht verschmutzt war. Es stinkt zum Himmel, im wörtlichen Sinn, weil alle Abwasserkanäle verstopft sind. Dazu die Hitze, und zu allem Überfluß hatte es auch noch geregnet. Es gibt kein Kanalisationssystem für Regenwasser. Das sammelt sich alles in den Straßen. Und dann die Mücken. Alles scheint schrecklich und bedrückend aussichtslos. Und trotzdem: Väter versuchen unter den widrigsten Umständen, ihre Familie zu ernähren; junge Menschen heiraten, Kinder werden geboren, sie wachsen auf mit einer umwerfenden Phantasie und Lebensfreude. Ich sehe sie auf der Straße, aus Einpackkisten haben sie kleine Kalaschnikows gebastelt, wenn man hinten abzieht, dann macht das richtig „klack". Zuerst dachte ich: Um Himmels willen, man sollte das abstellen. Und dann entsann ich mich auf unsere eigenen Kinderspiele während der Bombenangriffe in Leipzig. Wir hatten unsere Puppen in den Kinderwagen gepackt, rannten damit herum, versuchten auf die Straße zu kommen und probierten, welche Tür nicht verschüttet war. Wir brauchten das, um unsere Angst wegzuspielen. Und die Kalaschnikow spielenden Kinder von Karachi brauchen das offensichtlich auch. Hinter dem Noviziatsgebäude gibt es einen großen herrlichen Sportplatz. Am Abend treffen sich da die Jungen für Karate. Ich habe gedacht, ich würde doch meine Kinder abends nicht mehr rauslassen. Aber Karate ist eine disziplinierte Art, seine Angst zu kanalisieren und die Kraft zu erproben.

Das Leben geht weiter. Wir tun, als ob alles in Ordnung wäre. Der Wahnsinn wird ein Teil der Normalität. Ob das gut ist, daß wir uns so normal benehmen? Ich denke, ja. Denn die Alternative wäre, selber wahnsinnig zu werden.

In seinem Roman „Gezeiten des Schweigens" erzählt Elie Wiesel die Geschichte von Michael, der gefoltert wird, um seinen Freund zu verraten. Zuletzt wirft man ihn zu einem Wahnsinnigen in die Zelle. Michael bemüht sich dann um den völlig versteinerten, wahnsinnigen Jungen in seiner Zelle. Die Geschichte bleibt offen, man erfährt nicht, ob er Erfolg hatte oder nicht. Wiesels Botschaft: Die *Bemühung* ist wichtig. Denn sie ist die letzte Insel. Die einzige Zuflucht, um nicht wahnsinnig zu werden.

Kleine, punktuell positive Erfahrungen sind immer wieder möglich.

Ich sehe vor mir immer noch das Kind, das sich ein Papierschiffchen gemacht hatte und es im Kloakenwasser schwimmen ließ. Und jedesmal, wenn das Schiffchen abdrehte, weil es in den Zufluß einer neuen Kloakenzufuhr kam, jauchzte der Kleine auf. Und ich dachte: Also so kann man das Leben auch interpretieren –.

Ob man ein System mit Gewalt zum Guten verändern kann? Ich zweifle. Aber die große Politik wird ja nicht nur von einzelnen gemacht. Die einzelnen sind auch nur das Produkt ihrer Gesellschaft. Wie viele Menschen müssen um ihrer Überzeugung willen gelitten haben, ehe ein Mensch wie Gorbatschow erstehen kann? Wenn sich das Klima in einer Gesellschaft ändern soll, muß dieser Prozeß von vielen mitgetragen werden. Es ist tröstlich, immer wieder zu erfahren, hundertfach zu erfahren, daß Menschen im kleinen verhindern, daß Unrecht geschieht; daß sie hundertfach, unscheinbar und von keinem bemerkt, ihr Ja zum Leben den Kräften der Zerstörung entgegensetzen. Und wenn es auch so selten in die Medien gelangt, ich glaube es doch: Keine noch so kleine Geste von Verstehen, Friedensbereitschaft, Zuneigung und menschlicher Wärme geht jemals verloren. Denn es gibt eine Kettenreaktion des Guten, so wie es eine Kettenreaktion des Bösen gibt.

Was kann ich, konkret, in meinem kleinen Lebensumkreis tun, um die Gefahr der Gewalt, des Terrors zu vermindern? Vielleicht: ihnen die Erfahrung des Glückes ermöglichen. Der Mensch ist erschaffen zum Glücklichsein. Und wer einmal existentiell den Unterschied erfahren hat: daß mit Gewalt erzwungener „Erfolg" wohl Nervenkitzel verschafft, geschenkte Zuwendung aber Glück – der ist wohl gegen die Versuchung des Terrorismus gefeit.

Und das ist wohl genau, was unsere Mitarbeiter in diesen Einsätzen erfahren: Glück ...

Und so werden wir wohl für immer nach wirklichem Glück hungrig bleiben. Denn der Mensch hat eine natürliche Hinneigung zum Guten, die identisch ist mit dem wirklichen Glück.

Und dann wird auch das Unmögliche möglich: In dieser Stadt des Terrors ist heute die Gefahr der Lepra gebannt.

Der Wahnsinn hat nicht triumphiert.

Gegen den reißenden Strom

Die Unterschlagung

Keine Insel der Seligen

Ich bleibe dabei: Man muß sich „Geschichten zum Mutmachen" erzählen. Man *muß* sie sich erzählen, denn sie stehen nicht in den Zeitungen. Aber soll, darf man deshalb den Hintergrund ausblenden? Auch die Dunkelheiten sind Teil der Wirklichkeit, der man sich stellen muß. Manchmal habe ich den Drang, um der Redlichkeit willen, die Kehrseite in den Brennpunkt zu rücken: die Wiederherstellungsoperationen, die schiefgegangen sind (kein Chirurg hat eine 100prozentige Erfolgsquote). Politische Unruhen. Die Militanz der Fundamentalisten. Ein Patient, den wir ausgeheilt und dem wir eine Stelle in der Grenzwacht verschafft haben, hat mit dem ihm übergebenen Gewehr einen Ladenbesitzer erschossen und sich 100000,– Rupees angeeignet. Jetzt sitzt er im Gefängnis, auf Mord steht Todesstrafe durch Erhängen. Einem Jungen hatten wir bis jetzt in einer Klasse eine Patenschaft besorgt, jetzt hat er in einer Nacht zwei Verwandte seiner Pateneltern erschlagen mit einer Eisenstange und ist untergetaucht. Jetzt haben sie seinen jüngeren Bruder verhaftet – Sippenhaft, es ist ungesetzlich, wird aber nicht hinterfragt, weil man es vom Stammesgesetz her gewohnt ist. Alles das (und noch mehr) ist kürzlich in einem einzigen Monat geschehen. Im vergangenen Jahr sind 26 Menschen durch religiösen Fanatismus ums Leben gekommen, es gab 100 Verletzte. Wie viele im Gefängnis sitzen, unter den neuen religiösen Gesetzen angeklagt, das hat noch keiner gezählt. 52 Menschen sind zur gleichen Zeit an Folter im Polizeigewahrsam verstorben. Die Todesopfer sind nur die Spitze des Eisberges. Vergewaltigung ist ein neues Mittel im politischen Kampf – alle drei Stunden ist im vergangenen Jahr eine Vergewaltigung geschehen, jedes zweite Opfer ist minderjährig.

Und auch dies: Gelder, die nicht so angelegt worden sind, wie sie angelegt werden sollten.

Nein, wir leben nicht auf einer Insel der Seligen.

Wir sind mit dem Leprateam schon immer gegen den Fluß geschwommen. Jetzt ist es schon lange ein reißender Strom. Wir haben ein elitäres Bewußtsein gepflegt, uns aber immer bewußt als Teil des Ganzen verstanden – und dieses Ganze ist keine heile Welt. Pakistan hat, seit ich die Entwicklung verfolgen kann, einen erschreckenden Wertezerfall durchgemacht. Alte Ordnungen sind zerbrochen, ohne daß sich neue haben durchsetzen können. Die Probleme des Landes liegen auf der Hand: Orientierungslosigkeit, das erschreckende Gewaltpotential, der Sog des Konsumismus, Korruptheit allenthalben.

Sollte der Kampf, das Team gegen diese Mentalität zu immunisieren, aussichtslos sein?

„Es läuft etwas schief!"

Mattias ist gerade erst aus den Ölstaaten zurückgekehrt. „Es hat mir nicht gepaßt: bloß fürs Geld zu arbeiten – und sonst keinen Sinn im Leben." Ich habe mir den kritischen, gescheiten Mitarbeiter an Land gezogen und arbeite ihn jetzt in den Provinzen ein. Noch hat er Schwierigkeiten, offen und unbekümmert mit mir umzugehen; seine ersten Berufserfahrungen hat er in einem Regierungsposten gesammelt, einer streng hierarchisch verfaßten Organisation.

Aber heute abend steht er plötzlich in meinem Zimmer. „Ich wollte es Ihnen nur sagen", sagt er unvermittelt, „irgend etwas läuft schief in der Sozialabteilung."

Ich lache. „Mattias", sage ich, „was für eine Sorge –! MAC ist doch kein Regierungsunternehmen."

Mattias zögert. „Ich bin viel zu neu in der Hierarchie, als daß ich etwas machen könnte – aber sagen mußte ich es Ihnen. Es läuft etwas schief."

Ich schaue kurz auf von meiner Arbeit. Sehe die Sorge in seinen großen dunklen Augen. „Hören Sie", sage ich und wende mich ihm voll zu:

„Wenn Sie davon überzeugt sind, dann beweisen Sie es entweder, oder sehen Sie nach, bis Sie selber herausfinden, daß Sie sich getäuscht haben. Wenn Sie den Verdacht haben, kann nicht ich ihn entkräften."

Mattias zögerte noch immer: „Dazu brauche ich Vollmachten", sagte er, „die ich nicht habe." Und ich: „Ich habe zwar auch keine, aber wenn Sie sagen, Dr. Pfau hat mich gebeten, wird kein Mensch fragen, wieso Sie das machen. Ich stehe hinter Ihnen."

In weniger als zwei Monaten hatte Mattias die Beweise gesammelt. Es gab massive Unterschlagungen in der Sozialabteilung.

Schock und Entsetzen bei allen – ich war ja froh, daß sie wenigstens so betroffen waren! Bei den millionenschweren Bank- und politischen Skandalen, von denen die Zeitungen Pakistans voll sind, wäre es ja auch möglich gewesen, daß man achselzuckend reagiert hätte: „... das ist halt hierzulande so –."

Die Vorgeschichte

Wie hatte es soweit kommen können? Die Geschichte reicht weit zurück. Unsere damalige Oberin, Französin, ausgebildete Fürsorgerin, stellte für die Sozialabteilung unseres Projektes Younus S. ein, den ersten „abgefallenen" Priester Pakistans. Er hätte keine Chance gehabt, sonst irgendwo eine Stellung zu bekommen. So ermöglichten wir ihm eine Universitätsausbildung in Sozialwissenschaften. Ich habe voll, voll hinter der Entscheidung gestanden; trotzdem frage ich mich heute, ob wir, als Ausländer, vielleicht doch die Problematik nicht richtig gesehen haben. Younus entstammte einer Straßenkehrerfamilie, der Kaste der Unberührbaren, und hatte erhebliche Kindheitstraumen. Gescheit und kritisch, mit einem leidenschaftlichen Gerechtigkeitsgefühl, überkompensierte er offensichtlich frühkindliche Traumen. Irgendwie konnte ich ein unsicheres Gefühl nie unterdrücken. Wohl weil mich zwei Geschehnisse, ganz am Anfang, nachdenklich gemacht hatten: Eines hatte mit den ersten Salatschüsseln zu tun, die in Pakistan aufkamen. Ich hatte so eine Antennenanlage auf dem Dach eines unserer Patienten entdeckt, einem Straßenfeger, und ich wußte, daß sich die Familie noch keine anständige Toilette eingebaut hatte.

„Hör, Younus", sagte ich, „ich glaube, da kommt eine ganz neue Aufgabe auf die Sozialabteilung zu: counselling, wie man mit Konsum umgeht."

„Wieso?"

Der Ton war gereizt. Ich schaltete noch nicht.

„Reichlich blöd: sich so eine Salatschüssel aufs Dach zu montieren, ehe man eine vernünftige Toilette hat!"

Younus rastete aus. „Ist ein Straßenfeger vielleicht kein Mensch? Soll das eine Gesellschaftsgruppe bleiben, die für immer von den neuen Entwicklungen ausgeschlossen bleiben soll?"

Ich war verwirrt. „... ich habe doch über Toiletten und Salatschüsseln geredet –." Unmöglich, objektiv über den Konflikt zu sprechen. Ich war beunruhigt. Offensichtlich konnte Younus in gewissen Konfliktsituationen aufgrund seiner unverarbeiteten Kindheitsgeschichte nicht logisch reagieren.

Die zweite Sache hing mit seinem Priesterberuf und seiner Ehe zusammen. Er hatte mir ganz am Anfang seinen Schritt erklärt. Er habe ja nicht aus Liebe geheiratet. Aber die Frau hätte ihn gebraucht – er hätte sich verpflichtet gefühlt, was wäre aus ihr geworden, wenn er sich nicht um sie gekümmert hätte?

Die Entscheidung für eine Ehe war Younus' Privatsache.

Aber es wäre mir lieber gewesen, wenn er mir gesagt hätte: Ich weiß nicht, ob Sie mich verstehen können – ich war so wahnsinnig, so besinnungslos verliebt, ich konnte überhaupt nichts anderes mehr denken. – Dann hätte ich gedacht: Gut, das kannst du verstehen.

Aber nur, um ihre Seele zu retten? Da hätte er ihr auch die Beichte abnehmen können –.

Younus hat gut gearbeitet, er war ein Querdenker, hat viele Ideen ins Projekt eingebracht und erfolgreich vertreten. Und dann hatte ich 1981 die Leitung des MAC in Karachi an meine einheimischen Mitarbeiter übergeben und fast ausschließlich in den Provinzen gearbeitet.

Die Unterschlagung hatte natürlich eine Vorgeschichte. Sie hing mit der Struktur des MAC zusammen: Da war in der Zwischenzeit die Revolution an der Leprafront abgelaufen, so daß wir nicht mehr die lebenslange Behandlung benutzten, sondern unsere Patienten aus der Behandlung entließen und Zweiterkrankungen mit dazunehmen mußten, um die Präsenz der Leprateams im Gesundheitsdienstlangfristig zu sichern. Das hatte zu einer enormen Kosteneskalation und damit auch zu ganz anderen Anforderungen an die Verwaltung geführt. Unter diesen Anforderungen ist sie kollabiert. Im ganzen Betrieb gab es keinen ausgebildeten Verwaltungsfachmann. Das hatte ich schon jahrelang moniert.

Organisatorischer Grundfehler war, daß die Sozialabteilung ihren Etat in eigener Verantwortung erstellte, ausgab und abrechnete und daß das von keinem Rechnungsprüfer überprüft wurde. So konnte das Geld versickern oder in die Taschen von Younus fließen. Gerade weil der Mann Expriester war und noch von der moralischen Autorität seines ehemaligen Amtes zehrte, war keiner mißtrauisch geworden. Da er so etwas wie die moralische Autorität seiner Abteilung darstellte, er hatte schließlich für den ganzen Stab die moralethischen Vorlesungen gehalten, war die Wirkung um so verheerender.

Der Sozialetat des Projekts betrug damals 25 Prozent unseres Gesamtetats, umgerechnet 500000 DM: eine Summe, die wir nach dem Vorfall entschieden kürzten. Die Gelder waren nicht verloren. Wir haben sie wieder zurückbekommen. Die ganze Affäre war ein anstrengender, aber sehr wirkungsvoller, letztlich positiver Lernprozeß.

Die Unterredung

Als die ganze Sache kurz vor der Aufdeckung stand, war ich gerade in Exerzitien. Die beiden Verantwortlichen, Younus, der Expriester, und sein Stellvertreter Samuel, ein Ex-Franziskaner, baten mich um eine Unterredung.

Es sei tatsächlich etwas schiefgegangen.

„Wieviel?" wollte ich wissen . „1 Prozent, 2 Prozent?"

„Ja, so ungefähr 2 Prozent."

Was sie denn nun machen wollten? Sie wollten das selber in Ordnung bringen.

Das fand ich gut: in Ordnung bringen. Nur: um die Abrechnungen müsse sich eine unabhängige Stelle kümmern.

„Nein", sagte Younus. Dem würden sie nicht zustimmen. Und er erzählte urplötzlich eine Geschichte, die mit meiner Frage scheinbar gar nichts zu tun hatte. „Als ich vier Jahre alt war", erzählte Younus da, „sagte mir mein Vater einmal, wenn der Babu kommt, dann sage ihm, daß ich nicht da bin. Und er hat sich zum Schlafen hingelegt. Und als der Babu kam, bin ich ihm entgegengelaufen bis zur Gartentür und habe gesagt, Onkel, mein Vater hat mir gesagt, wenn du kommst, soll ich dir sagen, er ist nicht da, er schläft nämlich." Eine Familienkatastrophe war die Folge. Der Vater verprügelte den Jungen hemmungslos.

Und bei dem Kind hat sich natürlich die Überzeugung festgesetzt: Wenn du die Wahrheit sagst ...

Diese Geschichte hat mich nie losgelassen.

Younus hat seine Geschichte beendet.

Schweigen.

„Und was machen wir jetzt?" frage ich.

„Kündigen", sagt Younus.

„Und die Rückzahlungen? Ich möchte nicht, daß es zu Gerichtsverhandlungen kommt –."

„Die leisten wir freiwillig", sagen sie.

Sie reichten dann nicht nur ihre eigene Kündigung ein, sondern brachten die gesamte Abteilung dazu, zu kündigen. Das war gerade, als ein Fernsehteam das Häuserprogramm filmen wollte – das in der Verantwortung eben dieser Sozialabteilung angesiedelt war. Ich hatte plötzlich keinen Menschen, der mir sagte, wo genau in Karachi diese Häuser standen. Denn die Unterlagen waren alle bei der Sozialabteilung. Da aber Patienten und Lepra-Assistenten doch einiges wußten, fanden wir acht, die wir zeigen konnten. Und nachdem wir diese acht dokumentiert hatten, ergab sich auch aus diesem Material eine gute Sendung.

Schließlich kam von den Leuten aus der Sozialabteilung, die über Nacht gekündigt hatten, einer nach dem anderen zurück – kein Wunder beim jetzigen Arbeitsmarkt. Sie wurden auch wieder eingestellt. Allerdings unter der Bedingung, daß sie, wenn sie in die Sache verwickelt waren, Rückzahlung zu leisten hätten und entsprechende Disziplinarmaßnahmen akzeptieren würden.

Schuldkultur und Schamkultur

Die Veruntreuung betraf alle Provinzen – mit Ausnahme von Azad Kashmir.

Wie damit umgehen?

Ein Projekt, das auf Vertrauen aufgebaut war, das ohne Vertrauen (auch vom Organisatorischen her) keine Überlebenschance hatte – wie sollte das Projekt mit diesem plötzlichen Erschrecken umgehen, daß einige von uns – daß wir das Vertrauen verraten haben?

Es war eine schwere Zeit – für uns alle. Und es war trotzdem eine gesegnete Zeit, eine Zeit, die uns zwang, uns auf das zu besinnen, was wir nicht preisgeben konnten. Werte, denen wir uns verpflichtet fühlten, ganz gleich, aus welchem Umfeld wir kamen.

Man muß sich immer wieder vergegenwärtigen: Betrug und Unterschlagung kommen in beiden Kulturen vor. Der Unterschied zwischen Ost und West liegt in der unterschiedlichen Bewertung und Einordnung.

Der Westen hat eine „Schuldkultur". Wer betrügt, weiß in der Regel, daß er im Unrecht ist, unabhängig davon, ob der Betrug bekannt wird oder nicht.

Der Osten dagegen hat eine „Schamkultur". Der entscheidende Aspekt hier ist der Ehrverlust, wenn ein Vergehen in die Öffentlichkeit gelangt. Erst dann wird die Situation zu „Unrecht". Das macht die Verständigung so schwer. Aufarbeitung moralischer Schuld ist in Pakistan fremd. Daß uns die Unterschlagungsaffäre dazu gezwungen hat, uns dieser Frage zu stellen, daß sie mir Gelegenheiten gegeben hat, über Schuld und Verantwortung, über Vergebung und Neuanfang mit unseren Mitarbeitern zu sprechen, und das in einer Situation existentieller Betroffenheit – das habe ich als Geschenk empfunden. Ich habe Gespräche gehabt, die haben sich auf einer Ebene abgespielt, die so verletzlich ist und so kostbar, daß es für immer unser beider Geheimnis bleiben wird, ein Geheimnis, das wir mit keinem anderen teilen können.

Die Situation war unterschiedlich in den unterschiedlichen Provinzen. Azad Kashmir war, wie gesagt, unberührt geblieben. In ein paar Fällen war politischem Druck oder dem Druck des Stammes nachgegeben worden, und Patienten hatten Hilfestellung erhalten, die nicht auf der untersten Armutsstufe standen – aber keine Gelder waren in falsche Kanäle geflossen.

Das hat Gründe, denn in diesem total abgeschlossenen Berggebiet hat die gesellschaftliche Identitätskrise noch nicht stattgefunden: Es gibt weitgehend intakte Familienstrukturen und Wertesysteme. Modernes Gedankengut dringt nur langsam ein. Und trotzdem: In Muzaffarabad haben wir ein Krankenhaus, direkt über dem Fluß herrlich gelegen, mit einer kleinen Mauer umgeben. Es gibt ein Eisentor. Das hatte ich bisher nie verschlossen gesehen. Eines Tages kamen wir an: „Das Tor ist verriegelt! Paradise lost!" Wegen politischer Demonstrationen. Nur an so kleinen Dingen merkt man, daß es auch hier bröckelt. Vielleicht wird in Zukunft Azad Kashmir das gefährdetste Projekt sein, gerade weil es durch keine Krisen gegangen ist.

Die Untersuchung für Belutschistan ist völlig schiefgegangen, weil sie die falschen Leute hingeschickt haben. Die Angestellten gingen in Opposition, es war nichts rauszubekommen. Ich hatte gewarnt: „Sie können nichts beweisen. Belutschistan nimmt ein Drittel der Fläche Pakistans ein. Man spricht dort unzählige Sprachen, die Lepra-Assistenten sprechen vier, fünf von ihnen. Da können Patient und Assistent sogar noch während der Untersuchung bequem absprechen, was sie erzählen wollen. Patienten werden doch keineswegs ‚ihren Doktor' in die Klemme bringen, der für sie Gesundheit und Leben der ganzen Familie bedeutet. Sie haben überhaupt keine Möglichkeiten, etwas rauszufinden."

Die Attackierten haben in der Tat dann den Spieß umgedreht: „Das habt ihr euch selber zuzuschreiben. Wenn ihr keine bessere Infrastruktur habt, dann sollt ihr Gelder nicht verwalten."

Irgendwas mußte aber unternommen werden.

Krisensitzung

Als die Untersuchungskommission aus Belutschistan nach Karachi zurückkam, habe ich sie und die Lepra-Assistenten dieser Region für drei Tage nach Manghopir gebeten; dort hat Jeannine ein Begegnungszentrum gebaut. Es wurden heftige Gespräche. Während dieser Tage fand ich einmal ein Graffiti an der Wandtafel: zwei Parteien, die mit Kalaschnikows aufeinander zu gingen. Dazwischen eine

Frau, sie hielt die Hände in die Gewehrmündungen, die Männer überproportional groß, die Frau ganz klein. Darunter stand, von einem Muslim geschrieben: „Es gibt nur eine Macht, und das ist die Liebe."

Daran konnte ich anknüpfen. „Wir arbeiten – nein, wir leben seit 20, 25 Jahren miteinander. Wir müssen uns dieser Situation irgendwie stellen. Gibt es denn gar keinen Vorschlag?"

Es war kurz vor dem Ausbruch von Tätlichkeiten. Das MAC-Management hatte sich im Verwaltungstrakt der Schule, die Belutschi-Lepra-Assistenten im Exerzitienhaus bei Schwester Jeannine verschanzt. Jeannine und Salima taten das in dieser Situation einzig Mögliche: Sie kochten den Jungen ein vorzügliches Mittagessen. Ohne die beiden wären wir nicht weitergekommen. Obwohl wir alle wußten, daß wir die Verhandlung nicht platzen lassen konnten.

„Ihr seid auf die Gelder von MAC angewiesen. Die sind auf eure Abrechnungen angewiesen", versuchte ich noch einmal, Gemeinsamkeiten aufzuweisen. „Ganz Pakistan ist auf unsere Lösung angewiesen. Denn ohne daß wir den Spendern in Deutschland das geforderte Abrechnungspapier vorlegen, bekommen wir keine weiteren Auszahlungen. Wir sind im Zugzwang. Wir müssen eine Lösung finden."

Es sind etwa zwei Minuten Entfernung zwischen den beiden Gebäuden. Und wieder, zum wievielten Male?, laufe ich hinüber, zur Gruppe des MAC. „Richtet euch auf zwei Tage ein", sage ich, „ich habe ihr Versprechen, daß sie nicht ohne Übereinkunft abziehen. Aber ich sehe im Moment auch noch keine Lösung. Dazu sind noch viele Zwischenstadien und vertrauensbildende Maßnahmen nötig."

Ich hatte vergeblich auf Verständnis gehofft. Nein, sie wollten unbedingt bis zum Abend einen Vorschlag haben, sonst gingen sie. „Ihr seid ja verrückt, ihr könnt ohne die doch auch nichts machen." – „Das werden wir denen noch zeigen!"

Es war gegen 7 Uhr abends, als wir schließlich das unterzeichnete Papier in Händen hielten. Sie hatten einen rein finanziellen Vorschlag gemacht, der die Schuldfrage völlig ausklammerte, der jedoch durchführbar war und zudem für MAC akzeptabel. Diesen Vorschlag haben wir dann im Laufe des Nachmittags, durch Teepausen unterbrochen, zu Papier gebracht. Doch die Gruppe wollte noch Garantien, daß danach wirklich keine weiteren Maßnahmen ergriffen würden. Das jedoch lehnte Dr. Tobias ab, und ich nahm meine Vermittlerrolle erneut auf. Schließlich einigten wir uns doch auf ein Papier, das beide Seiten unterschrieben.

Man hatte sich aus einem Konflikt herausgekauft, nicht mehr. Man hatte nicht wirklich miteinander gesprochen. Die Vorwürfe standen noch immer im Raum, berechtigte Vorwürfe von beiden Seiten: Warum hatte das MAC-Management nicht regelmäßig Rechenschaft gefordert von der Sozialabteilung? Und auf der anderen Seite: Warum war das anvertraute Geld nicht ausschließlich den Patienten zugute gekommen?

Wir arbeiten noch immer an der Versöhnung.

Konstruktive Aufarbeitung

Im ländlichen Sindh ergab sich ein völlig neuer Aspekt. Unterschlagung durch einen Lepra-Assistenten, der selbst in akuter finanzieller Notlage war. Der älteste Bruder hatte einen schweren Unfall gehabt und fiel als Mitverdiener aus – seine Familie mußte ernährt, die Arztrechnungen bezahlt, die eigene Familie, zwölf Kinder, unterhalten werden – das gab das Regierungsgehalt auch einschließlich der von MAC gezahlten Zulage nicht her.

Warum er sich nicht an MAC gewandt habe? „Du weißt doch, daß wir in Notlagen einspringen."

Riaz zögert einen Augenblick. „Ich habe versprochen, die Wahrheit zu sagen, die ganze", sagt er leise. „Ich habe gedacht: Was wird MAC mir geben? Die Arztrechnung bezahlen – aber was soll ich mit all den Schulden beim Gemischtwarenhändler tun? Und ich habe gedacht: Wenn ein Patient das Recht hat, sogar ein Haus von der Sozialabteilung zu bekommen, habe ich dann kein Recht, meinen Kindern zwei warme Mahlzeiten auf den Tisch zu stellen?"

Wie kann man Sozialarbeit treiben, wenn derjenige, der den Fall bearbeitet, selbst ein Sozialfall ist? Wie konnten wir Riaz verpflichten, die Gelder zurückzuzahlen, die er „veruntreut" hatte? Und doch mußte etwas geschehen. Spät, viel zu spät setzten wir uns zusammen: Welche Lösung konnten wir gemeinsam finden? Die Arbeitsunfähigkeit des Bruders erwies sich glücklicherweise als zeitlich begrenztes Problem. Aber sein Gehalt würde auf die Dauer auch seine normalen Familienausgaben nicht decken. Konnten die Kinder helfen? O ja, sie alle wußten, wie man Zigarren dreht. Wenn wir ihm ein kleines Grundkapital zur Verfügung stellten – und er seinen Urlaub nehmen könnte –, dann könnte er eine Heimindustrie aufbauen, in der alle Kinder nach der Schule mitarbeiten könnten – und dann könnte er auch zurückzahlen, denn die Sache belastete sein Gewissen schwer.

Ich hatte mir wirklich Sorge gemacht um Riaz. Sorge, daß er sich etwas antun könnte. Daß er die aussichtslose Situation nicht ertragen könne. Jetzt ist er wieder ganz er selbst: besorgt um die Patienten – hilfsbereit im Team – pünktlich bei der Arbeit.

Warum haben wir uns in Belutschistan nicht auch durch die Konflikte gearbeitet? Bis zu dem Punkt, an dem es sich ein Mitarbeiter leisten kann, seine eigene Schuld in dem Geschehen anzunehmen, und damit konstruktiv aufzuarbeiten?

Northern Areas war für mich eines der schönsten Erlebnisse. Es soll hier stellvertretend für weitere stehen, für Indryas – für Sultan Mahmood – für Ashraf –.

Auch wenn es, unverwechselbar, M. A.s Geschichte ist. M. A.s und die meine.

M. A. hält mich unvermittelt an, als ich durch den Garten des Krankenhauses gehe.

Er möchte mit mir reden.

„Ja?“

„Nicht hier.“

„Wo dann?“

In meinem Zimmer – also, zurück ins Gästehaus.

Wir haben den Riegel vor die Tür geschoben. Sitzen auf der geflochtenen Matte auf dem Boden. Und M. A. sagt: „Ich kann mit dieser Lüge nicht leben. Ich kann mit dieser Lüge nicht mehr leben.“

M. A. hat jahrelang allem Druck widerstanden. Er hat sich nie gescheut, die Wahrheit zu sagen, hat die Konsequenzen auf sich genommen, aufrecht, entschlossen.

Im letzten Jahr war er in die Affäre der Sozialabteilung mitverwickelt ... Nein, es liefen keine Erhebungen. Keiner hatte irgendeinen Verdacht. Aber er könne seither seine Gebete nicht mehr so recht verrichten, und er habe seine Arbeit vernachlässigt, und kürzlich sei er gegen seine Kinder aggressiv geworden. Er könne mit dieser Lüge nicht leben ...

Ich kenne M. A. seit langem und gut. Wir sind oft gemeinsam unterwegs gewesen, stundenlange Jeepfahrten auf suizidalen Ziegenpfaden, tagelange Klettertouren in den Nebentälern der Indusschlucht, gemeinsame Nächte unter dem hohen klaren Sternenhimmel in den Bergen und nachdenkliche Gespräche bis tief in die Nacht, nein, M. A. ist einer der Mitarbeiter, mit dem mich viel Gemeinsames verbindet. Er ist Schiite, gescheit, ein Senkrechtstarter in der Hierarchie unseres Projektes; schon deshalb, weil es ein neues Projekt ist, in dem wir rasch einen Leprosy Field Officer brauchten. Sehr jung war er also schon auf diesen verantwortungsvollen Posten gekommen. Er arbeitet gut. Und hat Mut. Er widerstand seinem Vorgesetzten, der Bestechungsgelder forderte, ins Angesicht.

Der Mann schäumte, leitete aber kein Disziplinarverfahren ein. M. A. wußte die Erklärung dafür. „Mir kann doch keiner was nachsagen. Ich bin fachlich auf der Höhe. Meine Unterlagen stimmen immer. So wie ich arbeite, wird sich so leicht keiner einsetzen."

Einmal hatte er dann die Sozialgelder in einem Etat-Zeitraum nicht ausgegeben. Er hatte sich um die Rehabilitierung nicht genügend kümmern können. Und weil er sowieso nach Karachi zu einem Fortbildungskurs mußte, nahm er das übriggebliebene Geld, etwa 300000 Rupees, mit, um es der Sozialabteilung zurückzugeben und zu sagen, sie sollten es auf das nächste Jahr überschreiben. (23 Rupees entsprechen etwa einer Mark.) Er sprach mit Younus darüber, der ihm zu verstehen gab: „Wenn du das Geld nicht brauchst, kannst du es verteilen oder behalten, das machen wir auch."

Da dachte M. A.: „Ich mußte das Feld meiner Väter verkaufen, weil ich in Schulden war nach dem Tod meines Vaters, jetzt könnte ich es zurückkaufen." Und er nahm das Geld wieder mit, legte es auf die Bank. Aber jedesmal, wenn er es abheben wollte, um das Feld zurückzukaufen, brachte er es nicht fertig.

Ich war einen Monat lang mit ihm in einem der Teaching Camps gewesen, in denen wir mit den Leprahelfern das theoretisch Gelernte vor Ort praktisch durchführen. An einem Abend hatte ich ihn beiläufig angesprochen: „Da ist etwas schiefgelaufen in der Sozialabteilung. Gibt es bei dir in der Provinz irgend etwas, worüber wir reden oder was wir nachprüfen sollten?"

„Nein, Frau Doktor."

M. A.s Antwort war spontan und überzeugend. So habe ich nicht weiter nachgefragt.

Drei Tage später hatte er einen Herzanfall, eine typische Angina pectoris, mit Todesangst, Schmerzen im linken Arm, unregelmäßigem Puls – er sprach prompt auf die spezifische Medikation an, die wir glücklicherweise im Notfallkoffer fanden. Ich war beunruhigt. Wegen der realen Gefahr eines Herzinfarktes. M. A. war Nichtraucher und viel zu jung für die Krankheit.

Als wir zu seiner Außenstation zurückkamen, ich sehe es noch wie heute, begleitete er mich zum Gästehaus. In dem langen Gespräch an diesem Abend hat er mir die ganze Geschichte erzählt.

„Das Geld ist noch auf dem Konto, ich spreche mich aber nicht frei. Ich habe es nicht durch die Bücher laufen lassen, ich weiß heute, auch Intention ist schon Diebstahl, und als ich zu Ihnen gesagt hatte: ‚Nein, Frau Doktor', da habe ich die Nacht nicht schlafen können, da hatte ich den Herzanfall schon vorprogrammiert. Die Anfälle", sagt M. A., „habe ich erst, seit ich das Geld auf dem Konto habe."

Wie spricht man einem Muslimen Vergebung zu? Es gibt eine außersakramentale Beichte, die ebenso wirksam ist wie die sakramentale (und wenn das nicht so wäre, würde ich noch am Jüngsten Tage dagegen protestieren!). Ich sagte ihm, daß für mich die Sache mit diesem Gespräch vergessen und vergeben sei, und das nicht nur für mich: Gott vergibt, wenn wir ernsthaft bereuen, und ich hätte keinen Zweifel, daß er das täte. Und jetzt würden wir das Beste aus der Sache machen: uns überlegen, wie wir den Betrag auf Heller und Pfennig und mit Zinsen zurückzahlen könnten, und wer wüßte, ob es nicht dem M. A., dem man „nichts nachsagen konnte" und der immer so viel besser war als alle anderen, ob es dem vielleicht nicht doch guttäte, zu wissen, daß auch er nicht gefeit sei –?

Der nächste Morgen war unvergeßlich herrlich, M. A. war so beschwingt – auch die nächsten Tage waren wunderbar.

In meiner Erinnerung blühten die Rosen und Mandelbäume alle zur gleichen Zeit – was ja nun wirklich nicht sein kann.

Und die Herzanfälle sind nie wiederaufgetreten.

M. A. hat sein Glück nicht für sich behalten können. Er mußte einfach jedem davon erzählen, was er erfahren hatte.

Und auf diese Weise ist das dann Mitgliedern der Regierungsverwaltung zu Ohren gekommen, die ihm nicht wohlgesonnen waren, und das hatte natürlich Folgen. Sie haben ihn schikaniert, ihm den Urlaub verweigert. In dieser Situation sagte er mir: „Ich will mich nicht aufregen, sondern es als gerechte Strafe annehmen."

Allerdings hatten wir in der Zwischenzeit alles ordnungsgemäß verbucht und konnten alle Angriffe zurückweisen, die ganz anderen Motiven entsprangen.

Und dann hat Dr. Tobias voll mitgespielt. Wir wollten eine Außenstation bauen, und die benötigte Summe war von Misereor genehmigt worden: 600 000 Rupees. Und da schrieb Dr. Tobias einen Brief an die Regierung. „M. A. hat unser volles Vertrauen. Wir haben die Genehmigung bekommen, der Spender hat uns aber die Auflage gemacht, daß wir die Gelder nur durch paramedizinische Regierungsmitarbeiter ausgeben dürfen, die wenigstens ein Jahr im MAC verbracht haben. Wir haben deshalb diese Gelder M. A. überwiesen. Anbei der Durchschlag. Er wird die 600 000 Rupees mit MAC direkt abrechnen."

Jeder mußte sich sagen: Wenn die Organisation wirklich nur vermeiden wolle, daß eine Unterschlagung publik wird, damit sie selbst das Gesicht wahrt – würde man M. A. einen Monat später dann das Doppelte überweisen? Damit war er sozial rehabilitiert.

Es hat später dann noch einige Korrespondenz gegeben, die einige Regierungsangestellte zum Nachdenken gebracht hat.

„... stellen Sie sich doch nur mal einen Augenblick vor, wie es um Pakistan bestellt wäre, wenn wir Abgeordnete in Islamabad hätten, die nach einer (lediglich intendierten, nie ausgeführten!) Unterschlagung wie M. A. sagen würden, ich kann mit dieser Lüge nicht leben, und die es buchstäblich unter Beweis stellen dadurch, daß sie einen lebensbedrohenden Herzanfall bekommen? Menschen, die mit einer Lüge ‚nicht leben' können –?"

Das ist aus einem Brief an den vorgesetzten Arzt, der

M. A.s Geschichte an die Regierung weitergab, und erst später die Bedeutung der Ereignisse verstand. Wenn es für das ganze Land gelänge, was in der Lepraarbeit wenigstens punktuell möglich ist ...

Eine Rose im Wasser

Und in Karachi? Auch hier, auf Management-Ebene, ist man bereit, sich der Frage zu stellen, wieweit man selbst Schuld trage durch die zu lang hinausgezögerte und dilettantisch durchgeführte Verwaltungsreform. Diesmal wurde der erneut aufgebrachte Vorschlag, sich um einen Berater in Verwaltungsfragen zu bemühen, bereitwillig aufgegriffen. Daß uns Misereor, in Zusammenarbeit mit dem Deutschen Aussätzigen-Hilfswerk, den richtigen Mann besorgte, war einer der Glücks-Zu-Fälle, ein Geschenk. Noch sind wir dabei, die strukturellen Maßnahmen zu konsolidieren, die eine Wiederholung der Krise praktisch unmöglich machen werden.

So stellt sich am Ende noch einmal die Frage: Wie mit Krisen umgehen?

Das Ereignis hat beides gebracht: Erschrecken, ein tieferes Wissen um die Fremdheit, die uns scheidet – aber auch um die Gemeinsamkeit, die uns verbindet. Die Erfahrung, daß Krisen uns reifen lassen und daß Geduld sich lohnt. Das erneute Wissen um Werte, die wir nicht verraten dürfen; um Vergebung und neue Hoffnung.

Halim holt mich mit einer Rose am Flughafen ab. Es ist auf der Höhe der Auseinandersetzung. Er hatte mich immer abgeholt, natürlich – aber nie mit einer Rose. Ich nehme sie sorgsam in Empfang. Aber ehe wir die Außenstation erreichen, eine halbe Stunde Jeepfahrt durch Hitze und Steppe, hat die Rose ihr Köpfchen gesenkt, hängt welk und erschöpft an ihrem sich neigenden Stengel.

„Sieh", sagt Halim. „Ich hätte nicht träumen sollen, es ist doch nicht wahr."

„Du sollst träumen", sage ich, „frag mich morgen noch mal."

Ich stelle die Rose ins Wasser, sorgsam bis unter das müde Köpfchen, und das Glas ins offene Fenster. Die Nächte in der Steppe sind kühl. Am Morgen prangt die Rose in taufrischer Pracht. Halim steht vor dem Wunder, staunt. Und lächelt mir zu. Wir sagen kein Wort.

Aber manchmal schicken wir uns jetzt noch Postkarten mit einer Rose – wenn wir es nötig haben, uns gegenseitig Mut zu machen.

Zwischen Lüge und „Issad"

Die Identitätskrise eines Entwicklungslands

Ausgeträumte Träume

Daß es über dreißig Jahre gedauert hat, bis wir den ersten „Skandal" hatten, hat vermutlich viele Gründe. Aber es hat auch mit dem Identitätsproblem Pakistans zu tun, einem Land, das sich von Indien, wo Muslime eine Minderheit waren, abgespalten hatte. Der neue Staat wollte die „Heimat der Muslime" sein. Dieser Kern pakistanischer Identität, der immer die bestimmende Mitte des kulturellen Lebensgefühls gewesen war – der war 1971 in Frage gestellt, als Bangladesch nach einem gewalttätigen Konflikt unabhängig wurde. Plötzlich stand dieses Land fassungslos vor der Frage: Wieso können Muslime sich gegen Muslime stellen? Nachdem der Traum vom islamischen Gottesreich ausgeträumt war, träumte die unruhige Jugend kurze Zeit den Traum vom Kommunismus. Dann kam der Konsum als neuer Gott. Dieser Werteverfall prägt das Land heute bis in den Alltag, bestimmt die Politik und die Öffentlichkeit. Es kommt in dieser Gesellschaft inzwischen offensichtlich vor allem darauf an, daß man besitzt, was man haben will.

Was mich am meisten beunruhigt?

Im ethischen Bereich:

- daß auf Betrug keine Sozialsanktionen stehen. Wer sich betrügen läßt, wird verlacht. Der Betrüger ist der Held;
- und, eng damit verbunden: daß Wahrheit nicht als Wert empfunden wird.

Was ist Wahrheit?

Was mich im politischen Bereich beunruhigt?

- Das Feudalsystem;
- Neureiche sind mit den Industriellen identisch;
- der sich immer mehr vertiefende Graben zwischen Reich und Arm;
- die Käuflichkeit.

Schlüsselerlebnisse

Lüge als „way of life": Ich sitze in der Abflughalle. Unser Flugzeug wird nicht zur angekündigten Zeit aufgerufen. Ich erkundige mich, wieviel Verspätung es denn nun haben wird. Denn ich habe meine ganzen Papiere dabei. Wenn der Flug eine Stunde Verspätung hat, dann packe ich alles aus und schreibe meinen Bericht weiter. Wenn es aber nur um eine Viertelstunde geht, nehme ich ein Buch heraus und lese. Und da sagt mir der Verantwortliche am Schalter, der vor dem Computer sitzt, mit einem freundlich beruhigenden Lächeln: „15 Minuten." Also hole ich mein Buch heraus. Kaum eine Minute später kommt die offizielle Lautsprecherdurchsage: „Es tut uns außerordentlich leid, wir werden eine Stunde später abfliegen." Warum hat der Mann am Schalter gesagt: 15 Minuten? Ich hätte ihn doch deshalb weder angegriffen noch hätte ich mein Ticket zurückgegeben. Nach einer Stunde die nächste Ansage: „Wir haben einen Maschinenschaden, es wird noch eine Stunde dauern." Die wartenden Passagiere beglückwünschen sich und sagen: „Gut, daß sie das jetzt gemerkt haben und nicht erst in der Luft." Es war eine ganz erfreuliche Stimmung. Nach drei Stunden werden wir schließlich ins Flugzeug gebeten, und es stellt sich heraus: Wir hatten nur auf das Anschlußflugzeug aus den Ölstaaten gewartet. Warum nur die Lügen? Wenn man durchgegeben hätte: „Dieser Flug ist ein Verbindungsflug, die verspäteten Anschlußreisenden müßten sonst zwei Tage in Karachi warten" – da hätten wir zwar alle geschimpft, aber dann wohl gesagt: Wären wir in derselben Lage gewesen, wären wir auch froh. Wir hätten unsere Flugscheine doch nicht zurückgegeben.

Ein anderes Schlüsselerlebnis: Jedda, vor mehr als 15 Jahren, ebenfalls im Flughafen. Ich kümmerte mich damals um eine Familie, die den Anschlußflug verpaßt, aber keine Aufenthaltsgenehmigung für Saudi-Arabien hatte, eine bengalische Mutter mit vier Kindern, kein Mann dabei. Diese fünf saßen schon den zweiten Tag in der Wartehalle. Sie durften nicht heraus, weil sie keine Aufenthaltsgenehmigung hatten. Sie konnten sich deshalb auch kein Ticket holen. Sie sprachen weder Englisch noch Arabisch. Um diese Zeit hatte ich einen Diplomatenpaß, weil ich für die WHO unterwegs war. Ich bin also raus und habe einen Heidenkrawall geschlagen. Schließlich fand ich einen Pakistani, einen Angestellten der pakistanischen Linie PIA – und wenn wir uns heute nach all den Jahren wieder sehen, dann ist das noch immer ein Fest. Wir haben die Frau gemeinsam auf den nächsten Flug gebucht und sie auch in die nächste Maschine gesetzt. Er wußte, wie er das machen konnte.

Da mein Flug erst später ging, nahm er sich frei, um mir Jedda zu zeigen.

„Wie haben Sie denn Urlaub bekommen?" wollte ich wissen. Seine Antwort: „Ich habe gesagt, meine Tante sei für Umra gekommen" – also für einen Mekka-Besuch außerhalb der offiziellen Hadsch-Zeiten.

Ich war irritiert: „Hätten Sie denn keinen Urlaub bekommen, wenn Sie gesagt hätten, ein Health Adviser meiner Regierung ist hier hängengeblieben, ich fühle mich als Pakistani verpflichtet, der Frau beizustehen?" –

„Doch", war seine verblüffte Antwort, „das hätte ich sagen können, dann hätte ich auch freigekriegt. Sie haben recht – es fällt uns nicht einmal mehr auf, wenn wir lügen. Sie sind die erste, die es mir sagt –."

Wir verbrachten einen nachdenklichen Vormittag.

Beide Geschichten bezeichnen kein individuelles Fehlverhalten. Sie sind von struktureller Bedeutung.

Dieses Klima bestimmt die „offizielle“ Wirklichkeit. Schon der Blick in eine Tageszeitung kann mich wütend machen. In einer Nummer lese ich da – und das ist durchaus typisch für die öffentliche Verlogenheit: „Wir danken Benazir Bhutto, der revolutionären Führerin, der Tochter des Ostens, daß sie durch ihre andauernde harte Arbeit, durch ihr politisches Geschick, durch ihre erfolgreiche Politik und durch die Gnade Allahs Pakistan auf die Straße zu diesem großartigen Frieden, zu industriellem Fortschritt und Reichtum geführt hat.“

Und in der gleichen Ausgabe derselben Zeitung, direkt daneben und darunter, ist dieser Text eingerahmt von anderen Meldungen: Polizistenmorde. Acht Tote in Lahore. Die Nationalversammlung diskutiert den größten Unterschlagungsskandal. Um sich greifende Gewalttätigkeiten in Hyderabad. Und so weiter.

Und keiner lacht.

Oft sind die Meldungen ganz eindeutig komisch. Wenn da etwa steht: „Das Parlament von Belutschistan wird am Mittwoch zusammentreten, um Herrn Bahadur zu wählen.“

Diese „sogenannte Demokratie“ enthüllt sich als Farce. Unsere demokratisch gewählte Präsidentin, an westlichen Eliteschulen ausgebildet, ist völlig ins Feudalsystem integriert. Sie hält noch selber Leibeigene und denkt trotz sozialer Parolen nicht an Landreformen im eigenen Einflußbereich.

Wie soll Demokratie entstehen in einem Land, dessen erste freie Wahlen 1969, als Ayjub Khan zurückgetreten war, bereits unter dem Vorzeichen der Manipulation standen? Damals waren Ost- und Westpakistan noch vereint. Mujibur Rahman erhielt mehr Stimmen und war der demokratisch gewählte Sieger. Sein politischer Gegner hat das nicht anerkannt. Das führte zur traumatischen Erfahrung der Trennung. Diese Erfahrung steht am Anfang der pakistanischen „Demokratie“.

Demokratie in Pakistan: In einem Fischerdorf, wo wir eine Außenstation aufmachen wollten, wollten wir Hoda Baksch, den Dorfvorsteher, sprechen. In der vorausgegangenen Legislaturperiode war er PPP-Funktionär. Wir fragten also nach dem Vorsitzenden der PPP. Da sahen uns die Leute nur verständnislos an. „Der ist doch Vorsitzender der NAP. Wußten Sie noch nicht, daß die Partei ihren Namen geändert hat?"

Unter den Leibeigenen von Sindh ist es absolut undenkbar, daß einer nicht den Großgrundbesitzer oder den Sohn des Feudalherren wählt. Und wie soll man im übrigen feststellen, ob einer gewählt hat oder nicht?

Amir, einer unserer Lepra-Assistenten, hat einmal gewettet, daß er siebenmal wählen würde. Und er hat siebenmal gewählt und seine Wette gewonnen. Man bekommt einen Strich mit einer unabwaschbaren Tinte auf den Daumen, kann sich aber noch im gleichen Wahllokal die chemische Substanz holen, mit der diese unabwaschbare Tinte entfernt werden kann.

Sich wählen zu lassen kommt teuer in diesem Land, und die Abgeordneten sind darauf angewiesen, ihre Aufwendungen in kurzer Zeit wieder einzuspielen – meist in nicht ganz zu Ende gebrachten Legislaturperioden. (Mein Fünfjahresplan für Leprabekämpfung hat nie das Licht der Welt gesehen, er lag in fünf Jahren acht Regierungen vor und konnte nie abschließend beraten werden. Wir haben ihn dann schließlich auf Provinzialebene durchgeführt.) Wir haben zu viele Minister mit unklaren Zuständigkeitsbereichen, die allen möglichen Leuten verpflichtet sind. Ernennungen auf Planstellen gehen über die Politiker – mittels Schmiergelder. In der Nördlichen Grenzprovinz fanden sich in einem konkreten Fall zwölf Kandidaten auf einem und demselben Posten ein – einem gut dotierten Posten eines Arztes: Der Minister war zu vielen Freunden verpflichtet. Die Bezirksärzte können nicht einmal einen Nachtwächter für ihren Bereich selber ernennen. Das läuft über die Minister, nach festgelegten „Gebührenordnungen". Für einen

Nachwächter 10000 Rupees, für einen Lepra-Assistenten 30000 Rupees (die allerdings noch nie bezahlt wurden). Für Ärzte und Zollbeamte werden Stellen für 100000 vergeben. Sogar Ausbildungsplätze an Universitäten werden gegen Bezahlung verhökert.

Konsequenzen des Systems

Wer sieht, wie diese Gesellschaft „funktioniert", von oben bis nach unten, fragt natürlich: Warum soll ich nicht auch meinen Teil vom Kuchen haben? Es wird zunehmend schwieriger, jemanden zu überzeugen, daß zwischen Ehrlichkeit und Dummheit ein Graben verläuft. Ein Türwächter, der 10000 Rupees bezahlt hat, um eine Stelle zu kriegen, muß natürlich wieder Gelder einnehmen – also läßt er nach seiner eigenen Gebührenordnung die Leute zum Chef vor. Es ist für einzelne sehr schwer, sich da herauszuhalten. Ein Lepra-Assistent kam kürzlich ins Gefängnis, weil er sich geweigert hat, seinen – von uns gestellten – Dienstwagen fachfremd einem Mann aus der Provinzverwaltung zur Verfügung zu stellen.

Eine andere Geschichte: Das Krankenhaus in der Provinz wurde eröffnet, als ich gerade da war. Eine Wasserleitung war gelegt worden, die aber nicht funktionierte. Und da sah ich: Männer füllten Ziegenhäute mit Wasser und gossen den Inhalt in das Wasserreservoir auf dem Dach, damit das Naß auch floß, wenn der Gouverneur den Hahn offiziell aufdrehen würde. Da sagte ich: „Entweder teile ich dem Gouverneur mit, daß die Leitung nicht funktioniert, oder ich werde bei der Eröffnung nicht dabeisein." Da bat mich der District Health Officer, der Eröffnung fernzubleiben. Darauf sprach ich mit den einheimischen Arztkollegen: „Was macht ihr denn nach der Eröffnung, ihr habt doch nicht jedesmal die Leute, die euch das Reservoir auffüllen?" Daraufhin hat einer der Jungärzte beim Empfang den Gouverneur angesprochen und auf die Probleme hingewiesen.

Die Konsequenz: Er wurde strafversetzt. Natürlich wird der Junge das nächste Mal den Mund nicht aufmachen.

Die das verlogene System am Laufen halten, haben es nicht erfunden. Auch sie sind Opfer. Auszuscheren, wenn man Familienvater ist, das verlangt viel.

Die Fremdheit ist gewachsen

Es wäre schön, wenn ich ein wenig helfen könnte, daß der eine oder der andere in diesem Lande zum Nachdenken darüber käme, was es heißt, Politik, Kultur, Erziehung, Entwicklung auf eine ständige Kette von Lügen aufzubauen. Möglicherweise haben die agierenden Personen untereinander einen Schlüssel, mit dem sie sich zu verstehen geben, was sie im Moment wirklich meinen. Aber auch wenn dem so wäre: Es tut dem Lande nicht gut. Ehrlichkeit, Zuverlässigkeit, Klarheit der Aussagen – das sind für mich nicht hinterfragbare Werte meiner Kultur. Wenn man sie nicht anerkennt, habe ich das Gefühl: Der Boden wird Morast. Ist das ein Wert nur für mich? Oder ein allgemeingültiger Wert? Wie wollen wir zusammenarbeiten, wenn ein Ja kein Ja und ein Nein kein Nein ist?

Ich muß selbst meinen pakistanischen Leprahelfern immer wieder ausdrücklich sagen: „Ihr wißt, daß ich eine andere Auffassung von Wahrheit habe. Wenn wir also jetzt miteinander reden, sagt mir, wie die Tatsachen aussehen." Tatsachen wird man dann immer noch verschieden reflektieren und interpretieren können. Jede Wahrheit ist auch situativ und jede Kommunikation auch in Loyalitäten eingebunden, die für Außenstehende oft nicht durchschaubar sind. Welches Netz von Loyalitäten fängt sie auf und welche Loyalitäten verpflichten die Menschen, Sachverhalte so umzustellen, daß wir es als Unwahrhaftigkeit empfinden? Ich werde es wohl nie ganz verstehen können. Auch wenn ich das Wertgefüge Pakistans natürlich jetzt „kenne".

„Issad" – Mannes- und Familienehre – ist der Grundwert.

Die Familie und der Stamm halten auf Gedeih und Verderb zusammen. Der einzelne hat dann keine Entscheidungsmöglichkeiten mehr. Es gibt keine unabhängige Ich-Existenz. Aber was dieser Wert in der konkreten Situation dann beinhaltet, ist für mich noch immer undurchschaubar. Und selbst wenn ich es wüßte, wäre es für mich nicht nachvollziehbar. Je vertrauter ich mit der Kultur werde, um so mehr wächst die Fremdheit. Ich könnte Seiten mit Beispielen füllen.

Etwa die Sache mit den Dienstwagen. Wenn sich der Loyalitätskonflikt der Lepra-Assistenten zwischen dem Bezirksarzt (ihrem unmittelbaren Vorgesetzten, der den Wagen privat benutzen will) und mir (die darauf besteht, daß er nur dienstlich benutzt wird) abspielt, wird in der Regel zu meinen Gunsten entschieden. Logische Gründe – etwa daß der Wagen nur für Dienstfahrten zur Verfügung gestellt worden ist – spielen eine geringere Rolle als persönliche: Man möchte mich nicht verletzen. Sie wissen ja auch, daß ich mich effektiv hinter sie stellen werde, wenn ihnen ein Nachteil aus ihrer Entscheidung erwächst. Auf die Vorteile, die man dadurch hätte, daß der Vorgesetzte einem verpflichtet ist, verzichtet man.

Wenn aber die gleiche Forderung von der Familie, vom Stamm gestellt wird, wann und warum das Pendel dann umschlägt, das weiß ich dann wieder nicht. Dann kann es durchaus geschehen, daß der Fahrtenschreiber entfernt, der Tacho zurückgedreht wird oder daß man es einfach als Dienstfahrt deklariert. Ohne – und das ist das Fremde daran –, ohne daß man dabei ein schlechtes Gewissen hat: Die Loyalitäten haben es so erfordert.

Oder: Da sagt eine junge Frau, die in unseren Orden eintreten will: „Das sind die Exerzitien vor meinen ersten Gelübden, beten Sie, daß die Zeit rasch vorbeigeht."

Ich spreche mit der Novizenmeisterin darüber. Sie meint, ich hätte unnötige Sorgen. Später, nach drei Jahren, als sie ihre Universitätsausbildung abgeschlossen hat und ausgetreten ist, an ihrem Hochzeitstag, sprechen wir wieder miteinander. „Meine Familie brauchte eine Akademikerin, das war eine Frage des Familien-Issad", sagt sie. „Wir hatten die Geldmittel nicht, mir hat es auch keine Freude gemacht, aber was hätte ich tun sollen?"

Auf Regierungsebene: „Ich danke Ihnen sehr, daß Sie mich darauf hingewiesen haben", sagt der Gesundheitsminister in ..., „natürlich sollen die Betten in der Lepraabteilung den Leprapatienten vorbehalten bleiben, ich werde sofort die entsprechenden Anweisungen geben."

Drei Tage später bekomme ich eine Durchschrift der Anordnung. „Von den 20 Betten der Lepraabteilung sind 5 für Leprapatienten zu reservieren, die anderen sind Dr. ... (Hautarzt und Neffe eines einflußreichen Politikers) zur Verfügung zu stellen."

Mullah Mohammed, Leprosy Field Officer in der Nördlichen Grenzprovinz, Sohn eines leprakranken Bettlers und heute in der höheren Beamtenlaufbahn, ein ganz gescheiter Junge, hat mir einmal gesagt: „Frau Doktor, so wie Sie denken, oder so wie ich denke, daß Sie denken, sind für Sie zwei Drittel von allem, was wir sagen, eine Lüge."

(Und trotzdem würden wir füreinander unser Leben aufs Spiel setzen.)

„Zwei Drittel Lüge" – und das, obwohl zwischen uns nicht das gleiche kulturelle Ritual der Unwahrheit herrscht wie zwischen dem Lepra-Assistenten und dem Bezirksarzt. Sie haben mir die Geschichten oft genug erzählt: Wenn der Vorgesetzte fragt, wie die Arbeit denn laufe, dann ist ihre feststehende Antwort „Vorzüglich, Sir." – „Sie bekommen Ihre Medikamente regelmäßig und ausreichend?" – „Yes, Sir". Natürlich weiß der Bezirksarzt oft genug, daß die Außenstationen nicht beliefert worden sind, das will er aber weder wissen noch hören. Dann müßte er ja etwas dagegen unternehmen, und welche Möglichkeiten stünden ihm offen? Also erwartet er von den Untergebenen positive Meldungen. Und wenn die Mißwirtschaft am Jahresende dann negative Konsequenzen hat und Planziele nicht erreicht wurden, dann kann er sich vor seinen Vorgesetzten rechtfertigen: „Sir – sie haben mir das nie gemeldet."

Wer zwischendurch die Wahrheit sagt, kann mit Strafversetzung rechnen. Denn wenn die Inspektion zum Bezirksarzt kommt, muß dieser sagen können: Nach den Informationen der Leute läuft die Arbeit vorzüglich. Das Inspektionsteam berichtet auf die gleiche Weise dem Minister und so weiter. Ich weiß, welche Beunruhigung ich verursache, wenn ich während der Sitzung eines Regierungsausschusses sage: „Also das läuft nicht. Wir müssen uns ernstlich überlegen, was wir da ändern sollten." So etwas ist tabu, das gehört sich nicht. Es wird als persönlicher Angriff interpretiert und verletzt als solcher den „Issad".

Es gibt Ausnahmen. Aber das System ist verlogen. Ich weiß, wie viele meiner Kollegen sich damit schwertun. Und daß sich die überwiegende Mehrzahl doch anpaßt. Ich kann sie an den Fingern abzählen, die den Widerstand gegen das System durchgehalten haben – es unterlaufen – die Konsquenzen auf sich genommen haben. Wie oft geraten unsere Lepra-Assistenten zwischen die Fronten!

Woher solche kulturelle Prägung rührt, und wo sie ihre eigentlichen Wurzeln hat? Sicher liegt sie nicht nur in der Stammeskultur, und sicher nicht im Islam. Vielleicht sind solche Verhaltensweisen durch das Feudalsystem mitbegründet, in dem man alles tut, um sich dem Druck des Feudalherren zu entziehen. Wer anders reagiert, muß mit entsprechenden Sozialsanktionen rechnen.

Die Geschichte von Shamsher

Wie schwierig es ist für unsere Mitarbeiter, in diesen rasanten kulturellen und sozialen Umbrüchen ihre Identität zu wahren, das erfahren wir immer wieder. Im besonderen Maße sind die Jungen aus den traditionellen Stammesgebieten betroffen. Wir haben neun Mitarbeiter aus diesen Gebieten, vier von ihnen waren in psychiatrischer Behandlung, zwei weitere waren durch Drogen gefährdet – und auch dies hängt mit der Identitätskrise des Landes zusammen. In *einer* Generation ist der Sprung aus ihrer angestammten Kultur in die Moderne mit allen Kennzeichen offensichtlich nicht zu schaffen. Sie wissen nicht mehr, wer sie sind. Sie wissen, wer sie sein wollen. Aber das bedeutet meist den Bruch mit ihrer Familie. Wenn diese Jungs einmal in der Großstadt Karachi sind, wollen sie nicht mehr zurück. Zwar möchten sie zurück in ihre Heimat, aber nicht mehr in die Unfreiheit ihrer Kultur. Einen Schritt können sie tun, aber den Sprung können sie nicht machen.

Typisch dafür ist die Geschichte von Shamsher.

Shamsher kommt aus Kohistan, dem „Land der Berge". Seine Familie hat über Generationen hinweg Blutrache geübt. In der letzten Generation kamen dreizehn Menschen ums Leben, in dieser Generation sechs: ein blutiger Teufelskreis. Und als Shamsher, der mit seinem Bruder zusammen die Lepra-Assistentenausbildung abgeschlossen hatte, mit diesem zusammen ins Stammesgebiet zurückkehrte, kamen beide mit dem festen Vorsatz: „Entweder werden wir den Stamm überzeugen, diesen Brauch der Blutrache endlich abzustellen. Oder wir werden das Stammesgebiet mit unseren Familien verlassen." Ihnen gelang, was über Generationen unvorstellbar war: Sie brachten den Stamm dazu, den Konflikt mit Blutgeld zu vergleichen. Dann wollten sie ihre Töchter zur Schule schicken. Ihr eigener Vater, den sie sehr verehrten, weigerte sich. Shamsher ließ sich daraufhin versetzen und zog aus dem Stammesgebiet weg. Er nahm die Kinder alle mit und schickte sie ohne Wissen seines Vaters zur Schule, obwohl er sich dabei finanziell hoffnungslos übernahm.

Nach einem traumatischen Erlebnis litt Shamsher unter psychotischen Panikattacken. Als er dann zu einem Fortbildungskurs wieder einmal im MAC war, überwarf er sich derartig heftig mit einem der Ärzte, daß ich wirklich Angst vor gewalttätigen Übergriffen bekam. Ich bekam zunächst auch nichts aus ihm heraus, rekonstruierte dann aber doch:

Der Arzt hatte wohl eine Handbewegung gemacht, als es im Gespräch um seinen Vater ging. Und diese Geste bedeutete im Kohistan-Kontext etwas, was er nicht einmal mir sagen konnte. Ich habe ihn aber dann wenigstens zum Reden gebracht. Und dann kam der Satz, den ich nie vergessen werde: „Frau Doktor, welche Identität habe ich? Wenn ich daran denke, daß ich ein Kohistani bin und wenn ich an meinen Vater denke, muß ich Dr. T. umbringen. Das ist meine Pflicht als Sohn, und hinter der stehe ich auch. Wenn ich in Peschawer bin, als jemand, der Bildung hat, da identifiziere ich mich mit den gebildeten Pathanen, die kritische Fragen stellen, wenn es um Blutrache geht. Wenn ich als Lepra-Assistent meine Identität suche, finde ich die Blutrache vollständig unsinnig, deshalb habe ich sie ja auch im Stamm abgestellt. Wenn ich meine Identität als Schüler von Ihnen her definiere, dann muß ich Dr. T. vergeben." Und nach einer Weile des Zögerns: „Wer bin ich eigentlich?"

Eine Frage, auf die ich keine Antwort weiß.

Wir haben Bewußtseinsarbeit geleistet unter diesen Jungen der Bergstämme, aber sie dadurch auch vor neue Probleme gestellt. Ich stehe dazu, daß unsere Bewußtseinsarbeit nötig ist. Aber ich weiß, daß sie Konflikte produziert. Ich muß natürlich den Mann, den ich in diesen Konflikt schicke, dann auch begleiten. Ich bin also mit ihm zu jenem Arzt gegangen, und sie haben sich ausgesprochen. Dr. T. hat sich entschuldigt. Er hatte als Nicht-Kohistani wirklich nicht gewußt, daß er ein gesellschaftliches Tabu verletzt hatte.

Zumutungen

Was wir den Entwicklungsländern zumuten, ist eigentlich unzumutbar. Eine Entwicklung, die wir in mehr als hundert Jahren durchlaufen haben, sollen sie plötzlich in einer Generation verkraften. Wenn solche Gesellschaften psychotische Züge zeigen, tragen wir Mitschuld. Eine solche offene Psychotisierung ist in Karachi schon eindeutig, und sie ist pathologische Folge der überstürzten Entwicklung. Aber mir ist auch klar: Diese Entwicklung läßt sich weder abbremsen noch steuern. Sie läßt sich wirklich nur durch zwei Generationen durchleiden. Und das einzige, was wir hier wohl für sie tun können, ist, sie auf diesem Kreuzweg zu begleiten. Wieder und immer wieder, immer wieder.

Warum wir trotzdem weitermachen?

Die Frage ist nicht ganz richtig gestellt. Wir machen nicht *trotzdem*, wir machen *deshalb* weiter. Wenn alles in Ordnung wäre, brauchte man uns wohl nicht.

Wir haben Lepra in den Griff bekommen – die Krankheit in allen Teilen Pakistans unter die Gefahrenschwelle gesenkt, unter der sie sich nicht mehr als Seuche ausbreiten kann. Das ist also möglich gewesen – trotz des Systems. Mitarbeiter, Patienten, Regierungsangestellte haben nicht nur auf unsere erfolgreichen Arbeitsmethoden, sondern auch auf unsere Werte angesprochen. Wir sind in Pakistan durch unseren Erfolg legitimiert – aber dadurch läßt sich die Wirkgeschichte des Projektes noch nicht erklären. Vielleicht träumen wir doch die gleichen Träume, über alle kulturellen Barrieren hinweg?

Thomas von Aquin hat gesagt: „Das Gute ist, was dem Glück des Menschen dient." Unserem Glück. Dem Glück des anderen. Wer das einmal erfahren hat: Glück – nicht dieses oberflächliche Vergnügen, diesen Kitzel, bloßen Stolz – sondern wirklich *Glück* erfahren, der wird sein Leben lang danach hungrig bleiben.

Ob irgendwo im Leben unserer Patienten, unserer Mitarbeiter diese Erfahrung des Glückes geschehen ist? Ob es die anderen erspüren? Spüren, daß gut ist, was dem Glück des Menschen dient? Ob wir uns darin wiederfinden und uns deshalb immer wieder neu entscheiden, daß trotz aller Durchschnittlichkeit und Verletzlichkeit das Lepraprogramm auch in Zukunft kein „normales" Regierungsprogramm sein soll?

Einmal, in der Frühzeit des Projektes. Wir waren in Swat unterwegs, im Landrover. Der Regen hatte uns überrascht, die Bergbäche waren angeschwollen, es gab keine Brücken im Seitental. Ob wir heute unser Ziel noch erreichen würden? Wir waren alle beunruhigt. Da, plötzlich brach hinter den schweren dunklen Regenwolken, die tief über den Bergen hingen, die Sonne durch. Zauberte einen schimmernden Regenbogen über das Tal.

Yacoob, unser Fahrer, hielt den Wagen an, überwältigt von der Schönheit der Erscheinung.

„Wissen Sie", sagte er, für mich völlig unvermittelt, „was Sie für uns getan haben? Sie haben unserem Leben Sinn verliehen."

Ein Fahrer.

Nicht: Sie haben uns einen Job verschafft, ein monatliches Gehalt.

Nein: Sie haben unserem Leben Sinn geschenkt.

Ja, was können wir *tun*, konkret tun, um die Menschen, mit denen wir auf dem Weg sind, auf das vorzubereiten, was auf sie, auf uns zukommt: das dritte Jahrtausend? Was können wir in dieser Identitätskrise helfend tun, im Umkreis unserer Möglichkeiten?

Entdeckungen

Was mir im Moment Freude macht, weil ich es als sinnvoll erfahre: Lepra-Assistenten psychologische Einsichten zu vermitteln, damit sie verstehen, was sich in dieser Krise abspielt, bei ihnen selber und in der Kultur, deren Luft sie atmen. Man kann gegenüber den Prägungen der Umgebung einen Zuwachs an Widerstandsfähigkeit, Freiheit, Menschlichkeit – und menschlichen Möglichkeiten initiieren. Die Modelle der Transaktionsanalyse sind wegen ihrer Bildersprache dabei besonders hilfreich. Solche Erkenntnis, solche Möglichkeit der Deutung können dann als Befreiungserlebnis erfahren werden: Wenn etwa das Gewaltsymbol der Kalaschnikow plötzlich verstehbar wird als Ausdruck eines revolutionierenden Kindes, das sich gegen die Unterdrückung des Vaters auflehnt und sich an die vorherrschenden Muster der Gewalt anpaßt. Dadurch relativiert sich die Kalaschnikow in ihrer Machtfaszination. Oder wenn sie im Psychologieunterricht spielerisch Egogramme ihrer Kultur erstellen und sich so selbst anschaulich machen, wie dominant das Patriarchalische in ihrer Kultur ist. Als unser Junior-Lehrgang dies in einem Kreis darstellte, kam folgendes heraus: 85 Prozent Eltern-Ich, 3–7 Prozent Erwachsenen-Ich. Der Rest bezeichnete das Kind-Ich, und das auch meist als angepaßtes Kind-Ich. Darüber konnten sie sich amüsieren, denn hinter dieser Zeichnung verbarg sich eine Kritik, die sie ihren Vätern nie offen sagen konnten. Befreiend kann schon die Konfrontation mit der Einsicht sein, daß in der Kommunikation ein kritisches Eltern-Ich in der Regel ein angepaßtes Kind-Ich auf den Plan ruft. Natürlich übertragen sie diese Einsichten auf ihre Arbeit, etwa mit den verantwortlichen Ärzten in der Regierung, die im Umgang mit ihren Untergebenen meist deutlich erkennen lassen, daß sie keine Ahnung vom psychologischen ABC der Kommunikation haben.

Da höre ich dann, wie ein Lepra-Assistent im Gespräch mit seinem Kollegen die neuerworbenen Kenntnisse verwertet.

Da ist zum Beispiel Hamid, ausgerechnet Hamid, unser verletzlichstes Baby. Wie die Unterredung mit dem Bezirksarzt heute morgen denn ausgegangen sei, wollen wir (verständlicherweise) wissen, als er am Abend wieder zurück ist beim Team. Hamid grinst amüsiert. „c", sagt er abfällig, und die Runde lacht („c" ist die englische Abkürzung für Kind-Ich, child). Der schafft es doch nie bis zum A (A = Adult ego = Erwachsenen-Ich).

Die Situation ist im Griff, der Konflikt entschärft durch den Zuwachs an Humor und Freiheit, der aus dem Verstehen der zwischenmenschlichen Transaktionen erwächst.

Oder: Streit im Team. Der Lärmpegel steigt, es wird persönlich. Da sagt plötzlich einer: „Bitte Leute, im ‚c' löst man keine Konflikte, wechselt gefällig in euer Erwachsenen-Ich!" Einen Moment betroffenes Schweigen. Dann geht die Auseinandersetzung im gemäßigten Ton weiter. Man sucht nach Gründen – und Lösungen.

Auch das Modell der sog. Maslowschen Bedürfnispyramide ist für unsere Arbeit wichtig. Sie besagt, daß – in der Regel – die niederen Bedürfnisse zunächst einmal erfüllt sein müssen, ehe sich ein Mensch höheren Bedürfnissen hingeben kann. Wenn ein Patient mit einem Familienproblem beschäftigt ist, hat es keinen Zweck, daß man ihm Übungen beibringt, um seine geschwächten Muskeln zu trainieren. Da muß man sich eben erst darum kümmern, daß die kranke Frau behandelt wird. Frustrationen werden durch solche Erkenntnisse abgebaut, man lernt gezielter mit Menschen umzugehen, gewinnt Distanz zur Situation, kann mehr Verständnis für die anderen und sogar Humor ihnen gegenüber aufbringen.

Einmal sprechen wir über Bedürfnisse, wirkliche und künstlich geschaffene, und darüber, daß sich der Sinn unseres Lebens in der „Selbstverwirklichung", in jener Region der Freiheit erfülle, in der man ganz für die anderen dasein kann. Und Ashraf malt ein kleines Strichmännchen, das balanciert gefährlich auf der Spitze der Maslowschen Bedürfnispyramide, und Razzaq hält den Atem an und sagt: „Paß auf, das fällt runter!" Und Ashraf: „Nee – hier oben, da muß man von Gott gehalten werden, dann geht es gut" – und schaut fragend zu mir hinüber. Ich nicke.

Einmal analysieren wir unsere Ressourcen bei solch einer Gelegenheit: Man-power, material, money, time (Personal, Material, Geld, Zeit). Azadar hat offensichtlich etwas entdeckt. „Hört", sagt er, „das ist toll im Englischen, ist es euch schon mal aufgefallen? Es gibt bloß *man-power*, es gibt keine money-power oder time-power oder material-power – bloß MAN-POWER!"

Ich bin entzückt. „Also aufpassen", sage ich, „daß wir unsere POWER nicht verlieren, nicht eintauschen gegen money-power oder material-power, und dann selber Sklaven werden!"

Oder der Fortbildungskurs über Verhaltenstraining: Wie verhält man sich in der Regel, wenn man einer Klemme zu entkommen sucht? Wann spielen wir „stark", wann „schwach", wann „clever"? Die Teilnehmer hatten einen Kreis mit verschiedenen Segmenten gezeichnet, um Verhaltensmodelle zu analysieren: ihre eigenen – die ihrer Mitarbeiter – ein Freund – ein Vorgesetzter ...

Und schließlich zeichnen sie einen Kreis an die Tafel: „... und das ist das Verhaltensmuster unserer Kultur!" Aufschlußreich: Zwei Drittel „clever", ein Drittel „Stärke" – „... und auch die Stärke bloß gespielt", sagt Fazl, der das Modell vorstellt, trocken.

Was diese Einsichten für sie bedeuten?

Am Ende eines psychologischen Fortbildungskurses sagte ein Teilnehmer: „Vor diesem Fortbildungskurs waren wir wie kleine Affen, die die Kokosnüsse zwar hatten. Aber entweder konnten wir nur mit ihnen spielen oder sie uns an die Köpfe werfen. Jetzt fühlen wir uns wie Menschen: Und wenn die eine Kokosnuß haben, dann können die ein Loch reinbohren und danach den Saft trinken!"

Ob sich die Bewußtseinsbildung schon im Alltagsverhalten auswirkt? Hier und dort, im kleinen und stillen, ist die Saat aufgegangen.

Eines Tages kommt Samuel und sagt, seit ich in meiner Familie Meetings eingeführt habe, geht alles viel einfacher.

„Meetings?" frage ich. „Wie das?"

„Ach", sagt er, „wir haben doch gesagt, daß der die Entscheidung treffen soll, der davon betroffen ist. Und jetzt höre ich, was die Kinder zu sagen haben, wenn es sie betrifft; und wenn's ums Haushaltsgeld geht, dann frage ich meine Frau, und dann geht das meiste konfliktfrei über die Bühne."

Und Raschid erzählt so nebenbei: Die Abteilung für Familienplanung habe eine Aufklärungskampagne gestartet und propagiere die operative Sterilisierung der Frau. „Das ging mir doch zu weit, da habe ich ihnen geschrieben, warum nicht die der Männer? Das ist mit viel weniger Gesundheitsrisiken belastet und übrigens auch billiger ...!" Ein Muslime, der sich gegen alle Sitten seiner Umwelt stellt! Man muß hier gelebt haben, um zu wissen, was dieser Protestbrief bedeutet: eine sanfte Revolution!

Feroz beherrscht die Regeln der Disputation

Moderne Kommunikationsmethoden – die stehen erst seit dem letzten Jahr auf dem Lehrplan. „Eine Kommunikation kann erst als geglückt gelten, wenn der Empfänger dem Sender durch Feedback versichert hat, daß er ihn verstanden habe."

Das habe ich „meinen" Lepra-Assistenten auch schon früher verkauft: „... in meinem eigenen Kulturkreis, früher, als Deutschland noch die Alphabetisierungsrate von Pakistan hatte, sprich: Mittelalter, gab es eine schöne Sitte: während der Disputationes (den philosophischen Streitgesprächen) durfte man seine eigene Meinung erst sagen, nachdem man die vorher vorgetragene Meinung zusammengefaßt hatte und der Vorsprecher bestätigt hatte, daß der Inhalt korrekt wiedergegeben war ..."

Amüsiertes Lachen. „... das sollte man mal in Islamabad im Parlament einführen –!"

„... und im Leprabekämpfungsprogramm auch", schlage ich vor.

„Besonders im Gespräch mit den Distrikt-Ärzten" (ihren unmittelbaren Vorgesetzten), lästern sie.

Angewandt haben sie es selten. Jetzt, bei den Kommunikations-Workshops, scheint das Konzept langsam akzeptiert zu werden – noch nicht verinnerlicht!

Trotzdem: Fünf Tage später: Kurzzeitplanung. Die Ergebnisse des ersten Vierteljahres werden besprochen, die Planung für das nächste Vierteljahr im Lichte der politischen und Sicherheitslage in Karachi kritisch diskutiert. Feroz meldet sich zu Wort: „... Sharif ist der Meinung, wir sollten die Medikamente für zwei bis drei Monate dem Patienten aushändigen, weil sie wegen der häufigen Streiks nicht regelmäßig zur Außenstation kommen können. Er hat es damit begründet, daß wir ganz selten mal Nebenwirkungen der Medikamente gesehen haben." Sharif nickt zustimmend. „Ich meine aber, das ist gefährlich, weil wir nicht wissen, ob sie die Tabletten auch regelmäßig einnehmen, wir sollten lieber mehr Verteilungsstellen aufmachen, die sie notfalls auch zu Fuß erreichen können, wenn die Busse nicht fahren ..."

An diesem Tag steht in meinem Taschenkalender: „Feroz beherrscht bereits perfekt die Regeln der Disputationes." Das ist in Pakistan *alles andere als selbstverständlich!*

Welche Werte?

Was also bedeutet in dieser Lage, unter diesen Umständen „Entwicklungsarbeit"? Vielleicht, zunächst einmal sorgsam zu schauen, welche in der Kultur selbst angelegten Elemente wir zum Tragen bringen können, die die Entwicklung von der Unwahrhaftigkeit weg, und zur Integration hin fördern können. Es ist immer leichter, Gutes zu stärken, als Böses zu ändern. Und einmal überwächst das Gute dann vielleicht sogar das Böse – ein Ergebnis, das man, wenn man es direkt intendiert, nur schwer erreichen kann.

Zwei grundlegende Fragen bleiben:

Welche „Werte" haben wir, die es wirklich „wert" sind, daß wir sie vermitteln?

Und: Schon wenn wir uns entscheiden, Werte einer anderen Kultur zu stärken, die in unser eigenes Wertesystem passen, „exportieren" wir ja Werte. Woher nehmen wir das Recht? Auch das ist eine unbeantwortete Frage.

Ich persönlich nehme mir das Recht, weil ich daran glaube: Es gibt vieles, was Menschen unterschiedlichster Kulturen gemeinsam haben. „Gut ist, was dem Glück des Menschen dient." Die Erfahrungen von Gut und Böse, von Liebe und Glück, von Schuld und Reue mögen äußerlich kulturell bedingt sein; zuinnerst sind sie uns allen als Grundstruktur eingestiftet. Es gibt Dinge, die sind eben richtig, auch wenn die Richtigkeit eine andere kulturelle Farbe haben mag. Und wenn solche Grundwerte geleugnet werden, geht das nicht ohne Schuldgefühle. Nach diesen Gemeinsamkeiten müssen wir suchen, beharrlich und in Geduld.

Ich lasse mir die Hoffnung nicht nehmen, daß wir einmal den Weg finden zu einer globalen Kultur des Friedens und der Menschenrechte. Menschliche Sehnsucht ist sich in der Zielrichtung doch immer ähnlich. Und wenn wir eine Antwort leben in unserer eigenen kleinen Lebenswelt, eine Antwort, die ein wenig mehr Frieden bringt, einen Schimmer von Glück; wenn wir „das Gute tun", das darin liegt, „daß es dem Menschen dient", dann trägt solch ein Leben seine Berechtigung und Überzeugungskraft in sich selbst.

Wege zum Frieden – die Freiheit des anderen

Religiöser Fundamentalismus und Menschenrechte

Den anderen als kostbar begreifen

Der Islam ist zwar kein neues Thema bei meinen Besuchen in Deutschland, aber mit dieser Breitenwirkung und Intensität ist er vorher nie diskutiert worden. Ich merke immer wieder dieses Bedürfnis, tiefer in die Fragen einzudringen. Vielleicht hat die Debatte um die Friedenspreisträgerin Annemarie Schimmel zu dieser heftigen Diskussion beigetragen. Ich kenne und schätze sie: Annemarie Schimmel ist eine Wissenschaftlerin und von daher geprägt. Ich weiß aber auch, daß der Weg zum Frieden nicht nur über soziales Engagement führt (so sehr gerade der soziale Einsatz mein Weg geworden ist) und auch nicht nur über die Politik, sondern daß ganz andere Dimensionen auch gefragt sind, zum Beispiel: die Seele eines Volkes. Und hier hat Annemarie Schimmel ihre Friedensarbeit geleistet. Ich habe etwas gegen Verallgemeinerungen, weil ich weiß, daß man der Wahrheit nicht mehr gerecht wird, sobald man die Fälle und Buntheit, die sich widersprechende Vielfalt des Lebens zu einer Aussage zusammenpreßt. Mit diesem Vorbehalt sollte folgende Verallgemeinerung verstanden werden: In der gegenwärtigen Situation haben viele Muslime aus geschichtlichen Gründen ein schwaches Selbstwertgefühl. Wenn eines unserer medizinischen Instrumente kaputtgeht, werden unsere Lepra-Assistenten es umdrehen, verächtlich „made in Pakistan" sagen und es hinwerfen. Menschen mit schwachem Selbstwertgefühl sind in Gefahr, sich unnötig häufig angegriffen zu fühlen und dann mit defensiver Aggression zu reagieren.

Eine Frau wie Annemarie Schimmel beweist ihnen mit ihrem zärtlichen Blick auf ihre kulturelle Vergangenheit, daß sie *kostbar* sind, daß sie etwas sehr Schönes besitzen, von dem es sich lohnt, anderen mitzuteilen. Sie gibt ihnen jenes Gefühl des Angenommenseins, das den Taxifahrer in Karachi zu unserer deutschen Freiwilligen sagen ließ, daß er froh sei, daß sie aus Deutschland sei, Annemarie Schimmels Land, und Annemarie Schimmel sei eine „gute" Frau. Friedensarbeit wird überall dort getan, wo wir den anderen als kostbar begreifen.

Wo immer wir einander annehmen, geschieht Heil. Im konkreten Miteinander – wie in der Lepraarbeit – ebenso wie im Dialog der Religionen und der Kulturen. Wenn man das weiß, kann man auch über so kontroverse Themen wie Fundamentalismus und Menschenrechte differenzierter sprechen. Man kommt vielleicht auch in ein Gespräch, an dessen Ende alte Sicherheiten und Vorurteile – auch auf der eigenen Seite – hinterfragt werden.

Visite in Manghopir

Was heißt „islamischer Fundamentalismus" eigentlich ganz konkret?

Ich erinnere mich an eine Visite in Manghopir. Den Mann sehe ich noch vor mir und auch die aufgeregten Mitpatienten, die ihn unbedingt davon abhalten wollen, daß er seine Botschaft an mich überbringt. Ich bemerkte schon aus der Ferne: Sie wollten ihn unbedingt beschwichtigen. Er dagegen beharrte: Nein, nein, er müsse mir das unbedingt sagen.

Und dann stellte er sich vor mir auf und sagte feierlich: „Ich bin ein alter Mann. Und ich werde nicht mehr lange leben. Sie sind so eine herrliche Frau, ich möchte Sie gerne im Himmel wieder treffen. Können Sie nicht Muslimin werden?"

Ich war zutiefst angerührt. Was sollte ich ihm sagen? Das

sei vielleicht ein bißchen schwierig. Aber ich hoffte doch, daß wir dafür sorgen könnten, daß wir uns im Himmel wiederträfen.

Ich habe ihm versichert, mir ginge es nicht anders als ihm, auch ich würde ihn gern wiedersehen.

Der alte Mann von Manghopir ist längst im Himmel, wo er über seine Bemerkung von damals grinsen wird.

Auch dies ist eine Geschichte über Fundamentalismus, die erzählenswert ist, weil in die Zeitung nur die bedrohlichen Meldungen kommen.

Wenn man die Wirklichkeit nicht nur aus Schlagzeilen kennt, sondern direkt hingeht und sich den Menschen aussetzt, bekommt vieles die richtigen Proportionen.

Der Fundamentalismus ist in Pakistan keine Volksbewegung. Trotzdem: fundamentalistische Strömungen haben sich in der Zwischenzeit, während der Veränderung des Landes in den letzten zehn Jahren, zu einem politisch einflußreichen Faktor entwickelt. Die Islamisten versuchen der Identitätskrise des Landes zu begegnen, indem sie auf die Werte der eigenen Kultur setzen. Positive Möglichkeiten verderben sie sich freilich mit Initiativen wie dem Blasphemiegesetz oder der Ahmadiverfolgung.

„Das Blut meines Bruders"

Ilyas legt mir die Vierteljahresschrift der Menschenrechtskommission von Pakistan vor. „Ich habe mich als Mitglied eingetragen", sagt er, „ich kann doch nicht einfach hier sitzen und so tun, als wüßte ich nichts! Gemeinsam kann man sich vielleicht doch Gehör verschaffen."

Die Menschen wachen langsam auf – wir hatten jetzt in Karachi unsere erste große Protestaktion. Eigentlich mag ich diese Massendemonstrationen nicht – da bin ich noch von der Nazizeit her traumatisiert. Aber dann dachte ich an Leipzig. Es hatte fast etwas Eschatologisches an sich, wie die Menschenmenge durch die Straßen Karachis zog, Muslime und Christen, und „Gebt Rechenschaft über das Blut meines Bruders" skandierte (in Urdu hört sich das besser an: „Khun ka jawab do"). Christen und Muslime sind nicht nur auf die Straße gegangen, sie haben auch Hungerstreiks organisiert. Eine ganze Reihe junger Schwestern (auch unsere) war zum erstenmal bei öffentlichen Protesten. Alles verlief friedlich – bis die Polizei ohne Grund mit Tränengas in die Menge schoß und die jungen Leute zum Angriff übergingen. Es muß noch viel an „Protest-Kultur" gelernt werden! Es wäre schön, wenn auch da die Christen das „Modell" entwickeln könnten! Sie können sich hier durchaus exponieren und für die Entwicklung dieser Gesellschaft eine wichtige Rolle spielen, weil sie eine Weltöffentlichkeit hinter sich haben, anders als die Hindus oder die Ahmadis.

Die Blasphemiegesetze

Anlaß dieser Protestbewegung: Ein junger Christ war im Pandschab vor dem Gerichtsgebäude vom Mob erschossen worden. Er war wegen Blasphemie angeklagt, aber noch nicht verurteilt worden.

Schlimmer noch war die Reaktion des Mobs, der beim Freitagsgebet aufgestachelt wurde. Es ging dabei um einen Muslim, dem vorgeworfen wurde, seinen Koran ins Feuer geworfen zu haben. Die aufgehetzte, wütende Meute hat ihn zu Tode gesteinigt – ebenfalls vor einem Polizeigebäude. Danach stellte sich heraus, daß alles nur aufgebauscht war – das hat Muslime und Christen im Pandschab endgültig im Protest gegen die Fundamentalisten vereint! Die Blasphemiegesetze schaden dem Islam viel mehr als alle Säkularisierung. Säkularisierung kann zwar wie im Christentum zur Verdunstung religiöser Überzeugungen führen, ist aber kein direkter Frontalangriff auf die Religion. Blasphemiegesetze treffen ins Zentrum religiöser Überzeugung.

Und hier stellt sich die Frage der Menschenrechte. Auf Blasphemie steht nach islamischem Recht die Todesstrafe.

Wer sich über den heiligen Propheten, den heiligen Koran oder über Gott in irgendeiner Weise lästernd – eben blasphemisch – äußert, verfällt der Todesstrafe. Was aber eine Blasphemie ist, das entscheidet der Kläger. Wenn z. B. bei diesem Gesetz ein einziger Zeuge genügt, um jemanden zum Tode zu verurteilen, dann mag das vielleicht in einem Berberstamm vorstellbar gewesen sein, wo jeder jeden kannte, wo also auch jeder wissen konnte, welchen Charakter dieser Zeuge hatte. In einer solchermaßen überschaubaren Clan- und Stammesgesellschaft war jedem klar, wer klagt und wer angeklagt ist. In einem unüberschaubaren Sozialgefüge von heute kann man damit nicht mehr rechnen. Hier wird der ursprüngliche Gedanke pervertiert.

Ich wußte, daß diese Gesetze im Parlament beraten wurden. Als ich einmal in Deutschland war, sprach ich mit dem pakistanischen Botschafter in Bonn darüber. Der beruhigte mich: „Machen Sie sich darüber überhaupt keine Sorgen. Wir werden dafür sorgen, daß diese Initiative im Parlament nicht einmal das Quorum haben wird, also die nötige Anzahl von Leuten, die man braucht, um einen Gesetzesentwurf überhaupt zu diskutieren."

Diese Verzögerungstaktik zog sich über Jahre hin. Daß das Gesetz auf einmal rechtskräftig war, ging mir erst auf, als die ersten Prozesse abliefen.

Zweifellos waren es nicht Christen, sondern die Ahmadi-Sekte, die am meisten unter diesem Gesetz zu leiden hatte. Das Verhalten gegenüber den Ahmadis ist ein finsteres Kapitel Pakistans. Unter Bhutto war diese Gruppe zu Nichtmuslimen erklärt worden, genauer: zu abgefallenen Muslimen – und damit waren sie der Verfolgung ausgeliefert.

Ich habe die Liste der Menschenrechtskommission mit den gravierenden Fällen. Über dreißig Fälle davon stehen derzeit zur Verhandlung bei Gericht an. Die meisten sind Ahmadis. Es gibt aber auch Prozesse, in denen Muslim gegen Muslim steht, einige Prozesse laufen auch gegen Christen. Der bekannteste wurde der Blasphemieprozeß gegen einen jungen Pandschabi-Christen. Als der Prozeß anfing, war der Angeklagte ein elfjähriger Junge, der blasphemische Bemerkungen an eine Moscheewand geschrieben haben sollte. Im Prozeß stellte sich schließlich heraus, daß dieser Junge weder lesen noch schreiben konnte. Der Ankläger und einzige Zeuge sagte aus, er habe die blasphemischen Inschriften sofort wieder weggewischt. Kein zweiter hatte sie also gelesen. Als eine Delegation des Menschenrechtskomitees den Jungen im Gefängnis besuchte, sagte er: „Ich habe dem Nachbarjungen doch nur gesagt, daß meine Tauben weiter fliegen als seine Tauben. Und die fliegen doch auch weiter als seine Tauben ..." Es stellte sich heraus, daß der Vater des angeklagten Jungen sein Geschäft gegenüber dem Laden des Klägers hatte und der Ankläger einen unbequemen Konkurrenten ausschalten wollte. In der ersten Instanz wurde der Junge vom Scharia-Gericht im Schnellverfahren zum Tode verurteilt. Der Prozeß lief auf Distriktebene, der untersten administrativen Einheit in Pakistan. Es kam zur Revision, und der Fall wurde nach drei Jahren vom Obersten Gerichtshof aus Mangel an Beweisen aufgehoben. Als die Aufhebung des Todesurteils bekannt wurde, demolierte der Mob vor dem Gerichtsgebäude den Wagen der muslimischen Anwältin, die den Jungen verteidigt hatte und die Vorsitzende unserer Menschenrechtsorganisation ist. Sie wurde mit Morddrohungen überhäuft und mußte das Land verlassen. Auch die beiden freigesprochenen Christen hätten in Pakistan nicht überlebt. Wir haben sie heimlich nach Deutschland gebracht.

Faszination der einfachen Lösung

Die Verbindung von Religion und Politik liegt zwar in der Natur des Islam. Aber das Konzept vom Islam als Staatsreligion oder gar als Theokratie ist keine pakistanische Tradition. Der Staatsgründer Pakistans, Jinnah, hatte einen säkularen Staat gefordert und bei der Staatsgründung verankert, daß jeder zuerst ein Pakistani sei und erst dann ein Hindu oder Christ oder Muslim.

Wirklich islamisiert hat sich Pakistan erst unter Zia ul Haq, einem tieffrommen Muslim, der es für seine Pflicht hielt, den Islam einzuführen. Aber er war kein aggressiver Fundamentalist, hatte sogar ein vorzügliches Verhältnis zur christlichen Minderheit. Er war einer der noch in Sandhurst ausgebildeten britischen Offiziere, die durch Osmose viel westliches Gedankengut assimiliert haben.

Einen dauerhaften Sieg des Fundamentalismus kann ich mir nicht vorstellen. Denn eine Theokratie steht gegen alle geschichtlichen Strömungen, sie ist eine Staatsform von gestern. Trotzdem fasziniert sie derzeit als einfache, radikale Lösung.

Die militanten fundamentalistischen Tendenzen sind erst in den letzten zehn Jahren nach Pakistan gekommen. Hier spielt saudi-arabischer Einfluß durch die Wahhabiten eine Rolle. Die Wahhabiten bildeten ursprünglich eine islamische Rechtsschule. Heute wirken sie als militante missionarische Gemeinschaft, die vom Besitz der einzig seligmachenden Wahrheit durchdrungen ist. Die Wahhabiten haben uns auch in Afghanistan Kopfzerbrechen bereitet. Medizinische Dienste religionspolitisch zu instrumentalisieren, das kommt heute doch hoffentlich nicht einmal mehr in der aggressivsten christlichen Mission vor. In Zentralafghanistan aber gibt es ein wahhabitisches Krankenhaus, in dem einige Zeit der einzige Chirurg von Zentralafghanistan arbeitete. Diese Klinik pervertierte zum Bekehrungsinstitut. Unsere Schiiten weigerten sich, da hinzugehen und sich missionieren zu lassen. Dann habe ich gesagt: „Werdet doch Wahhabit, bis der Blinddarm rausgenommen ist. Später fragt doch kein Mensch mehr, was ihr dann macht."

Einen Einschnitt markiert in Afghanistan auch das Auftreten der Talibans. Das sind offensichtlich in den pakistanischen Stützpunkten der Wahhabiten ausgebildete Koranschüler. Plötzlich tauchten Tausende dieser Koranschüler in Afghanistan auf und brachten den „wahren" Islam zurück in dieses Land, von dem sich die Mudschaheddin entfernt hätten, da sie nur nach Macht und Einfluß strebten, sich nur um das Töten kümmerten, aber nicht mehr um das, worum es dem Islam eigentlich gehe. Diese Talibans sammelten sogar die Fotoapparate ein, weil sie unislamisch sind. Mädchenschulen wurden natürlich geschlossen. Aber die Talibans waren dafür bekannt, daß sie keine Bestechungsgelder annehmen. Zwei Drittel Afghanistans fielen dieser Gruppe kampflos zu. Die Leute hatten es satt, daß alle vierzehn Tage ein anderer Stammesfürst kam und sie ausraubte. Und die Talibans wollten angeblich keine politische Macht. Als sie freilich nahe an Kabul waren und sich dort Widerstand zeigte, stellte sich heraus, daß sie militärisch hochgerüstet und waffentechnisch exzellent ausgebildet waren. Ein Taliban kann einen Panzer fahren, ein Maschinengewehr bedienen, und man sagt sogar, daß es ausgebildete Kampfflugzeugpiloten unter ihnen gibt. Und das lernt man ja nun nicht gerade in den regulären Koranschulen. Das ist dann das Schicksal des militanten Fundamentalismus: Die Talibans sind heute zu einer der vielen Parteien degeneriert, die nur noch ein Ideal kennen: die Herrschaft in Afghanistan an sich zu reißen.

Daß diese Koranschüler aus Pakistan kamen, ist offiziell von der Regierung weder bestätigt noch dementiert worden. Aber Afghanistan hatte zu dieser Zeit schon keine Infrastruktur mehr. Und als schließlich in die Öffentlichkeit drang, daß fundamentalistische Strömungen in Pakistan in ihren Koranschulen eine komplette Militärausbildung anbieten, griff die Regierung offiziell ein: Die Koranschulen und ihr Lehrplan mußten registriert werden. Es gab Widerstände, Aufruhr im Parlament. Ein Gesetz wurde erlassen. Aber das bedeutet in Pakistan noch nichts. Gesetze gibt es sehr viele, durchgeführt werden nur wenige.

Es gibt in Pakistan allerdings auch positive Ansätze, die den sogenannten fundamentalistischen Strömungen zuzurechnen sind. „Rückkehr zum wahren Islam" ist für viele eine wirkliche Vision geblieben. Es gibt z. B. die außerordentlich erfreuliche Laienbewegung Tabliqh. Einige unserer Patienten und ein paar Mitarbeiter gehören dazu. Ganz normale Leute verpflichten sich für einen bis drei Monate, ihre eigenen Glaubensgenossen über die Grundregeln des Islam aufzuklären. Die Arbeit geschieht in Gruppen, einer Art Volksmission. Sie geloben, in diesen vier Wochen nie zu lügen. Wir geben den Patienten, die sich in dieser Bewegung engagieren, die Medikamente mit. Wenn sie sagen, sie nehmen die Medikamente ein, dann können wir uns auch darauf verlassen. Sie können doch keine Lüge erzählen. Wir haben uns auch mit dem jeweiligen Gruppenführer abgesprochen, wenn Leprapatienten darunter sind. Das stört die Gruppe überhaupt nicht. Diese Leute haben auch Mut. Sich z. B. offen gegen den Anbau von Opium einzusetzen, wie sie das getan haben – damit kann man wirklich sein Leben riskieren.

Eine gewisse Naivität der Tabliqh läßt sich allerdings nicht übersehen. Etwa ihr schlichter Glaube, alle Probleme Pakistans wären gelöst, wenn man nur zum wirklichen Islam zurückkehrte. Da ist z. B. die Geschichte mit Gul Hassan, einem unserer Lepra-Assistenten: ein Junge aus einem ganz rückständigen Berggebiet, der in einer Identitätskrise steckte und in dieser Situation an Drogen geraten war. Wir übergaben ihn damals auf seinen Wunsch hin in die Obhut einer Tabliqhgruppe. Sie haben sich sehr um ihn gekümmert und es fertiggebracht, daß er clean wurde und blieb. Gul Hassan also war mit dieser Bewegung zutiefst verbunden, und ich bin Augenzeuge geworden, wie sie das machen. Sie drängen sich überhaupt nicht auf, bieten ihre religiösen Dienste wirklich nur an. Sie sitzen in den kleinen Teestuben, unterhalten sich ungezwungen, machen Hausbesuche. Wer zuhören will, hört zu, und wer nicht zuhören will, wird auch nicht gezwungen. Jeder ist frei zu sagen: Ich will mich nicht mit dir unterhalten. Sie sind ohne die fanatische Gewalt „harter" Fundamentalisten, aber konsequent in ihrem Willen, das Leben des heiligen Propheten mit allen Entbehrungen nachzuleben. Und das machte Gul Hassan damals auch mit. Nicht einmal in einem Hotel würde er sich auf einen Stuhl setzen. Er hockte sich auf die Erde, da der heilige Prophet ja auch keine Stühle hatte. Er schlief nur auf der Erde, er aß nur auf der Erde, er hielt alle Gebetszeiten ein, kurz: er versuchte, dieses Berberleben des heiligen Propheten ins 20. Jahrhundert zu verpflanzen. Es waren insbesondere die langen, sehr langen Gebetszeiten, die unser Team ständig aufhielten. Am Anfang haben wir es mit Humor ertragen, weil wir sagten: Besser das, als wenn er wieder an Drogen kommt. Aber dann wurde es dem Team einmal doch zuviel. Und als er wieder einmal endlos bei seinen Gebeten blieb, fuhren wir mit dem Jeep einfach ab und ließen Gul Hassan in der Moschee zurück. Natürlich sind wir nach einer gewissen Frist zurückgekommen und haben ihn aufgeladen. Und dabei sagten die Jungs nur ganz lässig: „Ach, wir sind ja nur gefahren, um dir ein Kamel zu besorgen. Denn der heilige Prophet hat ja nie in einem Jeep gesessen. Und das konnten wir dir ja auch nicht zumuten."

Von dem Tag an war dieser Fimmel vorbei.

Gegen Fanatisierung

Anders als diese Tabliqhbewegung ist sicher die pakistanische Fundamentalistenpartei Seba-e-Sahaba, die SSP, zu bewerten. Tabliqh geht es tatsächlich um die Religion, der SSP geht es um die Macht, und die Religion ist für sie ein Mittel zu diesem Zweck. Und daß man das Volk durch Religionsverführung fanatisieren kann, steht fest. Anfälligkeit gegen Fanatisierung, Mißbrauch von Religion – das gibt es allerdings nicht nur in Entwicklungsländern. Wir sind wahrscheinlich alle anfällig. Dieses Gefühl ist wohl in tiefen Schichten der Menschen verankert, über die man intellektuell nicht so ohne weiteres und so rasch die Herrschaft gewinnt.

Ausgrenzung und Verteufelung sind jedoch keine Lösung. Fundamentalismus wird erst zu einer wirklichen Gefahr – oft auch erst so ermöglicht –, wenn man Gruppen ghettoisiert. Im Islam als Religion ist Fundamentalismus als Möglichkeit genauso enthalten oder nicht enthalten wie im Christentum. Wir selber tragen dafür Verantwortung, daß religiöse Gefühle nicht sozial explosiv werden. Das geht nicht nur intellektuell und über akademische Gesprächszirkel. Man muß aufeinander zugehen und aufeinander hören, miteinander reden, nicht nur etwas *für* andere tun, sondern auch etwas zusammen machen, miteinander feiern, den Schulterschluß suchen in gemeinsamem Engagement. Wer den anderen in seinem Selbstbild erleben will, kann das nur, wenn er sich selber öffnet. Wenn sich daraufhin ein Gespräch ergibt – schön und gut. Aber ein intellektuelles Gespräch mit Leuten anzufangen, die sich nicht schon mögen und akzeptieren, ist bei der geschichtlichen Belastung des Verhältnisses zwischen Islam und westlichem Christentum schwer. Wenn man jemanden schon kennt, wächst auch das Interesse am anderen.

Wir dürfen von Muslimen nicht erwarten, daß sie von sich aus das Bedürfnis haben, dem Christentum näherzukommen. Nach ihrem Selbstverständnis haben sie nicht nur die Wahrheit, sondern auch all das vom Christentum integriert, was nach 600 Jahren wichtig war. Die einzige Chance, das Interesse am Dialog zu wecken, ist: das Interesse am anderen zu erwecken, neugierig zu machen. Als uns Muslime in Karachi vor Jahren baten, ihnen zu erläutern, wieso christliche Hilfswerke funktionieren und muslimische nicht, gestaltete einer von uns einen Nachmittag mit dem Thema der Menschwerdung. Das war auf dem Hintergrund des praktischen Interesses möglich. Eine von vornherein als theologische Information angelegte Veranstaltung wäre als Indoktrination verstanden und gesprengt worden.

Wissensdefizite und Feindbilder

Im Blick auf den Islam gibt es noch ein erhebliches Defizit an Wissen. Wer von den Durchschnittschristen weiß denn schon von den gemeinsamen abrahamitischen Wurzeln? Wer weiß denn wirklich, daß der Islam viel vom Alten und auch viel vom Neuen Testament integriert hat, wenn auch aus der apokryphen Überlieferung? Viele wissen nicht einmal, daß der Islam eine monotheistische und keine heidnische Religion ist. Man muß sich bei der Beurteilung des Islam auch von den problematischen Details lösen: der Unterdrückung der Frauen, dem Schlachten der blutenden Opfertiere, der Scharia. Damit kann der Islam nicht identifiziert werden. Dies soll man natürlich wahrnehmen. Isoliert wahrgenommene Einzelheiten verhindern aber den Blick auf das Ganze. Man kann den Islam nicht von seinem Rechtssystem her definieren. Wer behauptet, *der* Islam sei grausam, der zementiert Feindbilder. Wer sagt, der Islam habe sich von seinen geschichtlichen Wurzeln noch nicht befreien können, der hat dasselbe gesagt, aber ohne Haß. Ich kann etwas verstehen, ohne es in der konkreten Erscheinungsform gutzuheißen. Ein solches Verstehen macht es unmöglich, den anderen zu hassen. Und wenn man nicht haßt, bleibt einem der andere wichtig.

Wer über das Aggressionspotential des Islam spricht, sollte auch wissen, woher es rührt: Die Schwierigkeit im Islam ist, daß er sich vom eigenen Selbstverständnis her nicht als geschichtliche Religion begreifen kann und doch in einer sich dramatisch verändernden Umgebung lebt. Das Christentum begreift sich als „geschichtlich", von seinem theologischen Ansatz der Inkarnation her: Die Offenbarung ist eben *nicht* endgültig gegeben, sondern in Form eines

Kindes erschienen, ein Kind wie alle anderen auch, das sich entwickelt hat wie alle anderen auch, gelernt hat durch Fehler und Erfahrungen, ein junger Mann, der seinen Weg finden mußte ... Demgegenüber glaubt ein Muslim an die „In-liber-ation“, an die „Buchwerdung“ der Offenbarung, eine geschriebene Botschaft, die endgültig ist.

Geschichtlichkeit

Eben weil das Christentum und nicht der Islam eine geschichtliche Religion ist, ist es uns aufgetragen, als erste auf den Islam zuzugehen und ihn in seiner geschichtlichen Situation zu begreifen: eine Religion, die 600 Jahre jünger ist als das Christentum, die viele Anregungen aus dem Neuen Testament übernommen hat, die sich aber in einer konkreten Stammeskultur geschichtlich verwirklicht hat und deshalb viele Werte eben dieser Stämme in sich trägt, die sich nicht theologisch begründen lassen, wie z. B. die Stellung der Frau.

Es ist eigentlich nicht fair, das Christentum 1996 mit dem Islam 1996 zu vergleichen – wir sollten wenigstens kurz in Erwägung ziehen, vielleicht den Islam 1996 mit dem Christentum vor 600 Jahren zu vergleichen: 1396 (und ein wenig später) haben wir *auch* Ketzer verfolgt und geglaubt, damit Gott einen Dienst zu erweisen ...

Wahrheit ist unbedingt. Und so muß das Christentum seinen Unbedingtheitsanspruch aufrechterhalten wie auch der Islam. In der Einsicht jedoch, daß die unbedingte Wahrheit immer von einem fehlerhaften Intellekt aufgenommen wird, liegt die einzige Möglichkeit, Toleranz zu begründen: Ich kann nicht tolerant sein, wenn es sich um die mir anvertraute Wahrheit handelt. Ich muß aber tolerant sein, weil ich nicht weiß, ob ich die mein endliches Verständnis übersteigende absolute Wahrheit richtig in den Blick bekommen habe, ob ich mich nicht in ihrer Wahrnehmung täusche. Es ist schon eine Sache der intellektuellen Redlichkeit, daß ich mir der Endlichkeit meiner Wahrnehmung bewußt bin. Deshalb ist Toleranz auch eine Frage der Logik.

Toleranz und Intoleranz

Im praktischen Zusammenleben der Religionen in Pakistan ist Toleranz keineswegs erreicht: Im Prinzip muß jemand, der als Muslim zum Christentum konvertiert, das Land verlassen. Ich habe solche Fälle erlebt: von der Familie verstoßen, von den Christen auch noch nicht richtig akzeptiert.

Und als die beiden Töchter eines unserer Angestellten zum Christentum übertraten, junge gebildete Frauen, da mußten sie aus Sicherheitsgründen zunächst untertauchen, bis sich die Aufregung in Familie und Nachbarschaft gelegt hatte. Aber auch diese Aussage läßt sich nicht verallgemeinern. Heute leben S. und R. wieder im gleichen Stadtviertel, arbeiten im Erziehungswesen, haben ihre eigenen Familien gegründet – das Verhältnis zu den Nachbarn ist so normal wie zuvor.

Und als Dr. V. in der Krankenhauskapelle zur Messe ging und danach jeder wußte, daß er den Schritt getan hatte, da war man sich einig, daß er eigentlich von seiner Haltung, seinem Berufsethos her „schon immer ein Christ" gewesen sei. Um diese Zeit kam Hamid, tieffrommer Muslim und langjähriger Mitarbeiter, auf Kurzbesuch von Belutschistan. Er hatte noch nichts von den neuen Ereignissen gehört, fragte aber nach Dr. V.: " ... ist es wahr, daß er geheiratet hat?" fragte er, offensichtlich enttäuscht. Ich lachte. „Wir haben uns alle gefreut", sagte ich, „er hat schon sein erstes Töchterchen, drei Tage alt!" Und Hamid:" Nein – ich hatte immer erwartet, daß er in einen Orden eintritt!" – „Als Muslim?!" sage ich. „Wenn schon", sagt Hamid, „er ist so besonders, er gehört halt in einen Orden –."

Durch den Fundamentalismus sind nicht nur die Christen gefährdet, nicht einmal in erster Linie. Die Christen genießen, als Anhänger einer „Religion des Buches", einen im Koran verankerten Schutz als Minderheit. Die Juden haben zwar auch eine „Religion des Buches", aber der Antisemitismus ist in Pakistan ausgeprägt. Er hat nur keine praktischen Konsequenzen, da es keine jüdischen Gemeinden im Lande gibt.

Thora und Bibel sind als heilige Bücher anerkannt. Und diese Überzeugung ist ganz konkretes Glaubensgut.

Einmal schrieb mir Sultan Mohammed, Lepra-Assistent in den Bergen des Himalaya, nach einem Einsatz mit unseren Freiwilligen: „... ich finde das ja wirklich gut, daß die Mädchen so fromm sind, sie lesen jeden Morgen in ihrem heiligen Buch. Aber bitte, sagen Sie denen doch, sie sollen damit ehrfürchtiger umgehen! Wenn ich sehe – daß sie es – daß sie es – mit ihren *Schuhen!!* in das gleiche Rucksackfach stecken –."

Die Ahmadis sind wohl die am stärksten gefährdete religiöse Gruppe, da sie zwar alle Glaubenswahrheiten der Muslime für sich in Anspruch nehmen, darüber hinaus aber glauben, daß nach dem heiligen Propheten Mohammed noch ein weiterer, ein letzter Prophet erschienen sei.

Auch die Hindus sind in einer viel prekäreren Lage; sie sind „Götzendiener". Man kann durchaus diskutieren, ob sie eine Seele haben. Und wenn sie keine haben, was hält uns davon ab, sie notfalls zu beseitigen?

Das Hindu-Baby in der Krippe

Die Feindschaft gegen die Hindus flackert immer wieder auf. Zur Zeit des Babri-Moschee-Konfliktes kam es zu regelrechten Pogromen. In Indien hatte der Mob eine Moschee demoliert, die an Stelle eines alten Tempels gebaut worden war. Für drei Tage waren, als Racheakt, die Hindus von Karachi Freiwild. Wir haben Patienten und Angestellte unter ihnen. Und als die ersten Siedlungen der Hindus brannten, da war Pir Ali (Muslim und Expatient) schon einsatzbereit, ehe mich die Nachricht auch nur erreicht hatte. „Wir müssen sie evakuieren, im Krankenhaus unterbringen – nein, ich fahre allein, nur wenn ich nicht durchkomme, werde ich Sie bitten mitzukommen –."

Pir Ali fuhr an diesem Tage vier Rettungsaktionen, durch Brandwolken, Chaos und zusammengerotteten Mob. Brachte Frauen und Kinder, alte und junge verstörte Menschen ins Krankenhaus in Sicherheit. Unsere muslimischen Angestellten räumten ihre Zimmer und schlugen ihr Nachtlager im Unterrichtszimmer auf. Sollte es der Mob erfahren und sollte es zu Übergriffen kommen, war das 6. Stockwerk noch der sicherste Platz. Die Küche kochte für 60 Menschen zusätzlich – freiwillig. Eine selbstverständliche Solidarität zwischen Muslimen und Hindus in der Stunde der Gefahr.

Das Priesterseminar war die zweite Auffangstelle gewesen, sie hatten mehr Platz, so strömten Hindus zu Hunderten in das Gelände. Kurz darauf war Weihnachten. Zur Mitternachtsmesse hatten die Priesteramtskandidaten eine Krippe im Garten aufgestellt, das Kind in der Krippe war ein Hindu-Baby, geboren in den Nächten des Schreckens im Priesterseminar. Seine Mutter trug diese Nacht das Gewand Mariens und wiegte ihr Kind ...

Wir Christen können mehr Toleranz gegenüber dem Islam aufbringen, wenn wir uns auf unsere gemeinsamen Wurzeln besinnen und gleichzeitig eingesehen haben, daß wir 600 Jahre älter sind. Natürlich heißt das nicht, daß islamische Staaten die Menschenrechtsdeklarationen erst in 600 Jahren unterschreiben sollen. Sie wollen ja auch moderne Staaten sein, die modernen Muslime benutzen Autos und Flugzeuge und reiten nicht mehr auf Kamelen. Ich wende mich nur gegen Ausgrenzung und plädiere dafür, möglichst viele Berührungspunkte wahrzunehmen – und Geduld miteinander zu haben.

Probleme werden bleiben. Was konkret die Stellung der Frauen angeht: Bedürfnisse soll man erst wecken, wenn man die konkrete Hoffnung hat, daß man etwas Positives bewirken kann. Die Arbeit der Bewußtmachung und die Emanzipationsbewegung konzentriert und beschränkt sich in Pakistan derzeit weitgehend auf die Städte, hier aber nicht nur auf die gebildeten Schichten. Ich bin zutiefst empört, wenn ich auf Frauenunterdrückung in Stammesgebieten treffe, wo die Frau überhaupt nichts gilt. Aber auch das sind geschichtliche Herrschaftsstrukturen, die man nicht dem Islam an sich anlasten sollte. Es gibt fundierte feministische muslimische Literatur, die nachweist, daß die Theologie des Propheten keineswegs die Unterdrückung der Frau fordert, sondern von ihrer wichtigen Stellung ausgeht. Und es ist ja doch ein gravierender Unterschied, ob wir von einer geschichtlichen Fehlentwicklung sprechen – die man erkennen und verändern kann – oder ob das System an sich frauenfeindlich ist.

Viele haben das erschütternde Buch der Pakistanin Tehmina Durani „Mein Herr und Gebieter" gelesen: die Frau des „Löwen vom Pandschab", eines hohen politischen Funktionsträgers, die heute unter Polizeischutz lebt – die Geschichte einer Folterehe. Der Mann wollte die Tochter ertränken, um die Frau unter Druck zu setzen, er ließ ihren Lieblingshund vor ihren Augen hinrichten, nur weil er auf seinen Pfiff nicht kam. Aber bevor jemand in diese Geschichte des Wahnsinns das Feindbild der im Islam unterdrückten Frauen hineinliest, sollte er genau unterscheiden: Was ist daran Islam, was Feudalsystem (das vor allem), und was einfach Gewalt in der Ehe, wie sie auch hierzulande in allen Kreisen vorkommt?

Auch beim Rechtssystem ist es nötig, genauer hinzusehen und zu differenzieren. Obwohl ich seit über 35 Jahren im Land bin, verstehe ich immer noch so gut wie nichts. Als mich dieses undurchschaubare Gefüge wieder einmal heftig störte, sprach ich mit dem deutschen Botschafter darüber. Er hat mich getröstet: „Versuchen Sie es gar nicht. Da blickt keiner mehr durch."

Es gibt mehrere einander widerstreitende Rechtssysteme in Pakistan. Das eine ist noch das britische Recht, das im Grunde genommen römische Wurzeln hat. Das andere ist pakistanisches Zivilrecht. Dann gibt es aber auch das muslimische Schariagesetz, das sich auf die Ordnung des Korans beruft. Und auch hier sind Bereiche erfaßt, bei denen die Übergänge zu den beiden anderen Rechtstraditionen fließend sind. Schließlich gibt es noch ein Stammesrecht, das Verbindlichkeit hat, aber nur in gewissen Gebieten Pakistans Anwendung findet. Und letztlich regiert die Exekutive mit Weisungen auf dem Verfügungsweg und setzt damit bestimmte Gesetze zeitlich außer Kraft und promulgiert andere, ebenfalls zeitbegrenzt: eine Art Ermächtigungsvorgang. Natürlich weiß kein Mensch, ob nun das eine Gesetz wieder und das andere noch gilt.

Das Schariagesetz besticht durch Einfachheit. Schon deshalb ist es für viele attraktiv, weil man in Pakistan bei normalen Rechtsverfahren lange auf Entscheidungen warten muß. Eine Untersuchungshaft oder ein Prozeß werden sich über Jahre hinziehen. Aber diese bestechende Einfachheit kann dem komplizierten Gesellschaftsgefüge eines von der Moderne beeinflußten Landes und einer Massengesellschaft doch nicht gerecht werden.

Pakistan hat ein zuverlässiges Rechtsprechungssystem auf der obersten Ebene. Auf der Ebene des Obersten Gerichtshofes gibt es Rechtssicherheit. Hier werden auch politisch unpopuläre Entscheidungen getroffen. Aber auf unteren Ebenen sind Gerichte käuflich.

Das Thema Menschenrechte ist durch den aggressiven Fundamentalismus aktuell geworden. Das Land ist viel zu vielschichtig, als daß allgemeine Aussagen verbindlich sein könnten. Aber schon die Tatsache, daß sich einheimische Gruppen ganz massiv für die Menschenrechte einsetzen, zeigt: Menschenrechte werden in Pakistan verletzt. Es engagiert sich nicht nur die kritische Intelligenz, der Protest wird durchaus vom Mann auf der Straße mitgetragen. Verfassungsmäßig sind die Menschenrechte in Pakistan zwar garantiert. Sie sind jedoch immer wieder durch Ausnahmeregelungen außer Kraft gesetzt, wurden aber auch immer wieder durch höchstrichterliche Entscheidungen bestätigt: Öffentliche Auspeitschung und öffentliches Erhängen z. B. wurden als mit den Menschenrechten unvereinbar vom Obersten Gerichtshof untersagt. Auch hier begegnet man wieder diesem Gestrüpp und der Komplexität sich überlagernder Systeme im pakistanischen Recht. In einem Berberstamm – also einem Familienverband – war natürlich sowieso alles öffentlich. Unter modernen Umständen ist das Scharia-Recht in seiner jetzigen Form obsolet geworden.

Was verbindet uns?

Daß die Debatte um die Universalität der Menschenrechte weltweit geführt wird, zeigt: Menschenrechte sprechen etwas Wichtiges an. Ich bin überzeugt: Es gibt Grundgefühle, die bei allen Menschen gleich sind. Ich erinnere mich an eine Unterrichtsstunde: Unter den Leprahelfern war keiner, der vorher Vorlesungen über Menschenrechte gehabt hätte. Wir hatten zuletzt gesagt: Der Übertragungsweg von Lepra ist nur von Mensch zu Mensch. Also gibt es wirklich nur eine sichere Methode, Lepra rasch auszurotten: die Infektionsquelle zu beseitigen. Also: „Warum erschießen wir dann nicht jeden Leprapatienten?" Lautstarker Protest: „Das kann man doch nicht machen!" Jemanden zu erschießen ist in den Vorstellungen dieses Landes zwar durchaus eine Möglichkeit. Es gibt ja Selbstjustiz, Blutrache, politischen Mord. Aber die Vorstellung, einer Gruppe zu sagen: Ihr seid Infektionsträger, also weg mit euch – das geht offensichtlich nicht. So weit reicht der elementare Konsens. Wir besprachen dieses Problem nach der Diskussion des Falls eines asozialen Leprapatienten, der sehr aggressiv war. Konnte man nicht wenigstens den erschießen? Für alle war klar: undenkbar.

Natürlich haben wir erfahren, daß Menschen in Pakistan wegen ihrer Krankheit durch ihre Gruppe tödlich ausgegrenzt wurden. Das ist für Menschen im pakistanischen Zusammenhang aber eine Güterabwägung. Wenn die Existenz eines einzelnen die Ehre des Stamms bedroht, dann kann es sein, daß dieser Mensch sterben muß, Lepra oder nicht Lepra. Auch wenn eine Frau ein uneheliches Kind bekommt, sind Kind und Mutter weniger wichtig als das Wohl und die Ehre des Clans. Aber grundsätzlich herrscht auch in diesen Sozialverbänden die Überzeugung vor, daß man nicht einfach jemanden wegen seiner Krankheit umbringen kann.

Wir alle sind nicht mit dem Konzept des Naturrechts auf die Welt gekommen. Aber es gibt eben doch Grundüberzeugungen, die für jeden einsichtig sind, ohne Erklärung. Menschenrechte müssen also überall, wo Menschen zusammenleben, thematisiert werden. Wenn daraus Gesetze entstehen sollen und konkrete Anwendungsfälle in den Blick kommen, kommt es freilich zu Differenzen. Was verbindet uns weltweit? Was ist ein individuelles Menschenrecht? Was die Rolle der Gruppe gegenüber dem Individuum? Bei solchen Fragen bestimmen uns unterschiedliche Überzeugungen. Wer kann da wem sagen, was richtig ist? Hier liegen schwierige Probleme, die nicht nur für Pakistan, sondern auch für westliche Gesellschaften Fragen aufwerfen: Was sind die Rechte des einzelnen gegenüber der Gemeinschaft? Ich glaube nicht, daß man diese Rechte abbauen darf. Man sollte sie aber wohl durch Pflichten ergänzen. Ein Recht kann nicht als mir zustehend eingeklagt werden, wenn ich mich nicht auch durch Pflichten an die Gemeinschaft gebunden fühle. Wenn wir einen Ausgleich zwischen dem Recht des einzelnen und dem der Gemeinschaft im Blick behalten, finden wir vielleicht einen gemeinsamen Boden zwischen beiden Kulturen – der abendländischen und der asiatischen. Denn daß sich der Prozeß der Individualisierung – zumindest unter den Intellektuellen – durchsetzt, scheint mir auch für Pakistan klar. Daß man – langfristig – denjenigen, der den Befreiungsprozeß erfährt und verwirklicht, in seiner Individuation abblocken kann, glaube ich nicht. Ich glaube nur, daß Individuation nicht verabsolutiert werden darf. Auch die westliche Gesellschaft kann nicht als Anhäufung von Individuen existieren. Das merkt man schon bei Glatteis – man fällt nur dann nicht, wenn man sich gegenseitig stützt. Wenn ich in Deutschland von meiner Arbeit erzähle, sage ich meist: „Wir". Und dann werde ich oft gefragt, wer dieses „Wir" denn sei. „Ich" zu sagen fällt mir schon deshalb schwer, weil mir bereits morgens jemand das Frühstück, das ich esse, zurechtgemacht hat, und die Kleider, die ich anziehe, von jemand anderem kommen, und die Treppe, die ich runtergehe, wieder von einem anderen gebaut wurde. Es gibt das „Ich" nur auf dem Boden des „Wir". Im Westen müssen wir wieder lernen, was in Pakistan noch selbstverständliche Erfahrung ist. Wenn wir im Himalaya durch einen Bergfluß gehen, geht man nie allein. Wer auf den Steinen rutscht, den wird die Strömung wegtragen. Es ist also Gesetz, daß man sich immer zu dritt anfaßt und sich nur so durch einen Bergfluß kämpft. Drei rutschen nicht auf einmal. Wenn der eine rutscht, dann stehen zwei und halten ihn fest. Und wenn dann der andere rutscht, dann stehen die anderen beiden wieder auf festen Beinen. Nur so hat man die Chance, am anderen Ufer anzukommen.

Einer, der sich freischwimmt, sollte sich umsehen und fragen: Und was ist jetzt mit dieser neugewonnenen Freiheit? Wir sollten unsere eigene Freiheit freiwillig so weit preisgeben, daß sie in den Kontext des anderen paßt, ohne daß wir ihn verunsichern.

„Deine Freiheit hört an meiner Nase auf!“

„Azadi – Freiheit“: die Faszination jeder Psychologievorlesung. Maslowsche Bedürfnispyramide. Die unterste Stufe: Grundbedürfnisse wie Nahrung, Kleidung, Sicherheit. Darüber soziale Bedürfnisse: Freundschaft, Anerkennung. Und als höchste Stufe Selbstverwirklichung, Freiheit ...

„Und wenn nun mein Sozialbedürfnis mit dem Sicherheitsbedürfnis eines anderen in Konflikt gerät?“ will Salma wissen.

„Wieso?“

Die Materie ist noch zu neu, als daß die Gruppe gleich schaltet.

Salma verteidigt sich. „Schließlich kann es doch sein, daß ich am Geburtstag meines Sohnes zu Hause sein möchte, und an dem Tag ist gerade keine andere Mitarbeiterin auf Station, dann können doch die Frauen nicht richtig versorgt werden?“

Ratlose Stille.

Bis sich Ashraf zu Wort meldet. „Das wird häufig vorkommen“, sagt er ungerührt. „Aber dann gibt es halt noch einen Weg: du mußt eben in die oberste Etage der Pyramide und deine Freiheit aktivieren und sagen, ich gehe trotzdem – freiwillig.“

„Kennt ihr die Geschichte von dem Land, das seine Freiheit bekam?“ fragt Khadim. „Sie tanzten und feierten auf den Straßen und wirbelten ihre Gewehre über ihren Köpfen – und eines traf die Nase eines Bergbauern.

‚He‘, sagte der da, ‚was machst du denn?‘

‚Die Freiheit feiern!‘, sagte der andere.

Und sein Freund: ‚Hör zu – an meiner Nase, da hört deine Freiheit auf!‘“

Das wurde zum geflügelten Wort im Team. „Deine Freiheit hört an meiner Nase auf.“

Am anderen finden wir unsere Erfüllung und Grenze. Deine Freiheit – an meiner Not hört sie auf. Deine Freiheit – hier an meiner Einsamkeit hört sie auf. Dieser Bezug ist uns allen aufgegeben, in jeder Kultur. Daher halte ich die beiden Menschenrechtsansätze – ob sie vom Individuum oder von der Gemeinschaft ausgehen – für durchaus komplementär, wenn sich jetzt nicht wieder die Lager verhärten. Es ist wichtig, daß wir uns die Mühe machen, den Ansatz des anderen zu verstehen und zu integrieren.

Einen Schlüssel meiner Arbeit habe ich in der Urdu-Sprache entdeckt, der von vielen benutzten Universalsprache Pakistans. Der Begriff „Apnana" bedeutet „Ich" und „Du" gleichermaßen: Sich die Wirklichkeit des anderen zu eigen machen – das ist der Weg, der weiterführt. Dieser Weg schließt den Dialog und ein friedvolles Miteinander ein.

Zu neuen Ufern

Nach dem Erfolg der Kombinationstherapie

Sieg über die Frustration

Midmanagement-Ausbildung in Karachi, für die Lepra-Assistenten von Azad Kashmir, der Nördlichen Grenzprovinz, von Belutschistan und Karachi. Wir erstellen die Jahresstatistiken. Laut Weltgesundheitsorganisation ist die Gefahr der weiteren Ausbreitung der Krankheit gebannt, wenn der Leprabefall unter einen Patienten pro 10000 Bevölkerung gesunken ist. Wir errechnen die Zahlen. Natürlich: Azad Kashmir hat die Lepra im Griff – Northern Areas, Belutschistan auch – und Sindh hat es im letzten Jahr geschafft! Im Pandschab war der Befall nie hoch. Und auch in der Nördlichen Grenzprovinz ist der Befall von 1,24 auf 0,72 gesunken! Damit ist der Leprabefall in ganz Pakistan unterhalb der Gefahrenschwelle.

Groß-Karachi, der Sieg über Terror und Frustration: 1374 Patienten haben wir 1995 aus der Behandlung entlassen! Wenn wir 1996 noch weitere 204 ausheilen, haben wir das Lepravorkommen unter die Gefahrenschwelle gesenkt, unter der sich die Krankheit nicht mehr als Seuche ausbreiten kann.

Jetzt arbeiten wir eine neue Strategie aus: Behindertendienste. Wir wollen erreichen, daß die Patienten mit ihren Behinderungen zu leben lernen, ihr Schicksal in ihre eigenen Hände nehmen, die Familien sie akzeptieren, unterstützen. Es geht darum, eine neue Lebenskultur zu schaffen, dem anderen zu seiner eigenen Freiheit zu verhelfen, Herrschaftspositionen aufzugeben. Der Patient soll nicht mehr von uns abhängen, sondern zum Partner in einem Gesundungsprozeß werden, dessen Einzelheiten er selbst bestimmt, bei dem wir ihm nur helfend beistehen.

Ursprünglich ist unser Projekt für 40000 Leprapatienten aufgebaut, von denen wir jetzt noch 3000 in medikamentöser Behandlung haben. Diese Zahl läßt sich kaum noch weiter senken. Denn wir entdecken jährlich etwa 1200 neue Fälle, und da die meisten zwei Jahre behandelt werden müssen, sind das wieder 2400. Da wir auch mal 1500 finden, wird es sich bei ca. 3000 einspielen. Die Linie wird asymptotisch verlaufen. Erst in zehn, vielleicht auch zwanzig Jahren wird dann der jährliche Neuzugang zurückgehen, weil die meisten Patienten keine vierzigjährige Inkubationszeit haben, sondern eine von drei, fünf oder zehn Jahren. Lepra wird dann nicht mehr so häufig sein, obwohl sie weiter auftreten wird. Am Ende unserer Kampagne schätzen wir die Gesamtzahl der je erfaßten Leprapatienten auf 60000. Denn wir haben alle Gründe anzunehmen, daß bis zu 30000 Menschen schon infiziert sind, aber erst in den nächsten zehn bis zwanzig Jahren Symptome entwickeln werden, die eine Diagnose erst ermöglichen. Von den rund 60000, die unsere Gesamtpatientenzahl ausmachen, ist etwa die Hälfte behindert. Diese bleiben also in Behandlung, nur daß sich das Behandlungsschema ändert. Wir haben noch keine verläßliche Erhebung darüber, wie viele von diesen Patienten sich als Sozialfall herausstellen werden. Vermutlich 20 Prozent. Wir haben die Methode für eine solche Erhebung jetzt erst ausgearbeitet. 50 Prozent sind danach Sozialfälle, weil sie durch ihre Behinderung verminderte Chancen im Arbeitsmarkt haben. Unter den weiblichen Patienten kommen dazu noch die geschlechtsspezifischen sozialen Härten. Auch die sozial benachteiligten Hindus sind zu berücksichtigen. Wir gehen davon aus, daß etwa 60 Prozent der Patienten gesundheitlich behindert und sozial benachteiligt sein werden. Mit den Erfolgen an der medizinischen Front ist also die Lepraarbeit noch keineswegs zu Ende.

Wunden bleiben

Trotz aller medizinischen Erfolge – die von der Krankheit verursachten Wunden werden noch lange nicht heilen. Seit wir Patienten als „geheilt" entlassen können, wird uns erst langsam klar, was „Lepra", „Aussatz" im Leben des einzelnen bedeutet: das schwere, vielleicht nie zu verwindende Trauma, daß selbst die, die einem am nächsten standen, uns in der Stunde der tiefsten Not allein gelassen haben; die Einsicht, daß die so sehnsüchtig erwartete „Ausheilung" nichts ändern wird an den verkrüppelten Händen, den Fußgeschwüren, dem verlorenen Augenlicht, den entstellten Zügen … Die Patienten, die wir heute im Anfangsstadium diagnostizieren, sie werden niemals das Schicksal des „Aussätzigen" teilen. Die erst im zweiten, im dritten Stadium in Behandlung kamen, bedürfen einer Behindertenfürsorge, die sie lebenslang begleitet.

Von „Heilung", Heil-Werden können wir erst sprechen, wenn es uns gelungen ist, dem Patienten das Gefühl seiner eigenen Würde zurückzugeben; wenn er gelernt hat, mit seinen Behinderungen zu leben, wenn er sich angenommen fühlt in der Gemeinschaft der Gesunden. Deshalb steht im Zentrum unserer sozialen Aktivitäten nicht länger die Vergabe von Krediten, sondern viel mehr die umfassende Beratung des Patienten. Er soll lernen, auf eigenen Füßen zu stehen. Intensive Gespräche mit den Patienten, die Einbeziehung der Familie, Begleitung des ehemals Kranken auf dem Weg in die Normalität – all das erfordert auch neue Kompetenzen. Einer der Gründe, warum wir an unsere Lepra-Assistenten Grundkenntnisse in Psychologie vermitteln, insbesondere in der Gesprächstherapie und der Transaktionsanalyse, die sie sensibilisieren für die Kommunikation mit dem Kranken.

Wenn wir aber jetzt die eigentliche Lepraarbeit abbauen oder einschränken würden, hätten wir in dreißig Jahren die gleiche Situation in Pakistan wie heute. Denn jedes Jahr haben wir 2000 Neufälle, Patienten, die in der Inkubationszeit sind und jetzt ihre ersten Symptome entwickeln. Die Lepra würde sich erneut ausbreiten. Und was für Pakistan gilt, gilt natürlich auch weltweit.

Wir behandeln jetzt hauptsächlich Frühflecken. Der Patient fühlt sich in diesem Stadium nicht krank. Deshalb sind auch keine „Heilerfolge" mehr erfahrbar, weder vom Patienten noch von den Lepra-Assistenten. Von der Motivation her ziehen wir heute das Projekt mit Zweiterkrankungen durch: z. B. Tuberkulosebekämpfung oder Verhütung von Erblindung.

Auch Lepra verursacht oft Augenkomplikationen, die zur Erblindung führen können. Und Blindheit ist für unsere Patienten ein besonders schweres Schicksal, weil sie durch den von der Krankheit verursachten Gefühlsverlust den Sehverlust nicht mehr mit ihrem Tastsinn kompensieren können, nicht fühlen können, wo der Teller steht und der Löffel liegt, sich nicht mehr allein zur Toilette tasten können, nicht merken, wenn ein Nagel im Schuh, ein Dorn, eine Scherbe den Fuß verletzt hat. Dadurch sind sie für alle täglichen Handreichungen auf die Hilfe anderer angewiesen. Die Lepra-Assistenten haben deshalb schon eine Grundausbildung in Verhütung, Erkennung und Behandlung von Augenkrankheiten erhalten. Jetzt schicken wir sie zu einer Zusatzausbildung, die ihnen auch die Kenntnisse für Allgemein-Augenerkrankungen vermittelt.

Das hat einen doppelten Vorteil: Sie können in ihrem Einzugsgebiet ein Augen-Vorsorge-Programm aufbauen, während sie gleichzeitig ihrer Lepraarbeit weiter nachgehen. Durch die gleichzeitige Behandlung von Augenpatienten fühlen sich unsere Leprapatienten nicht mehr so ausgegrenzt, wenn das Team ins Dorf kommt.

Und gleichzeitig ergibt sich für die Lepra-Assistenten die Möglichkeit, etwas für ihre Altersversorgung zu tun, was viele Ängste abgebaut hat. Wenn man mit sechzig Jahren in den Ruhestand tritt, ist man ja nicht rentenberechtigt; mit einer Ausbildung als Lepra-Assistent, was soll man da auf dem offenen Arbeitsmarkt in diesem Alter noch beginnen?

Wenn man als „Augen-Gesundheitshelfer" eingeführt ist, kann man seine eigene kleine „Praxis" aufmachen, Brillen bestimmen, häufige Augenkrankheiten ausheilen – und die Dorfbevölkerung wird viel lieber zu „ihrem" Doktor kommen, den sie kennen- und schätzengelernt haben, als die Kosten auf sich zu nehmen und zur Kreishauptstadt zu fahren, um einen Augenarzt aufzusuchen, dessen Rechnungen weit über das hinausgehen, was sie sich leisten können.

Erfolgserlebnisse

Diese neue Disziplin gibt uns darüber hinaus auch wieder ganz neue Erfolgserlebnisse, und Erfolgserlebnisse sind wichtig.

„Babar verdient wieder", sagt Raza, „seine Frau ist *so glücklich!* Sie kam extra zur Station, um mir zu sagen, wie froh sie ist."

„Verdient?" frage ich. „Was hast du gemacht bei dieser Arbeitslosigkeit?" – „Oh", sagt Raza, „Babar ist eigentlich Barbier, er hat einen kleinen Laden, nur kam keiner mehr, weil er beim Rasieren so oft seine Kunden verletzt hat, er konnte nicht mehr richtig sehen, ich habe ihm bloß eine Brille verpaßt, jetzt läuft das Geschäft wieder."

Ein Patient unter Hunderten.

Auch bei der Behandlung der Tuberkulose diese Erfahrung:

Ich habe jetzt die Patienten nachuntersucht, die wir im Teaching-Camp vor einem Jahr auf die Therapie gesetzt haben. Drei von ihnen sind inzwischen an ihrer fortgeschrittenen Tb gestorben, die anderen sind alle ausgeheilt.

„Aber einer", sagten die Jungen, „der kann nicht zur Nachuntersuchung kommen, den müssen wir auf seinem Berghof besuchen. Sie erinnern sich bestimmt noch an ihn: Jamil."

O ja, Jamil. Natürlich entsann ich mich.

Er hatte eine Rückgrat-Tuberkulose. Beide Beine waren gelähmt. Die Söhne hatten ihn damals, vor einem Jahr im

April, den stundenlangen Weg von seinem unzugänglichen Berghof heruntergetragen, um uns um Hilfe zu bitten.

„Klar", sage ich. „Jamil. Den will ich sehen."

Der Aufstieg zum Hof ist steil. Ich habe Mühe, mitzuhalten. Die Jungen sind in Hochstimmung, sie lachen so viel, fast kommt es mir ein wenig so vor, als ob sie etwas im Schilde führten. Nein, ich bin nicht in Stimmung, mitzumachen, ich bin ermüdet und außer Atem, als wir schließlich den Berghof erreichen, ich setze mich erschöpft auf die geflochtene Bettstelle und sage, ein wenig ungeduldig „... und Jamil?"

Wazir weist hinüber auf das Feld.

Dort pflügt ein Mann.

Nein, ich konnte es nicht glauben. Ich war happy und konnte es doch kaum glauben.

Schließlich habe ich die Geschichte dieses Bergbauern genau nachrecherchiert, mit allen Einzelheiten. Es war wirklich jener Mann, den ich vor einem Jahr auf die neue Therapie gesetzt hatte. Diese Medikamentenkombination wirkt innerhalb einer Woche. Wenn man sie zeitig genug, d. h. im akuten Stadium, einnimmt, wenn zwar die Lähmungen eingetreten sind, die Nerven aber nur abgedrückt und nicht abgetötet sind, dann bekommen die Bazillen keine Chance, das Gewebe zu zerstören.

Die Geschichte dieses Bergbauern ist kein Einzelfall. Wir haben ähnliche Geschichten häufig erlebt. Zum Beispiel in Khaplu.

Wunder in Khaplu

Khaplu liegt in einer Gegend, in die ich zuvor nie hingekommen war. Wir sind nahe an der Kampflinie, hier liefern sich Pakistan und Indien seit fast zehn Jahren einen erbitterten Kampf um den strategisch wichtigen Gletscher Siachem, auf 4000 Meter Höhe. Ein Krieg, von dem die Welt nichts weiß. Das Dorf selber ist eine Oase des Friedens, das kleine Krankenhaus funktioniert voll, es gibt ein Mini-Labor, eine Röntgenstation (die wegen der Stromschwankungen kaum lesbare Röntgenbilder produziert), einen Arzt und eine Lepra-Tuberkulose-Bekämpfungsstation, die wir gerade eröffnet haben.

Khaplu ist Aminas Heimatdorf. Ich sehe sie noch vor mir: Sie schleppt sich auf zwei Stöcken mühsam die wenigen Stufen zur Station hinauf. Dann sitzt sie auf der Veranda, leise vor sich hinstöhnend, fliegenumschwärmt. Keiner in der wartenden Menge protestiert, als wir sie zuerst ins „Sprechzimmer" nehmen.

Amina hat Drüsentuberkulose. Die Krankheit hat sich durch den ganzen Körper gefressen. Überall eitrige Abszesse, die die umgebende Haut in Mitleidenschaft gezogen haben. Wir legen ihre Krankenakte an.

Verheiratet? – Nein, der Mann hat sie weggeschickt.

Kinder? – Nein, drei sind im Säuglingsalter gestorben.

Wo sie jetzt lebe? – Bei ihrem Bruder. Sie schluckt an den Tränen. – Nein, er habe ihr noch nicht gesagt, sie solle das Haus verlassen. Aber seine Frau ... Arbeiten könne sie ja nicht.

„Mit den Medikamenten bist du bald so weit", sagt Najjaf tröstend, „bloß: dreimal am Tage waschen, zwischendurch den Eiter immer wieder abtupfen, und die Kleider jeden Abend waschen, die trocknen ja über Nacht, damit die Fliegen nicht so angelockt werden. Und hier sind die Medikamente und die Karte, wenn du die zeigst, sind wir immer für dich da – und hier ist das Fläschchen mit der Desinfektionslösung, ein paar Tropfen davon ins Waschwasser. Wir fahren dich mit der Ambulanz heim, der Marsch heute morgen war wirklich zu viel für dich."

Vier Tage später, in der gleichen Außenstation.

Morgens um acht eine lange Reihe wartender Patienten; ganz vorn in der Reihe eine Frau, aufrecht, lächelnd, sie streckt die Hand aus zum Gruß.

„Wer ist das?" frage ich Najjaf, und der lacht: „Amina!"

„Nein!" sage ich.

„Doch“, sagt Najjaf.

Warum sie gekommen sei?

„Oh, nur um Ihnen zu sagen – es geht mir *so viel besser*, und die Frau meines Bruders hat gestern eine Tasse Tee mit mir zusammen getrunken ...“

Abends in der Unterkunft. Nach dem Abendbrot, Fladenbrote und Sauermilch, gehen wir noch einmal die Ereignisse des Tages durch:

„Najjaf, erzähl Aminas Geschichte!“

„Toll“, sage ich, „das ist also die neue Therapie: Besserung schon in den ersten drei Tagen!“

„Nein“, sagt Mohammed Ali, „oder vielleicht, auch. Aber was die Frau geheilt hat, waren nicht die Tabletten ...“

„Sondern?“ frage ich neugierig.

„... sondern daß sich jemand um sie gekümmert hat“, sagt Mohammed Ali und sucht nach Worten: „Daß jemand gesagt hat: Du bist wichtig – für uns bist du kostbar. Wir wollen, daß es dir gutgeht ...“

Khaplu. Eine Gruppe muslimischer Lepra-Assistenten, 1995.

Irgendwo in Palästina, vor 2000 Jahren, hat jemand einmal gesagt: „Richte dich auf, du brauchst nicht so krumm zu laufen, ... weil auch du eine Tochter Abrahams bist.“

Da habe ich gedacht: „Weil auch sie eine Tochter Abrahams ist.“ 1995. Eine Gruppe muslimischer Lepra-Assistenten setzt das ins Hier und Heute um.

Die Geschichte von Sakina

Vor zwei Wochen lag das Mädchen auf dem gleichen Untersuchungsbett, bewußtlos. Tuberkulöse Hirnhautentzündung. Eine Krankengeschichte wie dutzend andere auch: Die Eltern hatten drei ihrer Ziegen verkauft, hatten das schwerkranke Kind in die Provinzialhauptstadt gebracht, stationär aufnehmen lassen, und als das Geld zu Ende war, haben sie das Mädchen, unter Protest der Ärzte, zurückgebracht zu ihrem Berghof. „Wir hätten sie ja gern dort gelassen, aber die Ärzte sagten auch nur, sie müsse bleiben, aber nicht, wie wir das hätten machen können …"

Als wir in Dhanni unser Camp begannen, hörte der Vater, daß ein medizinisches Team die Außenstation wieder eröffnet habe, die vor drei Jahren vom Militär als Grenzposten besetzt worden war. Um diese Zeit war Sakina schon bewußtlos; vier Männer trugen sie auf einer geflochtenen Bettstelle hinunter nach Dhanni.

Wiederaufnahme ins Krankenhaus? „Unmöglich", sagt der Vater, „ich kann jetzt die Felder und das Vieh nicht allein lassen, meine Frau hat noch weitere fünf Kinder, ohne Begleitperson nehmen sie das Kind nicht auf im Krankenhaus."

Ich hatte keine Hoffnung für das Mädchen.

Außer – und das schlug Inayat vor – außer Cortison. Aber das hieß: tägliche Überwachung der Medikation.

„Das übernehme ich", sagt Inayat, „nach Dienstschluß."

Täglich? Anderthalb Stunden?

„Kein Problem", sagt Inayat.

Wir begannen mit der neuen hochwirksamen Tuberkulose-Medikation und hochdosierten Corticosteroiden. Inayat marschierte täglich eine Stunde auf den Berghof hinauf; zurück schaffte er es in 30 Minuten. Täglich. Zwei Wochen lang.

„Hast du etwas gegessen?" frage ich Sakina.

„Ja", sagt sie leise.

„Was?"

„Milch und Reis."

Die Mutter lächelt stolz und selig.

„Willst du gerade mal die Augen zumachen? Fest?"

Das ist noch zu viel. Ein paar Grimassen, sie dreht sich erschöpft zur Wand.

Ob sie sie auf die Alm mitnehmen könnten, fragen die Eltern. Spritzen würde die Mutter, und die Medikamente eingeben, und der Vater würde alle 14 Tage unserem Tuberkulose-Assistenten in Dhanni berichten.

Wir stimmen zu. Kein Mensch wird sich um das kranke

Kind so kümmern wie die Mutter. Oftmals ist die Familienfürsorge, unterstützt vom Dorf, wenigstens ebenso effektiv wie eine stationäre Einweisung – vorausgesetzt, ja, vorausgesetzt, daß sich eine Fachkraft findet, die es diesen Menschen zutraut, die Verantwortung für ihre Gesundheit selbst in die Hand zu nehmen – auch wenn sie nicht lesen und schreiben können.

Schlüsselerfahrung mit Salim

Krankheitstraumata wiegen schwer. Die Geschichte von Salim ist mir zu einem Schlüsselerlebnis geworden, weil wir hier verstanden haben, was uns in der Behandlung noch fehlt.

Es kamen so viele Flüchtlinge aus Afghanistan, darunter viele Kinder. Jeannine kümmerte sich um sie, nahm sie im Schülerheim auf, schickte sie zur Schule. So erinnere ich mich an Salim eigentlich erst als Lepra-Assistenten. Salim war ein voller Erfolg, zu dieser Zeit schon aus der Kartei: Er war ausgeheilt, ohne Behinderungen, hatte seine Mittlere-Reife-Prüfung abgelegt, sein Lepra-Assistenten-Examen bestanden und sich freiwillig nach Afghanistan zurückgemeldet. Wir waren alle stolz auf ihn. Er sollte nur noch zusätzlich praktische Erfahrungen sammeln, ehe er dann allein auf seinem Außenposten in Zentralafghanistan mit der Arbeit beginnen würde. Wir setzten ihn in der Sozialabteilung ein – und erfuhren eines Tages, daß er Gelder unterschlagen habe. Ich war verzweifelt. Ich konnte es nicht glauben: ausgerechnet Salim. Ich kannte ihn im Umgang mit den Patienten, kannte seine Sorge für den einzelnen, seine Zuwendung, sein Mit-Leiden – nein, wenn Salim seine Mitpatienten bestohlen hatte, dann mußte er sich in einer ausweglosen Situation befinden.

Salim wurde entlassen. Wo sollte der Junge hin? Er hatte keine andere berufliche Ausbildung als die des Lepra-Assistenten …

Es war ein Glücksfall, daß ich in diesen Tagen sowieso für drei Monate in den Außendienst fuhr. So packte ich Salim in den Jeep und nahm ihn mit auf Fahrt. Und erfuhr in diesen endlosen Fahrtstunden seine Geschichte.

Salims Schwester war vor ihm an Lepra erkrankt. Als vierjähriger Junge war er Zeuge, wie sein Vater das Mädchen in den öden Bergen Zentralafghanistans lebendig begrub.

Sie waren zu einem Wallfahrtsort gepilgert, mühsam, um eine Heilung durch ein Wunder zu erbitten.

Aber das Wunder ereignete sich nicht; enttäuscht und verzweifelt machten sie sich auf den Rückweg. Die Berge in Afghanistan sind öde und unbewohnt.

„Sie hat geweint", sagt Salim leise, „aber sie hat sich nicht gewehrt ..."

„Im Alter von sechs Jahren", sagt Salim, „wurde ich einem Mädchen vom Stamme verlobt. Das ist Sitte daheim, eine spätere Heirat kostet zu viel." Er hat sie später einmal gesehen, hellhäutig und übermütig und von anmutiger Schönheit.

Salim, erfuhr ich später, war 14 Jahre, als er selbst an Lepra erkrankte. Sein Vater brachte ihn nach Pakistan und ließ ihn dort zurück – „er wollte bestimmt nur, daß ich ausgeheilt werde", sagte er noch tapfer. Und den Rest wüßte ich ja ...

Schweigen.

Wir nahmen die Geschichte erst nach Tagen wieder auf.

„Als ich das Examen bestanden hatte", sagte Salim, „da habe ich an meinen Vater geschrieben: Ich hätte einen Beruf, verdiente ausreichend, sei ausgeheilt, und er möchte doch jetzt die Hochzeit richten. Sie wissen, es gibt keine Post in Afghanistan, so bat ich einen meiner besten Freunde, er möge in mein Heimatdorf gehen und meine Familie aufsuchen ..."

Drei Monate gespannten Wartens. Dann kam der Bote zurück. Der Vater habe gesagt, sein ältester Sohn sei ein Aussätziger, deshalb habe er das Mädchen dem jüngeren Bruder gegeben.

Das war der Tag, an dem Salim den Drogen verfiel.

„Aber warum hat denn dein Vater gesagt, du hättest noch Lepra?"

In diesen Monaten war unser Verhältnis so gewachsen, daß ich direkte Fragen stellen konnte.

„Ich habe es mir vorgenommen", sagt Salim, „jeden Abend habe ich es mir vorgenommen, morgen früh, da sprichst du mit der Doktorin – und dann habe ich morgens den Mut doch nicht gehabt."

Der Jeep keucht und dröhnt eine steile Auffahrt hinauf, Allradantrieb, man kann sich nur mühsam mit seinem nächsten Sitznachbarn verständigen. Keiner folgt unserem Gespräch.

„Ich habe es nicht aussprechen können", sagt Salim, „denn das zu sagen, bedeutet: Ich bin für immer ein Aussätziger ... ich habe keine Augenbrauen, Doktor."

Wir sehen die Statistiken und die körperlichen Funktionen, und der Mensch, der Mensch dahinter, seine Geschichte, seine Tränen, seine Träume, die haben keinen Platz im Computerprogramm und werden nicht gespeichert. Und dann wundern wir uns, wenn Menschen unter der Last zusammenbrechen.

„Das können wir abstellen, Salim", sage ich.

Der Jeep hat das Hochtal erreicht. Draußen blühen die Mandelbäume. Blaßblauer Frühlingshimmel, in der Ferne die blauenden Gletscher des Hindukusch.

Wir haben Salim Augenbrauen eingesetzt, Verpflanzung eines Streifens Kopfhaar.

Im September bin ich auf seiner Außenstation in Zentralafghanistan gewesen. Eine Gruppe bärtiger Stammesältester empfängt uns und verlangt, daß ich jetzt und hier und sofort unterschreiben solle, daß wir „Dr. Salim nie und niemals von hier versetzen" würden – wo sonst würden sie einen so fähigen, einsatzbereiten und verantwortungsvollen Gesundheitsassistenten jemals wieder herbekommen?

Salim steht in der Tür des niedrigen Lehmbaues, der ihm

als Ambulanz dient. Er lächelt. Ich gehe auf ihn zu und reiche ihm die Hand ...

Rückschauend haben wir Gleiches oder Ähnliches auch bei anderen Patienten erlebt und bemerkt, wie wichtig diese Form der Nachsorge ist.

Etwa in der Geschichte mit Habibullah.

Habibullah macht sich auf den Weg

„Sie sind in meinem Dorf gewesen", sagt Habibullah, „das letzte Mal, als Sie in Afghanistan waren, von Sangischanda fängt das Nebental an."

Ich denke zurück: steiniger Aufstieg durch die kahlen Berge, eine gnadenlose Mittagssonne, kein Tropfen Wasser, kein Schatten – bis plötzlich, unerwartet, das Tal sich öffnet, Felder und Aprikosenbäume, ein plätschernder Wiesenbach, Schafe und Ziegen.

„Mein Vater starb früh", sagt Habibullah. „Aber da war die Großfamilie, Onkel und Tanten und eine Schar Kinder im Haus, wir haben nichts vermißt, und als ich aufwuchs, ging die Familie für mich auf Brautschau. Meine Frau – wir hatten eine glückliche Zeit zusammen, und sie schenkte mir einen Sohn ..." Habibullah lächelt versunken. Schweigen. Auch ich schweige. Ich weiß, wie schwer es ist, über die nächste Zeit zu sprechen.

„Ja", sagt Habibullah abrupt, „und als es sich nicht mehr verheimlichen ließ, die Krankheit, da wiesen sie mir einen Raum an, und den durfte ich nicht mehr verlassen. Meine Frau kam noch bis zur Tür, um mir das Essen zu bringen, sie hatte Tränen in den Augen, aber in den Raum kam sie nie, und sie brachte auch meinen Sohn nie zu mir. Die Familie, o ja, die Familie kam und stand an der Tür und sagte ..."

Habibullah verstummt, starrt mit weit offenen Augen ins Leere. „Fragen Sie mich nicht nach den Einzelheiten, es ist vorbei", sagt er leise. „Aber damals, damals konnte ich es nicht länger ertragen. Ich sagte es meiner Mutter, an jenem

Abend, sie weinte, aber sie hielt mich nicht zurück. Meine Frau ließ ich es nicht wissen ..."

In jener Nacht verließ Habibullah heimlich das Haus. Es war März und schneidend kalt, der Schnee noch auf den Bergen. Irgendwie erreichte er Pakistan, und irgendwie schlug er sich, ohne einen Pfennig in der Tasche, nach Quetta durch. Und in Quetta traf er Hamid, und der sagte, seine Krankheit sei heilbar, und er gab ihm zu essen und ein Bett und Tabletten und seine Freundschaft. Später besorgte er ihm eine Beschäftigung in Karachi, er konnte als Nachtwächter im Behindertenheim ein Taschengeld verdienen, seine Behandlung abschließen, und essen und wohnen konnte er dort auch.

„... und dann sagten sie mir nach zwei Jahren, ich sei ausgeheilt, die Hautabstriche hatten seit langem keine Bakterien mehr gezeigt. Und sie sagten, ich sei frei und könne zurück in meine Heimat. Zurück? Nein, niemals, ich konnte nie wieder zurück, sie wußten es alle, sie würden es mir nicht glauben, die ausgefallenen Augenbrauen sprachen noch immer von der überstandenen Krankheit – ich blieb im Behindertenheim, ich hatte mein Taschengeld und mein Essen und mein Bett, was sonst hatte das Leben zu bieten, diese Krankheit, die gibt dich nie wieder frei ..."

Heute ist er als Fahrer in der Tatarko-Yagangat-Schule angestellt, er und seine Frau haben zusätzlich die Verantwortung für eine Gruppe junger Afghanen übernommen, die in der Schule in Manghopir ihre Ausbildung nachholen. Kinder, die einmal, in einer dunklen Märznacht, wie er, es nicht mehr ertragen konnten, als Ausgestoßene zu leben ... Javaid, sein Sohn, geht zur Schule, seine Frau arbeitet in der Stickerei-Werkstätte halbtags mit, sie sparen für ihr eigenes Haus.

Was war geschehen?

Einmal, da kam Joseph von der Sozialabteilung ins Behindertenheim und fragte, ob Habibullah jemals von einem gelernten Beruf geträumt habe? Geträumt? Hatte Habibullah noch Träume? „Fahrer", sagte er unvermittelt, und Joseph bezahlte die Fahrschule. Damals, in jener Zeit, blitzte irgendwo, fern und unwirklich und einen Herzschlag lang, eine neue Hoffnung auf.

Habibullah bestand die Fahrprüfung, bekam seinen Führerschein – und dann? Wer würde einen Aussätzigen als Fahrer anstellen? Warum sich erneut den Verwundungen aussetzen? Hier, im Behindertenheim, fragte keiner. Habibullah kaufte einen Plastikumschlag für seinen Führerschein, wickelte das Dokument sorgsam ein, ließ es in seiner Tasche verschwinden – und blieb, was er war: ein Nachtwächter in einem Behindertenheim, der sich ein Taschengeld verdiente.

Bis Jeannine kam. Sie brauche einen Fahrer, und sie habe gehört, daß Habibullah die Prüfung bestanden hatte, wenn er nach Manghopir käme, könne er sich einfahren, und wenn es gutginge, bekäme er eine Anstellung.

Jeannine, Manghopir – Habibullah machte sich auf den Weg.

„Gott ist gut", sagt Habibullah. „Das Fahren machte mir Spaß. Ich bekam die Arbeit. Und dann kam ein Telefonanruf aus Quetta. Meine Frau wollte mich sprechen. Ja, der Onkel hatte in Afghanistan erfahren, daß ich ausgeheilt sei, daß ich eine Stelle habe und verdiene – und da hatte meine Frau darauf bestanden, daß sie mich besuchen wolle, mit dem Jungen, ja mit dem Jungen, und ich fuhr herzklopfend nach Quetta ..."

Ein Jahr später hielt Habibullah seinen zweiten Sohn im Arm. „Unser eigenes Haus", hatte seine Frau gesagt, „das bauen wir in Sultanabad, nicht in Manghopir, wo alle Patienten leben, nein, wir bauen das mitten unter den gesunden Familien, und unsere Kinder werden den Fluch der Krankheit niemals kennen!" Habibullah lächelt. Zustimmend.

Das nächste Ziel

Nein – Lepraarbeit ist noch nicht ans Ende gekommen. Die Verhütung von Behinderung ist das nächste Ziel, das uns nun vor Augen steht und täglich beschäftigt.

Gul Hassan ist entmutigt. „Es lohnt sich nicht, Frau Doktor", sagt er, „wenn ein Patient einmal den warnenden Schmerzsinn verloren hat, kann man Verletzungen doch nicht vermeiden."

„Was ist denn los?" frage ich. „Ihr wart doch über eure Anfangserfolge so begeistert."

„Anfangserfolge", sagt Gul Hassan, „Anfangserfolge sind leicht zu erreichen. Schauen Sie sich einmal Salima an – fünf Monate keine einzige Wunde, und jetzt wieder ein Fußgeschwür."

Wir besuchen Salima daheim. Ein Raum, vier mal vier Meter groß, sieben Menschen wohnen, schlafen, essen hier – wenn sie etwas zu essen haben. Heute mittag ist die Feuerstelle noch kalt. Die drei Brüder sind daheim. Keine Arbeit. Bislang hat der Älteste für den Lebensunterhalt gesorgt, als Kraftfahrer. Und jetzt?

Er habe sich mit der Polizei angelegt. Die hätte ihm den Führerschein abgenommen. Jetzt säße er zu Hause. Für eine Mahlzeit am Tage reiche es, was Salima verdient. Salima? Ja, die tanzt jetzt, auf Hochzeitsfesten. Dann bringt sie Essen mit und auch Geld.

Salima als Tänzerin. Trotz ihrer durch die Lepra fühllos gewordenen Füße. Kein Wunder, daß die Geschwüre wieder aufgetreten sind.

„Und jetzt?" frage ich Gul Hassan.

Die einzige Lösung: dem Bruder wieder zu einem Führerschein verhelfen.

„Wieviel?" will ich wissen.

1500 Rupees (65,– DM). Einen Job zu kriegen ist kein Problem. Jeder kennt den Khuda Baksch. Der ist ein gewiefter Fahrer! Die Polizei will doch bloß Schmiergelder. Wenn wir dem jetzt einen neuen Führerschein besorgen, schlagen wir denen ein Schnippchen.

„Und rückzahlen?"

Das könnte er auch, sagt Khuda Baksch. In drei Monaten würde er mit den Ratenzahlungen anfangen.

Auch so etwas gehört also zur Verhütung von Behinderungen. Man muß die notwendigen Maßnahmen erst einmal sozial möglich machen.

Sozialfall oder nicht?

Unsere Neufassung des Rehabilitationsansatzes haben wir gemeinsam erarbeitet, an den Menschenrechten orientiert: Recht auf Nahrung und Kleidung, Recht auf Unterbringung, Recht auf Bildung, Recht auf Behandlung im Krankheitsfall, Recht auf soziale Akzeptanz und Recht auf Chancengleichheit im Zugang zu den Arbeitsmöglichkeiten. Das Konzept stand in 20 Minuten, es ergab sich im Gespräch. Und wir waren uns völlig einig in allen notwendigen Punkten. Darüber hinaus wüßte ich auch jetzt nichts Wesentliches, was zu unserem Mandat als Gesundheitsorganisation gehörte. Wie die Kriterien zu bestimmen, zu modifizieren und zu gewichten sind, das hängt freilich jeweils von der ganz konkreten Situation ab.

Ich erinnere mich noch gut an eine alte Frau: wirklich schwerstbehindert, erblindet, völlig verkrüppelt, alleinstehend. Offensichtlich ein eindeutiger Sozialfall. Sie wohnte an einem Wallfahrtsort, an einem Heiligengrab. Wir wollten sie ins Behindertenheim einweisen. Aber sie wollte nicht mitkommen. Sie wollte sich auch die Augen nicht operieren lassen. Sie wollte nicht wieder sehen. Und sie erklärte uns das auch einleuchtend: „Da ich so stark behindert bin, werde ich hier als Auserwählte Gottes angesehen, ich habe immer zwei Leute um mich, die nur hier sitzen und warten, daß ich sie anweise, wenn ich etwas essen oder etwas trinken oder gewaschen werden will." Wir hatten sie als Sozialfall eingestuft. Aber ihre soziale Akzeptanz war so hochkarätig, daß sich ihre Lage nur verschlechtert hätte, wenn wir in ihre Situation eingegriffen hätten. Sie hatte ihren Weg selber gefunden.

Ich muß bei solchen Untersuchungen davon abstrahieren, daß ich ein individuell vorprogrammierter Westler bin.

Wir sitzen bei einem Patienten daheim, sieben Leute in einem Raum. Ist dieser Mann ein Sozialfall oder nicht?

Wir gehen also unsere Kriterienliste durch: Essen und Sachen zum Anziehen haben sie genügend, okay. Sogar ein zweites Paar Kleider, so daß man das eine waschen und das andere anziehen kann. Und wenn kein „Salam" oder „Curry" im Haus ist, also keine Sauce, die mit dem Brot gegessen wird, dann ißt man das Fladenbrot eben trocken. Abgehakt. Dann die Unterbringung: Da hausen sieben Leute in einem Raum, Kinder nicht mitgezählt. Sie haben ein Dach über dem Kopf. Also abgehakt, keine Intervention nötig. Mobiliar gibt es keines. Das ist aber auch nicht unbedingt üblich. Es gibt auch nichts, was eine Wohnung wohnlich machen würde, selbstverständlich liegt kein Teppich am Boden. Also: Wohnverhältnisse normal. Sozialakzeptanz gut. Die unverheiratete Schwester ist von den Brüdern voll akzeptiert. Sie führt ihnen ja den Haushalt, als einzige Frau. Frauen gehen nicht zur Schule, sie also auch nicht. Auch das abgehakt. Keine Intervention nötig. Zugang zu Gesundheitsdiensten? Das regeln wir. Also kein Problem. Gleiche Chancen auf dem Arbeitsmarkt? Sicher, die Schwester ist behindert, sie hat aber vier Brüder, die können für sie sorgen.

Alles in Ordnung? Wenn ich den gleichen Fall im deutschen Kontext, von den individuellen Menschenrechten her, sehe, ist das natürlich anders: Hat ein Mensch nicht auch das Recht auf eine gewisse Privatsphäre? Hat er nicht das Recht, wenn er als Kind nicht zur Schule gehen konnte, daß man ihm eine Erwachsenenbildung ermöglicht? Und soll die Frau, da sie nicht heiraten kann, für den Rest ihres Lebens für ihre Brüder ackern? Hat sie nicht das Recht, etwas zu lernen?

Wenn ich aber das Individualrecht tatsächlich als Maßstab einsetze, kann ich nur 20 Familien von den 40000 Patienten wirklich helfen. Und dann finden sie sich in ihrem eigenen sozialen Niveau nicht mehr zurecht.

Die Geschichte des leprakranken Leibeigenen, der von unserem Leprahelfer einen Ventilator bekam, ist typisch. Ein Hindu aus der Klasse der Sindhi-Leibeigenen, die von Großgrundbesitzern in völliger Abhängigkeit und in unmenschlichen Lebens- und Arbeitsbedingungen gehalten werden. Einer unserer Lepra-Assistenten, der vorher Elektriker war, hatte beobachtet, daß dieser Mann in einer Hütte wohnte, an der die elektrische Leitung direkt vorbeiführte. Und er hatte sich gesagt: Ich zapfe diese Leitung an und installiere ihm wenigstens eine Birne. Der Patient war überglücklich. Und am nächsten Tag sagte er: „Jetzt haben wir Elektrizität, und es ist so unsäglich heiß. Könnte ich nicht auch einen Ventilator haben?" Da fand der Lepra-Assistent einen Freund, der ihm einen Ventilator stiftete. Und auf der nächsten Monatstour installierte er den Ventilator. Und er war überzeugt: Wenn ich das nächste Mal komme, wird der Patient total glücklich sein. Und als er dann das nächste Mal kam, fand er einen verzweifelten Patienten vor, der sagte: „Ich weiß überhaupt nicht, wie ich mit meinem Geld hinkommen soll, ich habe sowieso keines und bin schon wieder hoch verschuldet."

Auf die verblüffte Nachfrage erzählte er:

„Seit ich den Ventilator habe, legt sich das ganze Dorf unter diesen Ventilator. Und dann muß ich ihnen Tee anbieten. Wo kriege ich denn das Geld für den Tee her?"

Jabbar lacht, als er mir die Geschichte erzählt. „Da habe ich es so gut gemeint", sagt er, „und habe doch so danebengetroffen. Jetzt weiß ich: Man muß entweder der ganzen Gruppe helfen oder den Patienten nur zum Niveau seiner eigenen sozialen Gruppe bringen. Sonst entfremdet man ihn seinen eigenen Leuten."

Wenn man das tut, kann man wirklich helfen.

Etwa jenem Mann mit sechs Kindern, der seinen Lebensunterhalt damit verdient, daß er Stroh einsammelt und als Pferdefutter verkauft. Damit verdient er an einem 16-Stunden-Tag gerade genug, um seine achtköpfige Familie zu ernähren. Er hatte nie Rücklagen bilden können, und er konnte, als sein Verdienst einmal ausfiel, seine Miete nicht bezahlen. Diese Menschen geraten dann in einen typischen Teufelskreis. Sie borgen sich die Miete, damit sie nicht auf die Straße gesetzt werden. Dann müssen sie sich wieder das Geld borgen, um das geborgte Geld zurückzuzahlen. Gleichzeitig müssen sie sich von einem anderen die nächste Miete borgen, und im dritten Monat müssen sie dann von drei Leuten borgen. In sechs Monaten sind sie hoffnungslos verschuldet. Sie bekommen von keinem mehr Geld und sitzen mit ihren ganzen Schulden auf der Straße. Wenn man diesen Teufelskreis durchbrechen will, ist es das sinnvollste, ihnen einen einfachen Raum zu bauen. Wände aus Ziegelsteinen, Wellblech als Dach. Das ist regendicht, auch wenn es sehr heiß werden kann. Aber in der Hitzeperiode kann man ja notfalls auch draußen schlafen.

Wir haben dem Mann solch eine einfache Unterkunft gebaut, und das hat sein Leben verändert.

Die Familie hat jetzt wenigstens eine Bleibe. Wenn die Kinder in die Schule gehen, können sie angeben, wo sie wohnen. Wenn der Mann auf Arbeitssuche ist, kann er einen festen Wohnsitz benennen. Das ist, was wir „seed-money" nennen. Wenn man sät und der, dem so geholfen wurde, fähig wird, selber zu ernten. Dann hat sich die Investition gelohnt. In solchen Fällen bestehen wir dann auch nicht auf Rückzahlung. Dieses Häuserprojekt wird von Österreich unterstützt und gehört zu unseren wichtigsten und wirkungsvollsten Sozialmaßnahmen.

Welches Sozialkonzept?

Was also ist unser Sozialkonzept? Chancengleichheit für unsere Leprapatienten mit ihrer sozialen Gruppe. Aber wenn diese Gruppe selbst keine Chance besitzt? Keine Sozialversicherung, keine Renten-, keine Kranken-, keine Unfall-, keine Altersversicherung, keine Rechtssicherheit. Das Ministerium für Menschenrechte bearbeitet keine Beschwerden, die sich gegen staatliche Stellen oder die Sicherheitskräfte wenden.

Nazira ist verzweifelt. „... wir hatten wirklich Ruhe, fast zwei Monate, seit letzter Woche kommen sie wieder, die Polizeistreifen, nachts, und nehmen unsere jungen Leute mit, sie seien Terroristen, sagen sie, und dann müssen wir sie auslösen, für 5000, und das kann bis zu 50000 gehen ..."

Geiselnahme der Bürger durch die Ordnungshüter –.

Was tun, wenn die Gruppe keine Rechte hat? Sich arrangieren?

Die Rückzahlungen erlassen, bis die Familien das Geld rückerstattet haben, das sie sich zum Freikauf ihrer Söhne geborgt haben ...? Denn wenn die Leute wissen, daß die Familie mittellos ist, wird ihnen auch keiner mehr Geld borgen, wenn sie es am nötigsten und sofort brauchen.

Welches Sozialkonzept also?

Daß die Krankheit die Familie wenigstens nicht noch unter das Sozialmilieu ihrer eigenen Gruppe drückt. Daß sie mit den Nachbarn und Freunden den gleichen Problemen und Schwierigkeiten, den kleinen Freuden und Erfolgen ausgesetzt sind wie alle, die in ihrem Umkreis leben –.

Es gibt noch ein zweites Sozialprinzip, aber das wirkt nur in Glücksfällen: wenn es sich wirklich um soziale Mißstände handelt, versuchen wir, unsere Patienten zu ermächtigen, in ihrer sozialen Gruppe gewisse Änderungen selber anzustoßen.

Zum Beispiel: sich eine Toilette zu bauen, wenn alle sonst in die Büsche oder im Dunkeln an die Rinnsteinkanten gehen.

Oder: Wenn eine soziale Gruppe die Mädchen nicht zur Schule schickt, dann sind die Frauen eben Analphabeten. Aber deshalb müssen doch die Mädchen nicht auch Analphabeten bleiben. Wir würden also gezielt darauf hinarbeiten, daß unser Patient als erster aus seiner sozialen Gruppe seine Töchter zur Schule schickt, und würden ihn nachhaltig und langfristig darin unterstützen, daß er sich mit diesem abweichenden Verhalten auch der Gemeinschaft gegenüber behaupten kann.

Oft aber sind die Verhältnisse so, daß die Soziallage grundlegend und auch politisch geändert werden müßte. Und da ist wenig Hoffnung. Wie etwa bei Ibrahim, einem der land- und rechtlosen Landarbeiter von Sindh.

Ich hatte einen Traum

„Fünf Tage völlige Bettruhe", sagt Azadar besorgt, „finden Sie nicht auch, Frau Doktor? Wenn Ibrahim jetzt weiter Erntearbeit leistet, hat er bald eine Blutvergiftung."

Wir stehen vor Ibrahims niedriger Lehmhütte; Amina, sein vierjähriges Töchterchen, jagt die Hühner im Hof. Seine Frau kauert vor dem offenen Holzfeuer und bereitet den Tee für uns. Im Hintergrund erheben sich die Mauern des Landgutes des Großgrundbesitzers.

„Es ist Erntezeit", sagt Ibrahim, „da gibt mir die Herrschaft keinen Tag frei."

„Aber wenn du krank bist!"

„Danach fragen sie nicht."

Ibrahim hat Gefühlsverlust in den Händen, eine Spätfolge der Lepra. Beim Zuckerrohrschneiden hat er sich verletzt, die verletzte Hand aber nicht ruhiggestellt, so daß sich eine Knocheneiterung entwickelt hat.

„Wieviel verdienst du am Tag?" – Vielleicht würde ihm der Großgrundbesitzer doch freigeben, und Ibrahim will nur seinen Erntelohn nicht verlieren?

„Verdienen?" fragt Ibrahim.

„Tageslohn?" erläutere ich meine Frage.

„Ich verdiene doch nicht", sagt Ibrahim. „Am Ende der Ernte bekomme ich ein Viertel des Weizens, der auf den Feldern gewachsen ist, die ich bestellt habe."

„Kannst du deine Familie davon ernähren?" will ich wissen.

„Nein", sagt Ibrahim.
„Was tust du, wenn der Weizen zu Ende ist?"
„Ich borge von den Herrschaften."
„Und wie zahlst du zurück?"
„Ich zahle nicht zurück. Die Schulden laufen auf."
„Aber du arbeitest doch ohne Lohn."
„Oh ...", sagt Ibrahim.

Lepra – was ist schon Lepra heute. Man kann die Krankheit ausheilen, in sechs Monaten, in zwei Jahren. Aber die Spätfolgen bleiben, Gefühlsverlust bildet sich nicht wieder zurück. Ein Behinderter braucht eine behindertengerechte Beschäftigung und keine Erntearbeit mit einer Knocheneiterung in der rechten Hand.

„Warum bleibst du nicht einfach zu Hause?" Ich verstehe es noch immer nicht, dieses System der Ausbeutung der Landarbeiter. „Was kann dir denn passieren?"

„Dann verjagen mich die Herrschaften vom Land."

„Und?" sage ich.

„Ich bin verschuldet. Sie haben das Recht, die Kinder zu behalten, als unbezahlte Arbeitskräfte, um die Schulden zu begleichen."

Das System ist so ausgeklügelt, es gibt kein Entrinnen.

„Soll ich mit den Herrschaften sprechen? Sicher wird kein Mensch darauf bestehen, daß du deine Finger verlierst!"

„Nein", sagt Ibrahim flehentlich, „nichts sagen, sie könnten fragen, wieso ich mich verletzt habe. Und dann erfahren sie vielleicht, daß ich Lepra habe."

„Sie wissen es nicht?"

„Nein", sagt Ibrahim.

Diese Nacht, auf dem Rücksitz des Jeeps in meinen Schlafsack gewickelt, kann ich keine Ruhe finden. Die Nacht ist klar und kühl und voller Sterne, die Mondsichel hängt wie eine silberne Schale im Firmament. Verschlafenes Läuten der Ziegenglocken im Dornverhau. Die Grillen zirpen in den Baumwollfeldern.

Wir haben schließlich doch eine Lösung gefunden, ein

Unterlaufen der bestehenden Strukturen, einen winzigen Schritt auf ein wenig mehr Freiheit hin. Ibrahim würde in der hintersten Reihe arbeiten. „Und ich werde bloß so tun, als ob ich zupacke, die Herrschaften wissen, daß ich hart arbeite, der Aufseher schaut nie auf mich, und wenn ich in der Gruppe arbeite, wird es nicht auffallen."

Und wir haben noch eine zweite Entscheidung getroffen. Die Ziegen, die gehören seit undenklichen Zeiten den Haris, ihr einziges Recht und ihr einziger Besitz. Wenn wir die Anzahl der Ziegen von fünf auf zwölf erhöhen, kann Ibrahim jährlich sechs Zicklein verkaufen, dann können die Kinder statt Lumpen Kleider tragen und zur Schule gehen.

Wer wird die Ziegen weiden? Die Kinder.

Und die Schule?

Morgens weiden die Mädchen sie, sie gehen doch nicht zur Schule. Nachmittags übernehmen die Buben sie, dann können die Mädchen der Mutter helfen ...

Haris, rechtlose Sklaven der Großgrundbesitzer von Sindh. Das Land ist nur begrenzt fruchtbar, Versalzung und Wasserknappheit setzen dem Verdienst eine rasche Grenze; wenn man gerechte Löhne zahlt, kann man keine Reichtümer aus diesem Lande herauswirtschaften. Das Hari-System abschaffen hieße, daß der Großgrundbesitzer seine privilegierte Stellung aufgeben müßte. Und welche herrschende Klasse hat das schon freiwillig getan?

Warum können wir keine sanfte Revolution haben, eine wie in Deutschland, die die herrschende Klasse von ihren Stühlen fegt, ohne ihr Blut zu vergießen? Wer sagt Ibrahim und Amina und Akram, daß sie ein Recht haben, ein Recht auf die Revolution von unten, ein Recht auf gewaltfreie Revolution? Wer geht ihnen voran, in einem Lande, in dem Konflikte prinzipiell mit Kalaschnikows ausgetragen werden? Unsere soziale Untertützung ist nur eine kleine Hilfe, ein Tropfen auf den heißen Stein.

In dieser Nacht, in meinen unruhigen Träumen, laufe ich mit Ibrahim an einer Mauer entlang. Sie ist hoch und grau wie die Mauer am Landgut und mit Dorngestrüpp überwachsen. Wir müssen auf die andere Seite gelangen, es ist eine Frage auf Leben und Tod, und es besteht keine Hoffnung, jemals ein Tor zu finden. Da entdeckt Ibrahim eine Spalte – verzweifelt schlagen wir mit unseren bloßen Fäusten gegen das Gemäuer, es bröckelt, ein Loch öffnet sich, groß genug, daß Ibrahim mühselig durchkriechen kann.

„Da drüben", sagt Ibrahim, „da sind meine Ziegen."

„Lauf", sage ich, „ich hole die Kinder."

Ich weiß nicht, wo ich sie suchen soll.

Da wache ich auf.

Nein, Lepraarbeit ist wirklich noch nicht ans Ende gekommen.

Friedenszeichen im Hindukusch

Rätselhaftes, wildes Abenteuer – Afghanistan

Verbrannte Flügel

Barkat Ali zügelt das Pferd, springt vom Sattel und reicht mir die Hand. Er lacht.

„Ich bin es tatsächlich, Barkat Ali", sagt er, „das Zeug, das Sie mir da gegeben haben, ist ein Wundermittel!"

Wir schauen noch immer ungläubig. Houssain übersetzt: Er ist der Junge, den wir vor zehn Tagen aus dem Zelt entlassen haben, erst haben wir gedacht, es sei eine Amöbenruhr, und dann haben wir es mit den Medikamenten gegen Tuberkulose versucht. Sein Vater hatte zehn Tage neben dem schwerkranken Jungen gesessen, flehentliches Bitten im Blick, wenn wir auf Visite kamen, und wir hatten doch keine diagnostischen Mittel, um das Krankheitsbild abzuklären. Die Nächte waren schneidend kalt, das Zelt gab nur wenig Schutz vor den eisigen Nachtstürmen. Da der Junge auf keine der Medikamente ansprach, behandelten wir ihn in einem letzten verzweifelten Versuch mit Tuberkulostatika. Die konnte er auch daheim einnehmen.

„Ich möchte die gleichen Tabletten wieder haben", sagt Barkat Ali und bindet sein Pferd an einem der Pfosten vor der Außenstation fest, „wenn ich die einnehme, merke ich so richtig, daß ich wieder *lebe!*"

Lal – im Innersten von Zentralafghanistan – ist für mich wie das Licht für den Nachtfalter: Ich weiß, daß ich mir die Flügel verbrennen werde, aber ich *muß* zurück.

Diesmal sind wir ein Team von vier deutschen Ärztinnen – das erste Mal, daß ich nicht allein bin. Das ermöglicht uns trotz des Ansturmes der Patienten, eine solide Arbeit zu leisten, und gibt uns die Möglichkeit, diese Zeit zur Fortbildung der einheimischen Lepra-Assistenten zu benutzen, einer Gruppe von Paramedizinern, die in ihren Gegenden den gesamten Gesundheitsdienst für die Bevölkerung bestreiten: Lepra, Tuberkulose, aber auch alle anderen Allgemeinerkrankungen. Diesmal haben wir die Möglichkeit, einmal darüber nachzudenken, was wir sinnvollerweise unter diesen Arbeitsbedingungen leisten können. Eines ist sicher: Wir wollen uns der Flut der Tuberkulose-Erkrankungen auch hier entgegenstemmen! Und wir wollen uns an den kleinen Erfolgen freuen und nicht von der Situation in Afghanistan entmutigen lassen, immer wieder erneut Zeichen des Friedens setzen – in einer Welt, die nur Gewalt zu kennen scheint …

Bei einbrechender Dunkelheit kehren wir nach der Sprechstunde in unser Quartier zurück. Der Bazar, sonst wegen der Abendkälte menschenleer, ist voller Betrieb. Dreihundert Flüchtlingsfamilien sind heute auf offenen Lastwagen angekommen. Sie waren vor fünf, zehn Jahren in den Iran geflohen, jetzt werden sie von dort wieder vertrieben, die Regierung hat ihre Siedlungen niedergebrannt und sie in den frühen Winter nach Afghanistan getrieben.

Zwei Kinder sind auf der Fahrt gestorben. Ein drittes Kind können wir nicht mehr retten. Ein viertes Kind kriegen wir durch. Die Familien übernachten unter freiem Himmel. Nachts sinken die Temperaturen unter null Grad. Die Fladenbrote im Basar reichen nicht aus – wir haben nur noch dünnen heißen Tee. Was soll dieses Land, das selbst die Grundbedürfnisse seiner Bevölkerung nicht befriedigen kann, mit diesen Flüchtlingsströmen: Rückkehrer aus dem Iran, aus Pakistan, Flüchtlinge aus Kabul, Fluchtbewegungen eines Stammes vor dem anderen …

Der Ort, an dem wir uns befinden, ist ein Lehmgebäude, drei Zelte davor. Und trotzdem: Wir können Schußverletzungen und Unfallopfer versorgen. Wir können eine Anzahl von Patienten korrekt diagnostizieren und ausheilen, anderen wenigstens Zuspruch geben. Und wir können unsere einheimischen Lepra-Assistenten darin bestärken, ihre Arbeit fortzuführen. Wehrlos und ohne Kalaschnikow – „aber im Endeffekt nicht besiegbar", sagt Houssain, „das ist jetzt unsere Erfahrung: wenn man geradlinig das Rechte tut, muß der andere doch irgendwann klein beigeben."

Afghanistan hat mich neben Pakistan in den letzten Jahren gleichermaßen beschäftigt. Es ist jetzt mehr als zehn Jahre her, daß wir zum ersten Mal, und noch im Untergrund, in dieses vom Krieg zerrüttete Land gekommen sind.

Ich sollte es allmählich wissen, daß jede Arbeit, die wir beginnen, in kürzester Zeit schon aus den Nähten platzt, daß also auch das Projekt in Afghanistan wachsen würde, obwohl wir es nicht so geplant haben.

Afganistan – ein intensives, wildes Abenteuer, von Anfang an. Und es ist immer noch so.

Im Kamas über die Berge

Wir sind im ersten Jeep des Konvois – Mubarik, der Fahrer und ich samt Gepäck. Mubarik kennt die Fahrtroute und kann den Fahrer anweisen. Wir sind früh aufgebrochen, der Weg im Tal mit seinen unzähligen Durchfahrten durch den Bergbach liegt noch im Dunkeln, die silbernen Wassertropfen spritzen und glitzern im gleißenden Licht der Scheinwerfer, die Schatten der Berge zeichnen sich schwarz und drohend gegen den klaren Nachthimmel ab. Ich kenne die Strecke, jede Biegung, jeden Felsvorsprung, und halte schon im voraus den Atem an. Jetzt kommt die Stelle, an der die Jeep-Piste kaum die Breite eines Wagens hat – wie soll der Kamas, unser kompakter Sechstonner, hier durchkommen? Wir haben zum ersten Mal unseren Kamas im Konvoi – hätte ich je davon geträumt, daß LEPCO – die Organisation, die wir gegründet hatten, um die Lepra in Afghanistan zu bekämpfen – einen eigenen Lastwagen hätte?

Zwei Stunden später: Wir biegen ins Haupttal ein. Die

Sterne verblassen am Morgenhimmel, über den Bergen erscheint der erste pastellfarbene Schimmer, die Hoffnung auf einen neuen Tag. Und dann bricht die Sonne blutrot über die Berggipfel und verzaubert die kahlen feindlichen Berge mit ihren Strahlen, daß sie violett und blau und orangefarben schimmern. Mein Herz singt, überwältigt von solch unerwarteter Schönheit. Ich muß den Atem anhalten, wenn ich jetzt am Berghang stünde, ich wüßte, ich könnte fliegen!

„Frau Doktor?“ sagt Mubarik.

„Ja“, sage ich.

„Ach“, sagt Mubarik, „ich dachte nur, Ihnen sei vielleicht nicht wohl.“

Der Zauber der Stunde ist gebrochen.

Vor uns der Paß. Ich kenne diesen Paß. Gelegentlich taucht er in meinen Träumen auf. Es gibt keinen zweiten, dessen Haarnadelkurven so eng sind, daß die Wagen nicht wenden können: Der Jeep fährt eine Schleife im Vorwärtsgang bis zum äußersten Rand der Kurve, bis dahin, wo ein Beifahrer „Stop“ schreit und einen Steinblock unter die Vorderräder wuchtet – dann wird die nächste Schleife im Rückwärtsgang genommen – die nächste wieder vorwärts – acht Kurven, dann ist man oben auf dem Paß. Und die Abfahrt auf der anderen Seite? Das ist die uns alle immer wieder entzückende Überraschung: die Abfahrt findet nicht statt. Die Jeep-Piste windet sich mühelos und sicher über eine unübersehbare Hochebene und wird sich erst später durch ein Tal, in dem Vergißmeinnicht und Sumpfdotterblumen an einem gurgelnden Bergbach blühen, sanft in die Wüste senken.

Diesmal aber fahren wir nicht weiter. Wir parken den Jeep auf der Paßhöhe und steigen aus. Der Bergwind fährt uns wild und eiskalt durch die Haare. Wir ziehen unseren Wollumhang fest um uns und schauen gebannt auf die kurvenreiche „Straße“ unter uns. Der erste Jeep – der zweite Jeep – die LEPCO-Fahnen auf der Kühlerhaube flattern im Wind – der Kamas –, der ganze Konvoi windet sich wie auf einer Spielzeugbahn die Paßpiste entlang ... Wir halten den Atem an. Wie wird der Kamas die Kurven schaffen? Der Wind trägt die Rufe zu uns hinauf: „Halt – weiter – gut – langsam"; der Kamas schafft die erste Kurve mit Bravour. Die nächste Schleife im Rückwärtsgang ...

„Als wir damals vor über zehn Jahren nach Afghanistan kamen", sagt Mubarik nachdenklich, „da waren wir nur zwei, wir hatten nicht mal einen eigenen Wagen, und jetzt sehen Sie, welche Familie wir gegründet haben! Sechs Jeeps, einen Kamas, drei Ärztinnen aus Deutschland, 13 Lepra-Assistenten und alle unsere Helfer dazu!"

Die Jeeps haben den Paß erreicht. Aus den Fahrzeugen quillt eine übermütige Gruppe von jungen Männern, die sich necken, versuchen, sich den Berghang hinunterzustoßen, und voll überbordender Lebenslust den Kamas, den letzten Wagen, mit Siegesgeheul begrüßen. Mit diesem Paß bleibt das Kriegs- und Einzugsgebiet von Jaghoray hinter uns. Dem feindlichen Stamm und dem Berg entkommen, liegt der neue Tag voller Verheißung vor uns.

Das Drama geht weiter

Früher hatten wir unser Hauptquartier in Quetta. Von dort ließ sich Zentralafghanistan in 29 Stunden Jeepfahrt erreichen, über die graue Grenze, durch die endlose Steppe, die letzte Hochebene mit der Hauptstraße Kandahar–Kabul mußten wir unter voller Einsicht der Russen überqueren. Dann zogen die Russen ab. Die Welt schloß das Kapitel Afghanistan ab – nicht ohne dem tapferen Bergvolk für seinen Sieg über die Weltmacht Rußland Bewunderung zu zollen. Der Vorhang fiel nach dem ersten Akt des blutigen Dramas, das seit 1979 das Land zerstörte. Die Russen waren abgezogen, der Krieg war zu Ende, die Hilfsorganisationen sollten sich zurückziehen, der Rest des Leides (des von uns inszenierten Leides) war eine „innerafghanische Angelegenheit". Pakistan befahl den Hilfsorganisationen, das Land zu verlassen. LEPCO führte den Befehl aus, löste sein Büro auf, verkaufte die erworbenen Häuser – und ging in den Untergrund. Das ist nicht allzu schwer in einem Land, in dem die Lepraarbeit so viele Freunde hat! Wir brauchten auch nicht lange zu warten, bis wir erreichten, daß der Befehl rückgängig gemacht wurde und Jon – als Verantwortlicher für das Projekt – im Land bleiben durfte, aber wir waren vorgewarnt. Das Projekt war angewachsen, die afghanischen Mitarbeiter verlangten „Unabhängigkeit". Vielleicht würde das Land doch einmal eine Regierung wählen (so hofften wir damals noch), dann wäre es gut, ein nationales Leprabekämpfungsprogramm in seinen Umrissen schon zu haben. So machten wir aus der Not eine Tugend und entschlossen uns, das Hauptquartier nach Afghanistan zu verlegen.

Mazhar Sharif bot sich als Zentrale an, dort herrschten geordnete Verhältnisse. General Dostam hatte seine Miliz fest in der Hand und auch den Flughafen von Mazhar Sharif, wo schon UNO-Flugzeuge landeten – er war sicherer als der ständig unter Beschuß stehende Flughafen von Kabul. Dostam hatte den Sowjets treu und erfolgreich gedient. Aus welchem Grund ließ er plötzlich seine Meister fallen, um sich als überzeugter Muslim den Freiheitskämpfern, den Mudschaheddin anzuschließen? An der Befreiung Afghanistans von den Russen hat Dostam einen entscheidenden Anteil. Daß er sich dem Diktat der anderen Kriegsherren nicht fügen würde, war vorauszusehen. Ständig wechselnde Loyalitäten, eine bunte Reihe von Allianzen, mal mit, mal gegen die Regierung, mal neutral, mal im Angriff – während er sich sein „Nordreich" aufbaute. Mazhar Sharif ist die ungekrönte Hauptstadt Afghanistans. Es hat heute schon Kabul überholt, die Flucht der Intellektuellen (und wahrhaftig nicht nur der) aus Kabul hat die Bevölkerung, aber auch die Bedeutung Mazhar Sharifs anwachsen lassen. Die UNO hat ihre Büros hier, freiwillige Hilfsorganisationen sind willkommen, und Dostam hat nicht alle Überzeugungen seiner ehemaligen Kriegsherren über Bord geworfen: Noch heute können Frauen in Mazhar Sharif berufstätig sein, hier sind

Mädchenschulen offen, genügt das Kopftuch für die Frauen, der Schleier ist nicht verordnet.

Malvenblüte in Uresgan

Jon, der noch immer verantwortlich ist für das Gesamtprogramm im Land, der die Pläne und die Fortbildungsprogramme vor Ort organisiert, war früher dagegen, eine Station außerhalb des Hazaradschad aufzumachen. Heute hat er es akzeptiert. Mit ihm bin ich unterwegs, wenn ich in Afghanistan bin.

„Diesmal spinnst du ja nun wirklich", sage ich zu Jon. „Ich bin zwar fromm, aber ich bin doch nicht doof – glaubst du wirklich, ich setze mich mit dem ganzen Team in den Toyota, wenn der keine Bremsen hat?"

Jon brauche ich den Zustand der Jeep-Pisten nicht zu erklären. Um nach Uresgan zu kommen, haben wir vier Pässe zu überqueren, keiner von ihnen ist unter 3000 Meter Höhe.

„Wir haben keinen anderen Wagen", sagt Jon. „Wenn wir morgen nicht fahren, verpassen wir die Chance, die Außenstation in Uresgan zu eröffnen. Wir haben alles versucht, die Bremsbeläge sind abgenutzt, ich bin aber schon gefahren, das geht ganz gut im ersten Gang."

Früh am nächsten Morgen brechen wir von Lal auf. Im Toyota ohne Bremsen. Wir dürfen die Chance nicht verpassen, der Patienten wegen.

Der erste Paß geht gut. Der Fahrer ist vorsichtig, bei der Abfahrt bleibt er im ersten Gang, der Toyota rutscht langsam und friedlich die steinige Abfahrt hinab, läßt sich willig um die Kurven lenken, das Tempo ist eigentlich ganz entspannend, denke ich, anders als wenn man den Atem anhält, wenn Houssain Ali mit vollem Tempo in die Kurve rast, auf die Bremse springt, den Wagen noch abfängt und die Biegung schafft.

Uresgan. Man hatte mir von Uresgan vorgeschwärmt, es

sei der Garten Zentralafghanistans. Nach den Wochen im kargen Hochland freue ich mich auf die Erntezeit. Ich träume von schweren goldenen Ähren, von roten Äpfeln und goldenen Birnen an sich neigenden Ästen.

Der Jeep quält sich durch riesige Schlamm- und Schuttmassen, als wir uns dem ersten Tal nähern. Mir stockt der Atem. Das soll Uresgan sein? Hier hat die Zukunft schon begonnen, es besteht nicht mehr die Gefahr der Umweltzerstörung, hier ist die Umwelt bereits zerstört. Tiefe Risse in den kahlen Bergen, auf denen kein Busch und kein Grashalm mehr zu sehen ist. Das nächste Schmelzwasser wird den nächsten Bergsturz ins Tal jagen, wo schon heute die Ackerkrume durch den moräneartigen Schutt überlagert ist. Ich starre aus dem Jeepfenster: grau – braun – grau – braun – braun – nur dort vorn ein rosenfarbiger Fleck – ich kann meine Augen nicht von ihm lassen, wir kommen näher, da: eine Malvenblüte im Geröll, sieghaft, strahlend, unbeeindruckt von der Zerstörung rund um sie, eine Malvenstaude in Uresgan. Später, weiter unter, ist noch ein schmaler Streifen der Talsohle erhalten.

Es gäbe eine befreundete Gutsherrin hier, sagt Qurban, und wir trinken besser hier eine Tasse Tee, wer weiß, wann wir das nächste Dorf erreichen.

Wir biegen in das Tor des Herrenhofes ein. Eine ältere Frau empfängt uns lächelnd – weißes Haar, das sich unter einem weißen Spitzenhäubchen kräuselt, roter Rock, enganliegendes Mieder, eine Figur aus der Vergangenheit. Sie bringt uns in den einzigen, gut erhaltenen Raum, in dem weiße Spitzengardinen die Sonne dämpfen. Der Raum ist mit Teppichen ausgelegt und mit gestickten Sitzkissen verziert. Wir sitzen entspannt nach der anstrengenden Fahrt und nippen süßen grünen Tee aus zerbrechlichen kleinen Porzellantäßchen. Die Familie des Großgrundbesitzers war in den Jahren der Revolution vertrieben worden. Sie waren nach Kabul geflüchtet und dort untergetaucht. Dann hatten die Revolutionäre den Wald abgeholzt und das Gut durch ihre Mißwirtschaft an den Rand des Ruins getrieben. So weit, daß keiner mehr auch nur genügend Mehl hatte, um sich mit trockenem Fladenbrot über den Winter zu retten. Deshalb hätten die Revolutionäre sie zurückgerufen. Und sie seien auch gekommen: „Es ist das Land unserer Väter, wir sind ihm verpflichtet. Jetzt bringen wir wieder Ernten ein. Aber wie lange? Der Berg ist gegen uns aufgestanden. Ich erinnere mich noch, in meiner Kindheit waren die Berge voller Bäume, zur Winterzeit kamen die Rehe ins Gehöft. Und jetzt? Man hört nicht mal mehr einen Vogel singen. Können Sie uns nicht helfen, die Zerstörung des Berges aufzuhalten?"

Wie oft werden wir in den nächsten Tagen die flehentliche Bitte hören: „Können Sie uns nicht helfen, die Zerstörung des Berges aufzuhalten?"

Ich habe die Malvenblüte vor Augen. Hat das Land noch eine Hoffnung?

Allahs Wunder

Bei der Anfahrt zum nächsten Paß muckt der Toyota das erste Mal auf. Houssain Ali verfehlt den Gang beim Umschalten: Bei „neutraler" Gangschaltung beginnt der Wagen, bergab zu rutschen. Es gelingt ihm noch, den Wagen rasch seitlich in den Berg zu rammen. Wir steigen aus. Kein Blechschaden. „Willst du wirklich weiterfahren?" frage ich Jon. „Was sonst?" sagt er (und ist nur logisch). „Stehenbleiben können wir nicht, die zurückgelegten Wege sind auch nicht ungefährlicher als die vor uns liegenden." Also fahren wir weiter.

Ein zweiter Jeep hat sich uns angeschlossen, eine Gruppe Mudschaheddin. Sie laden mich ein, zu ihnen umzusteigen. „Der Toyota ist zu gefährlich", sagen sie. – „Und das Team?" – Ja, das könne nicht umsteigen, sie hätten keinen Platz. Und auch diese Auskunft ist nur logisch. Also bleibe ich im Toyota sitzen.

Auf dem dritten Paß hält uns eine Gruppe Bergbauern zu

Pferde an. Ein Junge vom Stamm ist krank. Sie haben das Kind mitgebracht – akutes rheumatisches Fieber. Wir haben genügend Medikamente dabei, um ihn für zwei Wochen zu versorgen, dann müssen sie sich die nächsten Medikamente holen – in Lal, Panjao, Sharistan, Warris? Keine der Außenstationen ist weniger als zwei Tagesreisen entfernt. Wir geben dem Vater den Befund und das Rezept und fahren schweren Herzens weiter.

Bei der Abfahrt vom dritten Paß geschieht das Unvermeidliche. Houssain Ali fährt schon längst im zweiten Gang. Ich versuche, ihm zu erklären, daß Allradantrieb im ersten Gang das sicherste sei bei der Abfahrt – mein Persisch reicht nicht, um mich ihm verständlich zu machen, und sein Urdu nicht, um meine Erklärung zu verstehen. Jon fährt den Jeep der Mudschaheddin, dessen Fahrer von der langen Fahrt erschöpft ist. Zahir meint, er könne den Wagen in der Kurve schon stoppen, er ist mit einem Riesenstecken bewaffnet, an dessen Ende ein Holzklotz genagelt ist. Vor jeder Kurve springt er aus dem Wagen, rennt voraus und rammt seinen Holzklotz unter das Vorderrad. Plötzlich rutscht der Klotz an einer Kurve ab. Entsetztes Geschrei von draußen. Der Fahrer verliert die Kontrolle über den Wagen, wir rasen den Berghang hinab, wir haben keine Bremsen.

Ich sehe alles noch vor mir: Der Wagen überfährt den ersten Felsblock, der uns im Wege steht, rast dann auf eine Reihe junger Bäume zu, die einen kleinen Bewässerungskanal säumen und dem Aufprall nicht standhalten werden, überrennt mit ohrenbetäubendem Getöse den zweiten Felsblock – und bleibt plötzlich stehen.

Stille.

Dann sagt Houssain Ali mit tränenerstickter Stimme: „Doktor ..."

Wir steigen aus.

Die Vorderräder des Wagens spielen schon frei über dem Abgrund.

Plötzlich sind Menschen um uns – von woher sind sie gekommen? Sie umringen uns und fragen, wer denn in diesem Wagen gesessen habe, daß es Allah für nötig gehalten habe, ein Wunder zu tun. Die Vorderachse hat sich in einem Stein verfangen. Der Fels ist durch den Aufprall aus seinem Bett gelöst worden, aber nicht abgestürzt.

Trotzdem halte ich die Sprechstunde am Abend in dem drei Fahrtstunden entfernten Dorf, in dem wir angekündigt waren. Jon ist mit dem Jeep der Mudschaheddin zurückgekommen; sie bieten sich an, mich weiterzufahren. Wir eröffnen in Uresgan die Außenstation für Lepra und Tuberkulose, und dort stellt uns der Stamm den Kamas zur Weiterfahrt zur Verfügung – wir müssen doch lachen, so ein Sechstonner, drin als Fracht nur Jon (180 Zentimeter groß und 86 Kilo schwer), ich (158 Zentimeter groß und 53 Kilo schwer) und unsere beiden Schlafsäcke. Damals haben wir den Kamas liebengelernt: dieses unerschrockene, unermüdliche, bedachtsame Fahrzeug, das sich über nichts aufregt, dem kein Fluß zu tief und kein Berghang zu steinig und zu steil ist, das halsbrecherische Jeep-Pisten, die sich wie Ziegenpfade am Berghang hinziehen, gelassen im Fluß im Tal umfährt – nein, seit jener Rettungsaktion haben wir uns geschworen, daß LEPCO einen Kamas haben muß.

Ob ich Angst hatte?

Nein, Angst hatte ich keine. Nicht in diesem Augenblick, als ich wußte, daß es zu Ende ging. Angst hatte ich erst, als ich zwei Wochen später auf der Rückfahrt war. Im Basar von A. erwartete uns der Toyota, den sie auf einem Lieferwagen bis hierher gebracht hatten und den der Fahrer wieder so weit hergestellt hatte, daß er lief.

„Das dürfen Sie Houssain Ali nicht antun, daß Sie sich nicht wieder in seinen Wagen setzen", sagte Jon.

„Wann habe ich denn gesagt, ich würde es nicht tun?" fragte ich zurück. – „Er wird ja diesmal im ersten Gang bleiben." – „Und wenn du dich vorn hinsetzt und die Gangschaltung hältst, damit sie nicht rausspringt."

Wir fuhren im gleichen Wagen mit den noch immer nicht

ersetzten Bremsen und mit dem gleichen Fahrer. Ich hatte Angst, bis wir den letzten Paß nach Lal überquert hatten.

Fremdes Land Afghanistan

Afghanistan ist ein Land der Gefahr, aber auch der Gewalt. Ich habe den Einbruch der Gewalt in unsere Arbeit nicht erst in Pakistan, sondern schon im afghanischen Bürgerkrieg erlebt. Aber Afghanistan ist trotzdem anders als das, was in Gilgit passierte und was ich in Karachi erlebe. Der Dschungel von Afghanistan kennt zumindest in den ländlichen Gebieten – in Kabul schon nicht mehr – noch Stammesgesetze. So grausam sie sind, sie binden die Menschen an Normen. In Kabul werden Frauen vergewaltigt, da herrscht der nackte Terror. In den Großstädten ist alles kaputt. In Zentralafghanistan aber, wo wir arbeiten, weiß man, was passieren kann: Die Lage ist zwar immer noch irrsinnig und brutal, aber man kann das Team in der Regel auf die Situationen vorbereiten, in die es hineingeraten kann.

Wenigstens die Afghanen können es interpretieren; wir können es nie verstehen.

Afghanistan ist für mich zu fremd, als daß ich hier ein Leben investieren könnte. Das gilt weniger in meinem Verhältnis zu den Lepra-Assistenten. Da sind die Fronten klarer: Sie wollen von mir aus- und weitergebildet werden. Sie brauchen die Unterstützung des Westens. Aber wie sie miteinander umgehen, das ist mir völlig unverständlich.

Da ist etwa die Geschichte mit Ibrahim, dem Onkel eines Lepra-Assistenten, Jawad. Er hatte Abitur, aber keine medizinische Fachausbildung. Jawad hat ihn bereits ganz am Anfang ins Projekt gebracht. Ibrahim hat immer als Bazar-Doktor gearbeitet und große Erfahrung darin, was man in einem bestimmten Fall tut. Er weiß nicht, warum er etwas zusammennäht, aber im Falle einer Verletzung sind seine Nähte vorzüglich. Er war der erste des ganzen Teams, dem ich beibrachte, wie man Augenlider operiert, die sich wegen

Lähmung bei Lepra nicht schließen. Er hat das sehr gut gemacht.

Wir haben ihn also angestellt, aber von vornherein klargestellt, daß er nicht mit Jawad auf der gleichen Außenstation arbeiten könne. „Der Onkel kann doch nicht unter seinem Neffen arbeiten, das ist gegen jede eurer Stammessitten!" Jawad allerdings stritt das für seinen Stamm entschieden ab, und da er die Verhältnisse in Afghanistan besser kennt als wir, haben wir ihm das geglaubt. Trotzdem bestanden wir auf unseren Vertragsbedingungen, und sie stimmten zu. Als Jawad aber dann auf seiner Heimatstation anfing, war Ibrahim plötzlich auch da. Aber er habe hier doch gar kein Arbeitsverhältnis, stellten wir klar. Und er: Wieso denn – es war doch sein Heimatdorf! Schließlich kam es zur Entlassung wegen Befehlsverweigerung – eine Versetzung war einfach nicht möglich. Daraufhin organisierte Ibrahim seinen Stamm, verjagte LEPCO aus der Außenstation, und überfiel mit seinen Leuten unseren Konvoi. Danach kam er nach Mazhar Sharif in unser Hauptbüro und sagte, die ganze Geschichte täte ihm furchtbar leid. Aber was hätte er denn tun sollen? Und jetzt ist er wieder angestellt.

Oder Sadiq: Er arbeitet allein auf seiner Außenstation. Plötzlich erklärt er, er müsse seine Familie im Iran besuchen, wohin sie geflüchtet war. Der Iran vertreibt jetzt ja alle Afghanen wieder. Sein Vorhaben ist also irgendwie nachvollziehbar. Aber es war ihm nicht klarzumachen, daß damit auch Konsequenzen für die Arbeit verbunden sind. Was geschieht in der Zwischenzeit? Wer kann ihn vertreten? Warum wollte er nicht warten, bis die Nachwuchskräfte in drei Monaten aus der Ausbildung zurückkommen? Das hat er nicht eingesehen. Weil er keinen Urlaub bekam, reichte er die Kündigung ein, nicht ohne hinzuzufügen: „Im April bin ich wieder zurück!" Es war für ihn selbstverständlich, daß man ihn wieder nehmen würde.

Menschlich gibt es durchaus die Möglichkeit der Verständigung, etwa wenn ich mir die Berufungsgeschichten der

Lepra-Assistenten anhöre. Da sagt etwa Zahir, er hätte schon als Achtjähriger davon geträumt, einmal etwas für Leprakranke zu tun. In seinem Dorf war ein Junge erkrankt, und er hörte seine Eltern darüber sprechen, daß der Vater des Jungen davon geredet hatte, das kranke Kind im Fluß zu ertränken. Dann war der Junge einfach weg. Und Zahir sagte: „Das Verschwinden dieses Jungen hat mich als Kind schlaflose Nächte gekostet. Und ich dachte immer: Wenn ich doch für diese Kranken einmal etwas tun könnte."

Bei aller Fremdheit – solche Geschichten schaffen auch eine tiefe Verbindung. Und es gibt, auch in Afghanistan, immer wieder überraschend schöne Situationen.

Geburtstagsfest im Teachingcamp

Wie sie etwa das Datum meines Geburtstages herausgefunden haben, weiß ich nicht. Es war während des Teaching-Camps in Lal und schneidend kalt. Schon im August frieren die Fensterritzen zu, heizen ist nicht möglich. Wir hatten wieder eine unübersehbare Zahl von Patienten, und es gab nur Zelte, um sie unterzubringen. Wenn man auf Visite ging, fauchte der Wind durch die Planen. In diese Zeit fiel nun mein 65. Geburtstag. Der Morgen begann damit, daß sie mir drei Löwenzahnblumen brachten: Soviel hätten sie schon gefunden, sie würden aber noch weitersuchen, das würde heute noch ein ganzer Strauß. Im Laufe des Tages sammelten sie dann noch jede Blume, die sie im Umkreis von drei Kilometern finden konnten. Dann bauten sie den Geburtstagstisch, dekorierten einen Ehrensessel, und darüber hatten sie an einer spanischen Wand, die sie aus der Klinik geholt hatten, eine weinrote Strickjacke als Geschenk montiert. Weinrot ist meine Lieblingsfarbe. Die Jacke kam eindeutig aus Deutschland; sie muß durch eine Spende an die Flüchtlinge nach Pakistan gekommen sein und dann dort aufgekauft und wieder verkauft worden und schließlich im Basar von Lal gelandet sein. Sie kostete dort noch umgerechnet 75 Pfennige – eine schöne, warme Jacke, die ich heute noch trage. Darüber habe ich mich wirklich sehr gefreut. Und dann kam das Beste: ein Umschlag, mit Blumen bemalt. Und darauf stand: „Jeder von uns schenkt Ihnen drei Jahre seines Lebens. Zehn mal drei macht dreißig. Damit können Sie für Afghanistan genau dasselbe tun, was Sie für Pakistan getan haben." Und dann haben sie trotz meines Protestes ein Zicklein und ein junges Lamm geschlachtet, und es wurde natürlich gut gegessen und heftig gefeiert.

Nur zum Tanzen habe ich sie nicht animieren können. Sie tanzen nicht, wenn Frauen dabei sind.

Erst als wir Frauen uns zurückgezogen hatten, kam die „richtige" Stimmung auf, mit dem dazugehörigen Getöse.

Ich war an diesem Abend sehr glücklich.

Wo Wüste war, blüht Hoffnung

Das Abenteuer namens Manghopir

Unter einem alten Baum fing alles an

Wieso haben wir uns eigentlich im Erziehungssektor engagiert? Wir wollten uns doch auf die ärztliche Arbeit konzentrieren. Jeannine ist Krankenschwester, und wir haben hier in Pakistan einen akuten Mangel an Krankenschwestern, eine auf vier Ärzte. Und jetzt ist Jeannine verantwortlich für eine Schule mit 660 Kindern und dem dazugehörigen sozialen Netz.

Es war wohl nicht vermeidbar.

Unsere ärztlichen Maßnahmen begannen zu „greifen". Patienten wurden ausgeheilt. Das Ziel, die Krankheit in den Griff zu bekommen, rückte näher – doch da merkten wir plötzlich, daß dieses Ergebnis gar nicht das eigentlich Intendierte war: Zwar hatte die „Ausheilung" etwas mit „Heilwerden" zu tun, aber bei vielen Patienten nur zu einem geringen Prozentsatz; und auch der war in Gefahr, von neuem „Un-Heil" überlagert zu werden.

Die Wurzeln dafür lagen nicht *nur* in der Krankheit, sie reichten tiefer. In Sozial- und Familienstrukturen. Und sie trieben neue Schößlinge.

Wenn wir strukturell eingreifen wollten, mußte man in Zukunft die investieren. In die Kinder unserer Patienten. So wurde die Manghopir-Schule geboren. Eine Schule für die Kinder, die in, unter und auf den Betten ihrer erkrankten Eltern im Städtischen Leprosarium aufwuchsen, oder in der Elendssiedlung, die sich die Patienten, nach der Entlassung, vor den Toren des Leprosariums gebaut hatten – in Manghopir.

Hinter den Hügeln des Hauptdorfes Manghopir haben wir vor Jahren in einem noch unentwickelten Gebiet ganz billig ein Grundstück erstanden. Wenn die Verwaltung in den Außenbezirken bestimmte Gebiete entwickelt, gehört es zum Förderprogramm, daß günstige Bauplätze abgegeben werden, wenn man Gesundheits- oder Bildungsprojekte darauf erstellt. Vorher war dort Steppe, sonst nichts. Dort hat Jeannine damals angefangen: erst mit einem Kindergarten unter Strohmatten als Sonnenschutz, mit Kinderspielen und Reigen unter einem alten Baum im alten Leprosarium. Als nächstes hat sie einen Wassertank installiert. Es gab zwar schon eine Wasserversorgung, aber das Wasser kam wirklich nur tröpfchenweise. Später hat sie dann die Abwässer aus unserem Haus und der Schule in den Garten geleitet. Daraus ist inzwischen ein Gemüsegarten mit Obstbäumen und Palmen geworden. Und unterdessen haben wir auch Umweltschulung, Schulklassen pflanzen Bäume und sind dann auch dafür verantwortlich, daß sie regelmäßig gegossen werden. Alles wird wiederverwertet. Sogar die Plastiktüten kann man verkaufen. Dann haben wir auch Hühner und Kaninchen, die die Küchenabfälle wegfressen. Was dann noch übrigbleibt, wird verbrannt und als Dünger benutzt. Das ist wirklich eine richtige kleine Welt für sich. Dort ist auch das Freiwilligenprogramm angesiedelt: Mädchen, gelegentlich auch Jungen, die für einen freiwilligen Einsatz aus dem Westen kommen, arbeiten für eine begrenzte Zeit hier mit.

Manghopir hat heute eine Schule mit einem naturwissenschaftlichen Zweig, die zur mittleren Reife führt. Hier lernen Kinder aus allen Sozialschichten. Aber Kinder leprakranker Eltern oder leprakranke Kinder, solche aus Randgruppen, aus christlichen Straßenfegerfamilien haben das Erstrecht auf einen Schulplatz (es gibt nämlich bei weitem nicht genügend Schulplätze für alle Kinder in Karachi, so daß Randgruppen wenig Chancen haben).

In der Anfangszeit hat der Gedanke vorgeherrscht, daß solch eine Schule nun wirklich keine „Leprabekämpfung“

mehr ist und auch nicht sein sollte (um den Kindern die Last des Stigmas der Eltern zu ersparen) und daß sie sich deshalb finanziell selbst tragen müsse – heute wissen wir, daß dies eine Fehlentwicklung gewesen wäre. Es ist keine Schwierigkeit, in Karachi eine Schule finanziell unabhängig zu machen. Es gibt genügend Eltern, die bereit sind, für eine gute Ausbildung ihrer Kinder zu zahlen. Aber um die Schule zu finanzieren, müßte man die Schulgelder so anheben, daß es sich dann nur noch die Reichen leisten könnten. Wir haben es konkret erfahren: Als wir das Schulgeld erhöhten, „um finanziell unabhängig zu werden", blieben die Kinder unserer Zielgruppen weg. Zunächst die Mädchen. Dann auch die Jungen. Die kinderreichen Familien zuerst. Ich habe zu viele Missionsschulen gesehen, die für die Armen gegründet worden sind und heute die oberen Zehntausend ausbilden. Nicht daß ich die Wichtigkeit einer guten Schulbildung für die Kinder der oberen Zehntausend nicht sehen könnte. Aber unser Ruf ist ein anderer. Und so wird die Schule wohl immer ein Zuschußunternehmen bleiben.

Jeannines Initiativen

Jeannine ist eine jener Entwicklungshelfer, die ein Talent dafür haben, etwas aus dem Nichts aufzubauen. Sie ist außerordentlich begabt, junge Menschen zur Entfaltung zu bringen. Wenn sie ihre Nachfolgerin ausgebildet hat, zieht sie sich selbst aus dem Betrieb zurück und fängt etwas Neues an. Jeannine hat ein junges Mädchen, das nicht lesen und schreiben konnte, als es zu uns kam, zur Schule geschickt und es als Krankenschwester ausgebildet, ihm dann eine weiterführende Fortbildung ermöglicht und es als Lehrschwester weitergebildet: Als sie schließlich Jeannines Funktion als Oberschwester in MAC übernehmen konnte, war Jeannine unheimlich stolz darauf.

Und so startete sie auch ein Mädchenprogramm:

Angefangen hat es mit dem Vornoviziat. Die Schwesternschaften in Pakistan nehmen Kandidatinnen nur auf, wenn sie die mittlere Reife haben. Und weil es für viele Mädchen vom Lande oder auch aus sozial niedrigen Gruppen gar nicht möglich ist, so weit zu kommen, hat Jeannine ihnen die Möglichkeit dazu gegeben. Eine ganze Reihe unserer eigenen Schwestern sind durch dieses Programm zu uns gekommen. Viele der Absolventinnen wurden Lehrerinnen und Krankenschwestern und gingen dann zurück in ihre Dörfer. Jeannine hat dieses Hilfsprogramm erweitert auf körperbehinderte Mädchen. Wir haben inzwischen mehrere junge Frauen mit Kinderlähmung aufgenommen, auch eine muslimische Leprapatientin. Dann hat sie auch Kinder aus sozial geschädigten Familien oder verwaiste Kinder in dieses Konzept integriert. Diese heimatlosen Kinder werden uns in der Regel von der Kirche übermittelt: Priester der jeweiligen Gemeinden fragen an, ob wir nicht helfen könnten. Wir haben inzwischen 54 von ihnen in unserem Schülerinnenheim. Ein Jugend- und Bildungszentrum hat sich entwikkelt, wo auch Wochenendtagungen abgehalten werden.

Und auch ein Frauenprogramm hängt mit eben dieser Schule von Manghopir zusammen. Da die Schule sich wenigstens teilweise selber tragen muß, nehmen wir Schulgeld. Die Folge: die Männer schickten nur ihre Söhne zur Schule, und für die Mädchen zahlten sie nicht. Deshalb hat Jeannine mit dem Stickereizentrum begonnen: Die Mütter sollten für die Mädchen das Schulgeld verdienen können. Damit schlug sie zwei Fliegen mit einer Klappe: Die Frauen kamen endlich mal aus ihren Häusern heraus und konnten sich untereinander treffen. Die Männer akzeptierten diese „Emanzipation", und die Mädchen kamen dadurch zur Schule.

Ich erinnere mich noch: Als Jeannine mit dem Stickereizentrum anfing und die erste Auszahlung anstand, gab es Aufregung und Streit. Wir wußten zunächst nicht, worum es ging, und konnten deswegen auch nicht schlichten; wir sprechen ja kein Persisch. Ein Übersetzer fand schließlich heraus, was sich da abspielte: „Du hast überhaupt nicht soviel gearbeitet wie ich und hast fünf Scheine bekommen, und ich habe so viel geschuftet und habe nur einen gekriegt. Ist das vielleicht Gerechtigkeit?"

Die Frauen wußten zu diesem Zeitpunkt nicht einmal, daß die eine 5 mal 10 Rupeescheine bekommen hatte und die andere einen 500-Rupee-Schein. Das war ihr Wissensniveau. Heute erzählen sie natürlich ihren Männern etwas, wenn die ihr Gehalt nicht abgeben! Sie wissen inzwischen ganz genau Bescheid. Sie haben jetzt sogar untereinander einen Darlehensfonds gegründet, mit dem sie kleinere Reparaturen und auch kleine Anbauten schon selber bezahlen. Und auch sonst hat eine regelrechte Befreiungsbewegung in den Köpfen eingesetzt. Diese Frauen beherrschen noch immer nicht die Landessprache, obwohl sie zum Teil schon seit Jahrzehnten in Karachi sind, weil sie nicht aus ihrem Milieu herauskommen und die Familie zu Hause nur persisch spricht. Deshalb baten uns einige von ihnen, Urdu-Klassen einzurichten, damit sie sich wenigstens in die Gesellschaft integrieren können.

Und dann hat eine unserer Jungschwestern mit Familienunterricht begonnen, auch mit Sexualaufklärung. Diese verheirateten Frauen wußten nicht über die Bedeutung der Periode Bescheid. Wenn ihre eigenen Töchter dann die Periode bekamen, wurde das als sexuelle Verfehlung betrachtet. Die wußten nicht einmal, wie Kinder entstehen, obwohl sie doch fast ständig schwanger waren oder stillten.

Inzwischen hat sich das Stickereizentrum für diese Frauen in Manghopir etabliert.

Nasiba – eine Frau gehört wieder dazu

Nasiba ist eine dieser Frauen von Manghopir: eine selbstbewußte Frau mit angeborenen Führungsqualitäten. Nasiba ist inzwischen im Stickereizentrum verantwortlich für das Packen und den Versand. Was wäre aus ihr geworden ohne Jeannine?

Von Nasibas Jugend weiß ich wenig. Nur, daß sie eine arme, aber behütete Kindheit hatte. Der Boden war karg in dem hochgelegenen Dorf, Schafe und Ziegen so vertraut wie die Geschwister. Die Kälte des Winters ertrug man gemeinsam, in Wollumhänge gehüllt, um das rauchende Holzfeuer kauernd im einzigen Raum, den auch das Vieh teilte …

Nur einmal, hat mir Nasiba erzählt, einmal, da hatte sie lange mit ihren Geschwistern im Schnee gespielt, und als sie am Abend zurückkam, da sahen die Füße so seltsam blau aus – nein, sie hatte die Kälte nicht gespürt, und auch die Hitze spürte sie nicht, als jetzt die Mutter versuchte, die klammen Füße über dem Feuer zu erwärmen. Keiner las darin die ersten Anzeichen der Krankheit. Nasiba Zohra erinnert sich nur, daß sie mit großen Brandblasen drei Wochen im Bett verbringen mußte und daß sie danach alle Lust an den Schneespielen ihrer Brüder verloren hatte.

Wie alle Mädchen ihres Stammes wurde Nasiba mit 15 Jahren in die Ehe gegeben. Sie gebar ihrem Mann zwei Töchter und vier Söhne – von den Jungen überlebte keiner den ersten Lebensmonat. Und als nach der Geburt des sechsten Kindes die Krankheit voll ausbrach, da war es für die Familie klar: Hatten sie nicht schon immer gewußt, daß Nasiba unter einem Fluch stand? Erst strafte sie Gott mit dem Verlust ihrer Söhne, jetzt wurde es offensichtlich: Sie war mit Aussatz geschlagen!

Ihr Mann brachte sie ins städtische Leprosarium nach Manghopir, und obwohl die Untersuchung der beiden Töchter erste Anzeichen der Erkrankung ergaben, bestand die Familie darauf, daß die Kinder beim Vater blieben – nur Bakhtu, das jüngste, fünf Monate alt und wieder ein Mädchen und von der Mutter gestillt, nur diese Kleine, ließen sie bei der weinenden Frau, als die Familie das Krankenhaus verließ, ohne ihr auch nur ein Lebewohl zu winken … Es ist muslimisches Recht, daß das Kind bis zum dritten Lebensjahr gestillt wird und deshalb einer Frau nicht weggenommen werden darf.

Bakhtu wuchs im Leprosarium auf. Ein quicklebendiges Krabbelkind, das den verstümmelten, erblindeten, verstoßenen Patientinnen auf der Station Sonne und Leben brachte mit seinem Jauchzen …

Als Bakhtu vier Jahre alt war und begann, die erregende bunte Welt voller Farben und Geräusche und Gerüche zu erkunden, im und um das Leprosarium: Ziegen und Bäume und Steine und Spielgefährten – in dieser Zeit erfuhr Nasiba, daß ihr Mann ihre beiden Töchter, 12 und 13 Jahre alt, an ein viel älteres Brüderpaar in die Ehe verkauft hatte, nur um das Geld für seine zweite Eheschließung zu erhalten … Nasiba war untröstlich. Und Bakhtu – Bakhtu saß auf dem Bett der weinenden Mutter, wie konnte sie so untröstlich sein, mit einer Welt voller Wunder vor den Toren der Station, Sommer und Vögel und die Bougainvillea-Blüten in Fülle?! Und wenn Bakhtu hinauswollte, aus der dunklen Verzweiflung der Tränen für eine Weile entfliehen wollte, dann rief ihre Mutter sie angstvoll zurück. „Wenn er mir Bakhtu auch noch nimmt", hatte Nasiba zu ihrer Bettnachbarin gesagt, „dann setze ich meinem Leben ein Ende." Und wer wußte, wann ihr Mann auf seinem Recht bestehen würde? Das Recht der Mutter auf das Kind war nach islamischem Brauch abgelaufen, und sie hatte panische Angst, daß der Vater ihr auch dieses Kind nehmen und es durch Mittelsmänner entführen könnte.

Das war die Zeit, in der wir mit dem Fortbildungskurs für Lepratechniker nach Manghopir zogen. Rehabilitierung von ausgeheilten Leprapatienten war eines der Hauptthemen, und Nasiba Zohra, durch Zufall oder Vorsehung, war auf der Liste der „Fälle", die wir den Kandidaten „zur Bearbeitung" gaben, obwohl sie eigentlich noch in Behandlung war. Sie fiel damals auf, weil sie sich so heftig weigerte, das Krankenhaus zu verlassen.

Drei Jahre später sah ich sie wieder. Ihren jauchzenden sechs Monate alten Sohn auf dem Arm, hält einen freundschaftlichen Schwatz mit dem Wächter am Schulausgang, auch er ein ausgeheilter Leprapatient. Bakhtu, in neuer

Schuluniform, die Schiefertafel stolz unter den Arm geklemmt, läuft ihrer Mutter voraus. Was war geschehen?

Es hatte lange gedauert damals, ehe Zohra bereit war, über ihr Leben zu sprechen, bis unter einem Schwall von Tränen endlich die Bitterkeit und Verzweiflung aus ihr hervorbrachen. Bakhtu wurde schließlich die Brücke zurück ins Leben. Schwester Jeannine hatte Nasiba Arbeit im neugegründeten Stickereizentrum besorgt, wo inzwischen über hundert Frauen arbeiten. Überzeugt hatte sie sie, als sie ihr sagte: „Wäre es nicht schön, Bakhtu zwischendurch eine Apfelsine zu kaufen oder ein neues Kleid, das würde die doch freuen." Sie brauchte allerdings noch Monate, ehe sie die Sicherheiten aufzugeben wagte, die sie im Leprosarium gefunden hatte: ein Bett – Essen – die Schicksalsgemeinschaft Gleichbetroffener. Aber da war Bakhtu, und Bakhtu wollte zurück ins „Leben". Fünfjährig begann Bakhtu den Kindergarten zu besuchen, den Schwester Jeannine begonnen hatte. Und dann kam der Vorschlag mit dem eigenen Haus ... Ein Haus? *Mein* Haus? Ein Haus, in dem Bakhtu ihre Heimat und ihre Zukunft finden konnte? Was sie, Zohra, tun müsse, um solch ein Haus zu erlangen?!

„O", sagte Jeannine, „in Raten zurückzahlen, aber du verdienst ja."

„Wieviel?"

„Soviel du erübrigen kannst. Je schneller du abzahlst, um so früher gehört das Haus dir."

Ja – und dann hörte es der Mann: daß Nasiba ausgeheilt sei und ein eigenes Haus besaß und ein regelmäßiges Gehalt, und da schickte er zuerst die Tochter zurück zu ihr, damit sie behandelt werden konnte. Und dann kam er selbst. Mit seiner zweiten Frau. Er war seit langem arbeitslos, und seine zweite Frau hatte ihm keine Kinder geschenkt. Und Nasiba öffnete ihr Haus. *Ihr* Haus. Und sagte selbstbewußt: „Nein, verdienen für die ganze Familie tue ich nicht, du bist gesund, wenn du keine Stelle bekommst, dann arbeite als Gelegenheitsarbeiter, Möglichkeiten gibt es genug in Karachi ..." Und sie ging zu Jeannine und verdoppelte ihre

Rückzahlungsraten und sagte, dann weiß niemand, wieviel ich verdiene, und er soll sich nur anstrengen!

Neun Monate später hielt Zohra einen Sohn in den Armen, und das Kind brachten wir durch!

Und Bakhtu?

Bakhtu hat die Aufnahmeprüfung für die erste Klasse bestanden und schreibt und liest schon „A – B – C" und „eins – zwei – drei", und wenn sie einmal das Alter erreicht haben wird, in dem ihre Schwestern in ihre frühzeitigen Ehen verkauft wurden, da hat Bakhtu ihre mittlere Reife abgelegt und wird über ihr Leben selbst mitentscheiden! Und Nasiba verdient gut und hat ihr Haus inzwischen abbezahlt, die letzten Raten vor wenigen Monaten.

Ein Mensch, der am Rand stand, gehört wieder dazu.

Das Hindu-Projekt

Jeannines Gespür für soziale Brennpunkte hat uns auch auf das Hindu-Problem gebracht: Auch die Hindus gehören auf grausame Weise zu den Aussätzigen Pakistans: zu den sozial Aussätzigen. Warum sollten wir unsere Erfahrung nicht auch dieser Gruppe zugute kommen lassen?

Angefangen hat es, wie immer, mit einer Geschichte.

Mit der Geschichte eines kleinen Jungen, der Jeannine anbettelte, als sie ihren Wagen in einem Dorf kurz anhielt.

„Mensahiba, ich bin hungrig."

„Steig ein", sagte Jeannine, „ich nehme dich mit zur nächsten Straßengaststätte, da kannst du essen, soviel du willst."

Aus dem geplanten Festessen wurde dann aber doch nichts. Denn der Besitzer des „Hotels", einer Reihe von Holzbänken unter einem Sonnendach aus Strohmatten, scheuchte den Jungen davon wie einen Straßenköter – „Mach, daß du fortkommst von hier!"

„Warum?" fragte Jeannine empört.

„Das ist ein Hindu", sagte der Besitzer. „Wer wird von

meinen Tellern denn essen, wenn vorher ein Hindu davon gegessen hat?"

„O", sagt Jeannine. Und dann: „Ich zahle den Teller mit. Zwei Portionen für ihn, eine für mich."

Widerwillig stimmt der Wirt zu.

... Ich kenne das noch aus der Frühzeit der Lepraarbeit. Wie wir einmal in unserem Gemeindehaus einem Patienten Tee anboten, und unsere Oberin die Teetasse zerbrach – aus Sorge, daß sich die Schwestern anstecken könnten.

Bei den Hindus ist es noch heute so. Ein Hindu verunreinigt das Geschirr, den Brunnen, die Dinge, die er berührt –.

Was wird einem Kind angetan, das von Jugend auf die Erfahrung hat, „unrein" zu sein, eigentlich gar keine Existenzberechtigung zu haben?

Jeannine hat mir diese Geschichte zu einer Zeit erzählt, als wir über einen Priester von einem ganzen Stamm Hindus erfuhren, der aus der Leibeigenschaftssklaverei eines Großgrundbesitzers ausgebrochen und in Karachi untergetaucht war. Sie lebten jetzt auf einem Müllabladeplatz, ohne Wasserversorgung, ohne sanitäre Anlagen, keine Elektrizität. Für die 100 qm, auf denen sie sich niedergelassen hatten, verlangte der Eigentümer 100 Rupees Platzmiete pro Monat. Ohne Einkünfte konnten sie nichts bezahlen. Was macht eine Gruppe, die unrein ist und nichts anfassen kann? Wo sollen sie Arbeit finden? Nicht einmal die geächtete Straßenfegerarbeit war möglich, denn eine Anstellung durch die Stadtverwaltung kam nicht in Frage – sie waren ja illegal dort. Sie haben nicht einmal Geld, um sich eine Bretterhütte zu bauen. Sie leben nur unter Stoffetzen, die über Bambusstäbe gelegt sind. Die ganze Kolonie sieht aus wie die Leprakolonie damals im Jahre 1960. Diese Menschen haben keine Wasserversorgung und dürfen die öffentlichen Brunnen nicht benutzen, sie müssen sich das Wasser tatsächlich kaufen, zwei Liter für einen Rupee.

Jeannine hat mich gebeten, mir die Siedlung anzusehen. Ich bin nicht dafür, daß man dort eine Art Spaziergang durch den Zoo macht, aber ich wollte es auch nicht abschlagen. Der Ernährungszustand der Kinder war katastrophal. Vitamin-A-Mangel – er läßt sich leicht dadurch diagnostizieren, daß man kurz in die Augen der Kinder sieht – ist ein sicheres Kennzeichen für Unterernährung und damit verbundene Immunitätsschwäche. Unter den Schulkindern von Karachi haben 2 Prozent diese Vitamin-A-Mangelerscheinung; unter den Kindern dieser Kolonie waren es 100 Prozent.

Die Versklavung der Hindus durch die Großgrundbesitzer ist ein Skandal. Diese Großgrundbesitzer sorgen dafür, daß sich diese Leibeigenen durch hohe Verschuldung immer in Abhängigkeit befinden. Das geht auch heute noch so weit, daß diese überschuldeten Leibeigenen, als Modus der Schuldenabzahlung, ihre Mädchen den Söhnen der Großgrundbesitzer zur Entjungferung überlassen müssen. Diese Mädchen können dann wieder nur ins unterste Sozialmilieu einheiraten. Solche Sklavenhaltung ist vor dem Gesetz nicht erlaubt. Der Großgrundbesitzer, dem diese Arbeiter weggelaufen sind, könnte seine Leibeigenen nur durch Repressalien, nicht aber auf dem normalen Rechtsweg zur Rückkehr zwingen. Und wenn wir uns dazwischenschalten, sind diese Repressalien nicht mehr möglich. Die Frau des italienischen Konsuls hat sich engagiert mit Erste-Hilfe-Maßnahmen. Sie ist aber nur für drei Jahre im Land und war glücklich, daß wir uns an dem Projekt interessiert zeigten. Wir möchten die ganze Sache gern im Networking mit den „Ärzten für die Dritte Welt", einer Gruppe aus Deutschland, aufziehen. Was wir auf lange Frist machen, wissen wir noch nicht genau. Ganz sicher werden wir eine kleine Schule aufbauen. Das ist die einzige Möglichkeit, die Kinder aus dem Elend herauszubringen. Es gibt kaum einen Stadtteil Karachis, wo sich nicht irgendwo versteckt in den Hinterhöfen eine Hindu-Kommunität findet. Hier muß etwas geschehen. Der Beitrag gegen die Polarisierung der Gesellschaft in ethnische, politische, sprachliche und religiöse Gruppen gehört wohl zu unserem Auftrag. Für das Hinduprojekt hat sich der Sohn eines unserer Mitarbeiter, ein

Moslem, gemeldet. Er ist bereit, hauptberuflich mit den Hindus zu arbeiten, obwohl man sich als guter Moslem nicht auf den Stuhl setzt, auf dem ein Hindu gesessen hat und ganz sicher nicht aus dem Glas trinkt, aus dem ein Hindu getrunken hat. Solch diskriminierende Tabus können nur durch die Praxis entmystifiziert werden.

Moses und der Engel

Das Hinduprojekt von Manghopir, das sich um die „Aussätzigen heute" kümmert, ist ein Beitrag, der auch im muslimischen Kontext dieses Landes wichtig ist.

Ich sage den Pakistanis oft: Es gibt schöne Dinge im Hinduismus, die habt ihr bei der Flucht aus Indien nicht mitgebracht, z. B. Toleranz. Und es gibt verwerfliche Dinge im Hinduismus wie das Kastensystem. Das habt ihr aus Indien importiert.

Wenn meine Gesprächspartner dann verletzt reagieren, frage ich nur: „Zeigt mir die Sure im Koran, in der steht, daß es Kasten oder Intoleranz geben soll." Und ich erzähle dann einen schönen Hadith, also eine Überlieferung, die nicht im Koran steht, aber direkt auf einen Propheten, in diesem Falle auf Mose, zurückgeführt wird:

Mose hatte die Eigenschaft, nie allein zu essen. Er wartete immer erst auf einen Gast. Dann stand er draußen vor seinem Zelt und spähte, ob nicht irgendjemand in Sicht sei, denn er war hungrig. Und an diesem Tage kam endlich ein Fremder, und er bat ihn beglückt in sein Zelt. Ehe sie anfingen, sagte er „bismilla" („im Namen Gottes", das Tischgebet). Sein Gast schwieg. Daraufhin sagte Mose zu dem Mann: „Du kannst nicht anfangen zu essen, ohne bismilla zu sagen." Darauf der andere: „Ich sage aber nicht bismilla." Und Mose: „Du kannst nicht mit mir essen, ohne bismilla zu sagen." – „Dann esse ich eben nicht." Mose versucht es erneut: „Du kannst ja essen, aber sage doch bismilla." – „Nein, ich sage nicht bismilla." Und da stand der Fremde auf und verließ das Zelt des Mose. Dieser konnte aber nun ebenfalls nicht essen. Er brauchte nicht lange zu warten. Der nächste Gast war ein Engel, und der sagte zu Mose: „Ich, so spricht der Herr, habe diesem Mann 43 Jahre lang die Luft zum Atmen, das Wasser zum Trinken und das Essen zum Überleben gegeben, und du kannst nicht einmal dein Essen mit ihm teilen, nur weil er nicht bismilla gesagt hat?" Daraufhin lief Mose hinter dem Fremden her und lud ihn erneut ein – ohne bismilla. – Eine muslimische Geschichte, die für die Integration aller Nicht-Muslime spricht.

Die Kinder der Unberührbaren

Eine mit der Situation der Hindus vergleichbare akute Notlage haben wir seit 1960 nicht mehr gesehen. Denn eine andere Gruppe von Unberührbaren, die Gruppe der christlichen Straßenfeger, hat zumindest die Infrastruktur der Kirche im Hintergrund. Deswegen stehen sie nicht völlig allein. Sie haben in gewisser Weise Stimme und Öffentlichkeit. Ich hätte das, ehe ich mit der Lage der Hindus konfrontiert wurde, nicht so zu sagen gewagt. Die Kinder wachsen zwar auch mit der Überzeugung auf, daß sie zweitklassige Menschen sind. Aber irgend jemand kümmert sich doch wenigstens um sie. Vor unserem Einsatz war schon ein Priester da, der eine Kirche gebaut hat. Es gab also schon Gemeinschaft. Als wir eine Schule aufmachten, stellte uns dieser Priester auch einen Raum im Kirchengebäude zur Verfügung. Hier fangen wir also nicht am Punkt Null an. Diese Menschen sind Christen in der zweiten oder dritten Generation, meist Konvertiten aus dem Hindu-Milieu oder aus den in Pakistan noch bestehenden Naturreligionen, ehemals landlose Landarbeiter, die dann in die Städte gekommen sind. Da sich kein Moslem durch Reinigungsarbeiten verunreinigt, hat die Stadtverwaltung hauptsächlich Christen und Hindus eingestellt. Diese Straßenfeger haben ein regelmäßiges Einkommen. Meist arbeiten die Kinder mit, in der Regel bereits im Alter von sieben bis acht Jahren. Diese Kinderarbeit abzustellen ist in dieser Straßenfegerkolonie das Hauptproblem. Selbst wenn die Eltern die Kinder nicht zur Arbeit mitnehmen – da werden morgens die Häuser einfach zugeschlossen. Die Kinder sind den ganzen Tag auf der Straße, sie sind nicht einmal Schlüsselkinder. Diese Kleinen einzusammeln und an gewisse soziale Regeln zu gewöhnen, Spiele mit ihnen zu machen und sie dadurch über eine Kindergartenspielvorschule dann doch in die Schule zu locken und die Eltern zu überreden, sie auch weiterhin in die Schule zu schicken, das ist unser Hauptziel in dieser Kommunität. Ein aus unserer Schule in Manghopir hervorgegangenes Mädchen, das einen unserer Angestellten geheiratet hat, ist in diese Kolonie gezogen. Nach einer Ausbildung als Pastoralreferentin ist sie jetzt eine unersetzliche Hilfe, weil sie wirklich dazugehört und mitten unter diesen Menschen lebt. Zunächst hat sie einen Kindergarten etabliert. Dann einen Kirchenchor aufgebaut. Sie besucht die Familien regelmäßig, schaltet sich als erfolgreiche Vermittlerin in Ehekonflikte ein. Es ist erstaunlich, welches Vertrauen sie inzwischen gewonnen hat. Es gibt inzwischen bereits eine Schule, die auch schon zweihundert Kinder besuchen, mehr oder weniger regelmäßig. Für diese Kinder wird es eine andere, bessere Zukunft geben.

Entwicklungen, wie sie von Orten wie Manghopir ausgehen, weisen nach vorn. Für mich ist die Geschichte der Entwicklung von Manghopir selber ein Symbol dafür, welche Dynamik die Kraft einer verrückten Liebe hat. Auf dem ehemaligen Wüstenstreifen wächst heute Hoffnung.

Wer keine Tränen in sich birgt …

Wie wird es weitergehen?

Ausstieg ist nicht möglich

„Ich verstehe es nicht, Mattias", sage ich.

Mattias ist verantwortlich für die Abteilung, die sich mit der Koordination der Provinzen befaßt, und deshalb mein ständiger Mitarbeiter, jung, klug, kritisch, lernwillig und hungrig danach, „das Rechte" zu tun.

„Ich habe gedacht, ihr würdet alle erleichtert aufseufzen – nun macht die Alte endlich Ernst mit ihrer Übergabe des Projektes in unsere Verantwortung – und jetzt diese Panik!"

Ich hatte angekündigt, ich sei jetzt 65 und wolle aussteigen. Mich „selbstverwirklichen" und mit Jeannine das verrückte Leben einer Ordensfrau leben, das ich im institutionalisierten MAC nicht mehr leben könnte. Ich hatte lange jede Entscheidung meines Nachfolgers abgedeckt, um ihm die Übernahme zu erleichtern, trotz seines völlig anderen Führungsstiles. Ich wollte ihm beweisen, daß er die Freiheit habe, seinen eigenen Stil zu finden. Schließlich war er weder eine Frau noch eine Nonne, noch eine eingeschworene Demokratin, noch ein im individualistischen Westen aufgewachsener Europäer – nein, er sollte Pakistani bleiben, Asiate, Familienvater. Ich aber wollte, nach Jahrzehnten, meine eigene Identität leben, radikal, verrückt … ich wollte nach Manghopir.

„Sie können nicht gehen", sagt Mattias ernst.

„Gründe?" frage ich.

Die Antwort kommt prompt. „Die Töchter müssen das Elternhaus verlassen", sagt er, „das schreiben unsere Sitten vor. Die Söhne – nun, das ist noch möglich, daß einer oder der andere das Haus verläßt. Aber die Mutter, wenn die Mutter geht – das würde keiner verstehen. Das Projekt würde alle Glaubwürdigkeit verlieren."

Einen Moment schweigen wir. Ich bin nicht so recht bereit, mich dem Diktat der „Sitte" zu beugen. „Und überdies", sagt Mattias nach einer kurzen Pause, „und überdies hätten die kritischen Stimmen im Projekt keine Chance, wenn Sie aussteigen würden ..."

Das hat mich überzeugt. Eine Demokratie kann nicht ohne konstruktive Opposition überleben. Und da man in Pakistan noch so wenig an Demokratie gewöhnt ist und immer noch in den Kategorien Sieg – Niederlage denkt, nicht aber in Kontrovers-Diskussionen und fruchtbaren Konflikten, habe ich Dr. Tobias gesagt: Daß ich bereit sei, dabeizubleiben – daß ich die Notwendigkeit der kulturspezifischen Entscheidung respektiere – daß aber mein letztes Geschenk an ihn ein ungewöhnliches sei: eine konstruktive Opposition. Übergeben habe ich das Projekt ja seit langem, mich schrittweise zurückgezogen. Ich bin eigentlich nur noch in der Funktion einer Feuerwehr präsent: Ich übernehme nur die Aufgaben, für die sich kein anderer findet und die im Moment gemacht werden müssen. Oder ich springe ein, wenn ein neues Konzept entwickelt werden muß. So etwas wird aber mit einer Gruppe erarbeitet und dieser Gruppe dann auch zurückgegeben. Ich habe keine formal definierten Zuständigkeiten. Ich bin Ordensfrau geworden, weil ich mein Leben nicht mit der Erstellung von Steuererklärungen verbringen wollte. Neunundneunzig in der Wüste zu lassen, um dem einen nachzulaufen – diese verrückte Mathematik hat mir immer eingeleuchtet. Ich wollte diesen Drang endlich ohne Einbindung in feste Strukturen verwirklichen. Die Krise für das MAC war gelöst. Tobias konnte und wollte auch nach den Morddrohungen bleiben. Seine Familie war in den USA sicher und hatte sich bereit erklärt, ihn in Pakistan zu lassen. Er wollte auch deshalb bleiben, weil seine medizinische Ausbildung in Amerika nicht anerkannt ist und er hätte auch in seinem Alter wohl kaum eine Chance, dort noch einmal im Beruf anzufangen. Die Frau kommt ihn regelmäßig besuchen, und nachdem Tobias das Königreich Pakistan geerbt hat, beim DAHW akzeptiert ist und auch in der Expertenkommission der Weltgesundheitsorganisation für Leprafragen sitzt, paßte ihm das natürlich überhaupt nicht in den Lebensentwurf, den Beruf aufzugeben und in die Ladenkette seiner Brüder einzusteigen.

Ich selber hatte eigentlich viel vor für meine „Seniorenzeit". Ich wollte in der Menschenrechtsfrage aktiver werden. Ich wollte zusammen mit Jeannine und zwei unserer jungen Schwestern am Rand der Gesellschaft, in einer Gemeinschaft leben, wo jeder kommen kann, der gescheitert ist, wo er nicht gefragt wird und eine neue Chance bekommt. Wir wollten einen Neuanfang und diese Initiative auch organisatorisch vom MAC trennen. Das wollte Tobias nicht. Und die Mitarbeiter reagierten mit Panik.

Was nach mir kommt

Ich werde also weiter im Projekt bleiben und den Rückzug allmählich vorbereiten. Was nach mir kommt? Das Projekt wird mit mir nicht sterben. Es wird weitergehen. Es wird Krisen geben, aber dann weiterlaufen. Es gibt genügend qualifizierte einheimische Mitarbeiter, wenn ich nicht mehr zur Verfügung stehen werde.

Ich hatte MAC, das Krankenhaus, an Dr. Tobias übergeben. Als die Morddrohungen kamen und die Möglichkeit seines Ausscheidens real wurde, standen wir vor erheblichen Problemen. Ich kann ja schließlich keine Leute in der Vitrine haben und einen nach dem anderen als Ersatz herausholen, wenn einer ausfällt. Wenn ich übergebe, übergebe ich ganz.

Nur so macht es Sinn. Ich würde wirklich nur eingreifen, wenn ich sehe, daß etwas radikal verkehrt läuft.

Übergabe nach dem Motto „Friß Vogel oder stirb" muß scheitern, ich habe es bei Entwicklungsprojekten oft genug gesehen, weil die notwendige Verständigung zwischen der Ersten und Dritten Welt nicht klappt. Es braucht immer wieder vertrauensbildende Maßnahmen, immer wieder Bereitschaft, Krisen geduldig und konstruktiv zu lösen. Übergabe in einheimische Hände ist eine Frage des Vertrauens. Das hat mit Blauäugigkeit nichts zu tun. Wohl aber mit Risikobereitschaft. Ich habe ganz selten, wenn überhaupt, erfahren, daß ein Mensch das in ihn gesetzte Vertrauen enttäuscht und verraten hätte, und sei es noch so naiv gewesen. Daß das Team wurde, was es geworden ist – das Geheimnis unseres Erfolges –, ist auch darauf zurückzuführen, daß wir ihnen weitherzig vertraut haben. Dieses Vertrauen konnten sie nicht enttäuschen.

Den Vorteil unserer Naivität haben unsere Nachfolger nicht. Sie wissen, was „normalerweise" in Pakistan gespielt wird. Sie erwarten nicht das Außergewöhnliche, sondern das Normale, und deshalb spielt sich auch mit größerer Wahrscheinlichkeit „das Normale" ab.

Solange wir Ordensschwestern verantwortlich waren, konnte man vom Management in Sachen Konsum nichts „lernen". Wir hatten keine Erwartungen an einen „üblichen" materiellen Lebensstandard. Wir brauchten keine Karriere zu machen, keine Familie zu ernähren. Als wir kürzlich die Sozialprinzipien unseres Projekts in der Praxis anwandten, machten sich die Helfer den Spaß, mein Sozialprofil zu erstellen, und grinsten: Sie erklärten mich zum typischen Sozialfall: „Lebt in allen Bereichen unterhalb des in ihrem Beruf berechtigten Lebensstandards."

Selbstverständlich bedeutet Übergabe, daß das Projekt in den Händen von Pakistanis liegen wird, die auch von der Vorstellung eines „normalen" Vorgesetzten in Pakistan ausgehen. Beförderung in Pakistan heißt in der Regel nicht Zunahme an Pflichten, sondern an Rechten. Vergünstigungen und Vorteilnahmen werden dabei einkalkuliert. Und wenn die Spitze sich so verhält, verschafft sich jeder, der in der Hierarchie darunter steht, ebenfalls Vorteile. Sich selbst zu bedienen, ist in Pakistan gang und gäbe. Die Grenzen zwischen Vorteilnahme und Veruntreuung sind oft fließend, man befindet sich in der Grauzone. Ein Chefarzt würde es nicht als unmoralisch empfinden, die Handwerker der Klinik für Reparaturen in seiner Privatwohnung einzusetzen. Wenn das freilich von 250 Angestellten jeder machen würde, könnten wir unsere Arbeit nicht mehr durchführen.

Eine Spannung wird bleiben

Wird die in Jahren gewachsene Identität des Projekts nach der Übergabe überleben? Mattias' Antwort: Wir sind zu tief infiziert, wir können nicht mehr – im negativen Sinn – „typisch pakistanisch" werden.

Demokratische und christliche Ideen sind in der Tat tief im Projekt verwurzelt. Es wird eine schmerzhafte, aber befruchtende Spannung bleiben. Damit die Identität des Projekts nicht verlorengeht, muß Konflikt sein: West und Ost sind lebenslang miteinander, gegeneinander, füreinander in produktiver Beziehung. Es gilt, das Positive der östlichen Kultur zu bewahren: in der menschlichen Zuwendung, im Familienzusammenhang, in der Unbekümmertheit des Lebens im Heute. Die Frage nach Werten ist ja nicht verbindlich zu entscheiden: Gibt es allgemeinverbindliche Werte? Und ehe ich behaupte, daß *meine* Werte höher anzusiedeln sind, muß ich erst gesehen haben: Was sind *ihre* Werte?

Hinter Problemen, um die ich mich mit Tobias streite, stehen immer Wertfragen, Sichtweisen der jeweils anderen Kultur: Fragen der sozialen Gerechtigkeit, Probleme des Führungsstils.

Was bedeutet Gerechtigkeit im Kontext unseres Projekts? Ich persönlich habe mich entschieden, ein Armutsgelübde zu leben. Aber ich kann meine Entscheidung nicht zum Maßstab für andere machen. Und was ist, wenn Angestellte sagen: „Wieso soll ich meine Kinder in dieser Situation in Karachi im Bus zur Schule schicken, wenn der Dienstwagen vor meinem Büro steht? Der Chef nimmt ja auch einen zweiten Wagen, wenn seine Frau zu Besuch kommt." Da bin ich voll auf der Seite dessen, der seine Kinder sicher zur Schule schicken will. Dann ist natürlich der Vorgesetzte auf der Palme: Er sei schließlich der Chefarzt, der andere nur ein Lepra-Assistent. Ist das ein Problem, das ich mit meinem Gerechtigkeitsmaßstab als Ordensfrau angehen soll? Welches Recht hat ein Chefarzt und welches die Reinemachtruppe? Ich kann sehr wohl ertragen, daß ein Chefarzt einen Luxusartikel wie einen Farbfernseher besitzt, den der andere nicht hat. Ob Ärzte häufiger in unser Strandhaus dürfen sollen als „normale" Angestellte, darüber werde ich nicht streiten. Aber wenn es um medizinische Versorgung, um Ausbildung, um die Sicherheit der Kinder geht, dann darf es keinen Unterschied geben.

Das zweite Problem, das ich mit der jetzigen Leitung diskutiere, ist der Führungsstil: Inwieweit kann ein Angestellter kreativ zu Problemlösungen beitragen und soll mit seinen Vorschlägen ernst genommen werden? Auch da werden wir noch einiges aufarbeiten müssen.

Der typische Dialog:

„Wie geht es?"

„Gut."

„Wann ist der Patient entlassen worden?"

„Gestern."

„Keine Probleme?"

„Nein, Sir!"

Wenn solch unterwürfige Mentalität gegenüber Vorgesetzten einreißt, wird sie zur Gefahr. Da muß man aktiv gegensteuern. Sicher: diese Mentalität ist durch die Kultur vorgegeben. Die ist so. Aber sie braucht doch nicht so zu bleiben. Ich argumentiere immer wieder: „In jedem modernen Managementbuch kann man finden, daß Entscheidungen nicht autoritär übergestülpt, sondern auf der Ebene getroffen werden sollen, auf der sie sich auch unmittelbar auswirken." Ein solcher demokratischer Führungsstil ist in Pakistan natürlich nicht üblich. Aber er ist auch dort im Kommen, schon deswegen, weil die Industrie ohne solche Möglichkeiten der Mitverantwortung heute nicht mehr auskommt. Der umfassende Hunger nach Freiheit und nach Demokratie ist atmosphärisch allgemein da und schließt die Arbeitswelt nicht aus. Kein Industrieunternehmen in Pakistan kann sich mehr, wenigstens nicht in der eigenen Leitungsgruppe, einen rein autoritären Führungsstil leisten. Die Schwierigkeiten unserer einheimischen Managementgruppe rühren nicht zuletzt daher. Und es ist immer dasselbe: Das Personal verlangt Mitbestimmung in Dingen, die es selber direkt angehen.

Man kann auf die Organisation unseres Leprabekämpfungsprogramms Einsichten anwenden, die ich einem Buch über die Krise der heutigen Ordensgemeinschaften gefunden habe: Zunächst kommen die „Pfadfinder", die den Pfad in das Gestrüpp des Urwaldes schlagen. Das sind die Chaoten, aber auch die, die die Welt vorwärtsbringen. Das reicht auf Dauer nicht aus, es muß der „Organisator" hinzukommen, und der hat in der Regel einen autoritären Führungsstil. Wenn aber das konsolidierte Unternehmen weitergehen soll, braucht man den „Implementor", der einer Sache Dauer verleiht. Dieser ist wieder stark auf die Mitarbeit der Gruppe angewiesen und muß Mitverantwortung einführen, „Participatory Leadership". Der Organisator, der sich in der Zwischenzeit als der Superpapst installiert hat, sieht sich jetzt Schwierigkeiten gegenüber, weil er die Mitwirkung der Gruppe eher abwertet. Und er mag den Implementor nicht, weil der seine Autorität untergräbt. Das ist auf jeden Betrieb anzuwenden: Das gesunde Überleben und die Weiterentwicklung hängen davon ab, wie die drei unterschiedlichen Typen sich gegenseitig wenn nicht lieben, dann doch wenigstens um des Betriebes willen schätzen und miteinander auskommen lernen. Wenn alle drei am gleichen Strang ziehen, dann braucht man sich um diese Gemeinschaft keine Sorgen mehr zu machen.

Mattias hat dies sofort verstanden. Er ist inzwischen zu einem meiner engsten Mitarbeiter geworden: ein katholischer Junge, der im Regierungsdienst war, wo man ihm eine Beförderung anbot, wenn er sich ins Innere von Sindh hätte versetzen lassen. Diese Region war damals sehr unruhig und gefährlich, und da haben es die Eltern ihrem einzigen Sohn nicht erlaubt. Er hat sich gefügt und kam zum MAC. Und dann erhielt er ein Angebot im Mittleren Osten, wo er sehr viel verdiente. Er kam aber nach einigen Monaten zurück, weil er seine Frustrationen nicht mit Geld kompensieren wollte: Hatte er irgendeinen Verbesserungsvorschlag, sagten die Verantwortlichen: „Was wollen Sie denn, Sie kriegen doch genügend Geld?" Ich war sehr froh über seine Rückkehr gewesen und hatte mir sofort seine direkte Mitarbeit gesichert. Mattias, das wußte ich, hat das Zeug zur Führungskraft. Er ist mit seiner beruflichen Vorgeschichte einer der desillusioniertesten jungen Leute, aber zur gleichen Zeit ebenso hungrig nach Träumen. Bei der Regierung war es ganz normal zu unterscheiden: „Wieviel verdienst du? Und wieviel kannst du dir so in die Tasche stecken?" Er hat sich nicht infizieren lassen. Da wir viel gemeinsam unterwegs sind, gehört er sozusagen zu meinen adoptierten Söhnen. Ein junger Mann, der für mich wichtig ist, im Blick auf die Zukunft des Krankenhauses. Denn er hat das Zeug für eine kreative Oppositionsrolle.

Dr. Lucien ist ein anderer, auf den ich baue. Dies ist seine Geschichte: Früher war es unmöglich, für Lepraarbeit einen Arzt zu bekommen. Das hat sich grundlegend geändert, seit unter den Ärzten Massenarbeitslosigkeit herrscht. Wenn wir heute eine offene Anzeige in die Zeitung setzen, erhalten wir Dutzende von Bewerbungen. An diesem Tag hatten wir 21 einbestellt. Nach dem fünften hörte Dr. Tobias auf und sagte: „Das ist der Mann." Damit war Dr. Lucien angestellt, mit knapp dreißig. Kurz darauf hatten wir eine Ausbildungswoche in Manghopir, und ich nahm ihn mit. In einer solchen Camp-Atmosphäre kann man sich sehr intensiv kennenlernen. Und da sagte er am dritten Tage: „Ich habe Ihr Buch gelesen. Haben Sie nicht noch eine halbe Stunde Zeit heute abend, könnten wir etwas spazierengehen?" Es wurde ein tiefes, schönes Gespräch. Er gefiel mir.

Nach etwa eineinhalb Jahren bekam Dr. Lucien ein Angebot von der Aga Khan Medical-University, einer hochkarätigen Universität der Ismaelis, einer muslimischen, ganz atypischen Gruppierung, die den Aga Khan als geistliches Oberhaupt in der Erbfolge verehren. Früher wurde das Gewicht des Aga Khan einmal im Jahr von seinen Anhängern in Gold aufgewogen, und die Summe wurde in Sozialprojekte für ihre eigene Gemeinschaft investiert. Es gibt hier also eine alte Tradition von Sozialarbeit. Noch heute werden zu diesem Zwecke regelmäßig Abgaben erhoben. Die Aga Khan Medical-University ist eine sehr gute Privatuniversität. Wir sind durch ein gemeinsames Forschungsprojekt eng mit ihr verbunden: Sie haben die medizinischen Hightech-Möglichkeiten, wir die Verbindung zu den Leuten. Bei vergleichbaren Projekten sind in der Regel die Patienten in den Entwicklungsländern und die Hightechlaboratorien in der nördlichen Welt. Das zu koordinieren ist sehr schwierig. Aber zwischen uns ist es eine höchst erfreuliche Zusammenarbeit vor Ort. Wir arbeiten mit den modernsten Möglichkeiten der Immunologie an der klinisch manifesten Früherkennung der Lepra. Im Rahmen dieses Projekts hat der Projektleiter Dr. Lucien kennengelernt und ihm angeboten, in ihren Lehrkörper zu wechseln. Sie würden ihm die Zusatzausbildung finanzieren. Verdienen würde er fünfmal mehr als bei uns. Er ist mir nach Quetta nachgereist, um mich zu fragen, ob er dieses Angebot annehmen solle. Ich riet ihm zu. „Später tut es Ihnen sonst leid, und dann tut es mir leid, daß es Ihnen leid tut. Und dann ist eigentlich das Schöne an unserer gemeinsamen Arbeit gefährdet. Sagen Sie ruhig zu."

Er wechselte in der Tat. Dann brach ich mir ein Bein, und die Aga-Khan-Universitätsklinik nahm mich auf. Dort traf ich Dr. Lucien wieder. Einmal kam er abends, außerhalb der Visite vorbei. „Ich bin nicht glücklich hier", sagte er offen. „All das Gerangel um Lehrstuhl und Habilitierung, mir gefällt das nicht. Ich möchte zurück."

Ich war überrascht – und beglückt. Wollte ihn aber nicht beeinflussen. „Überlegen Sie sich das gut", sagte ich. „Sie wissen, daß das nicht nur Einkommens-, sondern auch Reputationsverlust bedeuten wird –."

Er kam trotzdem. Obwohl ihn die Universität unbedingt halten wollte.

Wir haben ihn natürlich für das Förderprogramm für Führungskräfte vorgesehen, selbst dazu mußten wir ihn erst überreden: Wenigstens die Zusatzausbildung für das öffentliche Gesundheitswesen sollte er absolvieren. Wir schlugen ihm einige Kurse vor, einen in London, einen auf den Philippinen. Seine Reaktion: „Was soll ich in England, da lerne ich doch nur Dinge, die ich in Pakistan nicht anwenden kann, ich gehe auf die Philippinen." Als er nach einem Jahr zurückkam, war er Christ. Er hatte sich taufen lassen. Nun ist Abfall vom Islam ein todeswürdiges Vergehen. Und er war als künftiger Medical Director unserer Klinik vorgesehen. Einen abgefallenen Muslimen einer mehrheitlich muslimischen Belegschaft als Medical Director anzubieten, das schien doch zu provokativ. Er ging jedoch ganz unbekümmert in der Krankenhauskapelle zur Messe und zur Kommunion. Und die Belegschaft sagte: „Lucien ist okay." – „Warum ist der okay?" – „Der kümmert sich um die Leute. Der läßt es sich etwas kosten zu helfen. Der würde sich Tag und Nacht um die Patienten kümmern. Und wenn für nächsten Tag ein Streiktag ausgerufen wird, so etwas kommt ja erst spät abends durch die Medien, dann setzt er sich nachts um 11 Uhr noch in den Wagen, damit er nächsten Morgen ganz sicher im Krankenhaus sein kann. Also: Lucien ist okay."

Das hat mir bestätigt: Es kommt darauf an, was wir tun. Individuelle Entscheidungen werden angenommen, wenn jemand seine Überzeugung nicht proklamiert, sondern für andere lebt.

Prem, unser Hauptbuchhalter und ebenfalls ein wichtiger Mann im MAC-Team, ist Buddhist. Er ist aber der Vertrauensmann der Angestellten. Er hat eine großzügige und unkonventionelle Weise, mit jungen Frauen und Mädchen umzugehen. Auch er wird von den Muslimen fraglos akzeptiert. Man spürt, ob jemand authentisch ist oder nicht. Zweifellos ist er ein wirklicher Buddhist, seine ganze Lebensweise spricht dafür: ein wunderbarer Mann. Ich wüßte nicht, was ich machen sollte, wenn wir ihn nicht hätten. Wenn es sich um Sozialfälle handelt, es kann noch so verrückt und aussichtslos sein, Prem findet immer eine Lösung. Er ist aber mehr als nur professionell geschickt: Auch ihn zeichnet das innere Engagement aus, das sich aus einer tieferen Quelle speist.

Wer keine Tränen in sich birgt, darf diesen Weg nicht gehen

Unsere Arbeit kann künftig nur dadurch getragen werden, daß die in sie involvierten Menschen persönliche innere Anteilnahme zeigen. Wer keine Tränen in sich trägt, darf diesen Weg nicht gehen. Betroffenheit, Bereitschaft, sich persönlich berühren zu lassen, das ist eine Voraussetzung für wirkliche Hilfe. Das gilt nicht nur für unser Projekt und nicht nur für Pakistan.

Bei einem Besuch bei Kanzler Helmut Kohl haben wir genau darüber gesprochen. Er erzählte: „Als ich Ministerpäsident in Mainz war, kam die Polio-Impfung auf. Wir wußten das und verschoben die Maßnahmen. Bis mein Neffe Polio kriegte. Innerhalb der nächsten 14 Tage war es in ganz Rheinland-Pfalz vorgeschrieben. Und ich denke heute noch: So bist du, da muß erst dein eigener Neffe krank sein, daß du dich von einer solchen Möglichkeit wirklich betreffen läßt! An dem Tag habe ich mir geschworen, den direkten Kontakt zu der Basis, dem ‚normalen' Bürger, nie aufzugeben."

In der jetzigen Situation des Übergangs kommt es darauf

an, die Perspektiven zu klären. Im Aufsichtsrat des Krankenhauses haben wir daher beschlossen, einen Fünf-Jahres-Plan für die Arbeit zu erstellen. Was ist die Standortbestimmung des Projektes im Hinblick auf die anstehenden Veränderungen? Wofür stehen wir? Ein Positionspapier formuliert „die Hoffnung, daß im Jahre 2000 MAC, das Zentralkrankenhaus und mit ihm das Nationale Lepra-Bekämpfungsprogramm, eine Institution ist, die nicht nur den Leprabazillus besiegt hat, sondern sich auch langfristig und effektiv darum bemüht, die Patienten ganzheitlich zu rehabilitieren. Bei dieser Rehabilitation geht es zentral darum, die Würde des Menschen im Auge zu behalten und ihn zu ermächtigen, seine eigenen Probleme selber zu lösen. Bei der Befreiung des einzelnen und der Familie wollen wir nur Hilfestellung leisten. Wir wollen uns zwar weiterhin in erster Linie um Leprapatienten kümmern. Falls aber Kräfte und Ressourcen frei werden, wollen wir auch sehen, wo andere Menschen an den Rand gedrängt werden. Wenn wir uns medizinischen Zweiterkrankungen zuwenden, werden wir darauf achten, das fachliche Niveau zu halten und zu verbessern. Besonders bei der Tuberkulosebehandlung brauchen wir ein effizientes Kontroll- und Informationssystem. Wir brauchen nicht nur eine moderne, sondern auch eine der Situation angemessene Technologie. Zielvorstellung ist immer das Wohl des Menschen. Diejenigen, die Autorität ausüben, sollen sich bemühen, das Subsidiaritätsprinzip so zu beachten, daß alle Beteiligten wachsen können. Es muß klare Verantwortlichkeiten geben. Wir brauchen aber auch Strukturen und Infrastrukturen, die das Wachstum des einzelnen unterstützen."

Zu diesen Zielvorstellungen haben Menschen aus Pakistan und Deutschland und die Lebenserfahrungen der Betroffenen beigetragen. Sie müssen weitergetragen werden als Kern unseres Projekts in Pakistan. Dies zu unterstützen ist auch der innere Sinn der Stiftung, die 1996 ins Leben gerufen wurde.

Kontinuität besteht für mich aber auch im Experimentieren, im Abweichen von dem, was „man" tut. Es heißt etwa, ganz konkret, auch wegen einer Verfehlung entlassenen Mitarbeitern eine neue Chance zu geben, die unter regulären Umständen keine Chance mehr hätten. Oder jemanden einzustellen, der sagt, er wäre drogenfrei, auch wenn offensichtlich ist, welches Risiko bleibt. Das heißt auch z. B., daß man sich unter Umständen engagiert in einem Projekt, für das wir keine formale Qualifikation haben. Einfach deshalb, weil etwas getan werden muß und kein anderer etwas tut. Das Risiko bleibt. Aber wir riskieren bewußt und sehenden Auges.

Das Leben kann man nicht planen. Wer weiß, was kommt? Sollte es zum Beispiel wahr sein, daß die Bihariflüchtlinge aus Bangladesch nach Pakistan zurückgeführt werden, könnten wir in Karachi und in Hyderabad wieder am Punkt Null anfangen. Man spricht von zwei Millionen, die dann kämen. Wir hätten dann mit 17 Leprapatienten pro 1000 Bevölkerung zu rechnen, die dann erst einmal behandelt werden müßten. Die ganze Lage ist im Fluß. Alles was ich tun kann, ist, die Richtlinien mit den Verantwortlichen zu besprechen. Ich rechne sehr auf die Kreativität und das Engagement von Dr. Lucien. Er ist jemand, der nicht schlafen kann, ehe er nicht eine Lösung hat. Und er ist gescheit genug, die Lösung, die er erarbeitet, dann auch irgendwie in die Praxis umzusetzen. In der strukturellen Planung ist dann Dr. Tobias sehr gut. Aber wenn die Seele des Projekts erhalten bleiben soll, ist von den Verantwortlichen noch mehr verlangt: eine hohe innere Freiheit und Bereitschaft.

Ich werde weiter im Projekt mitmachen, einfach weil sie keinen Bruch haben wollen. Aber vielleicht können wir uns auf langsame Entwöhnung einigen, darauf, daß ich weniger häufig und in begrenzteren Funktionen mitarbeite, so daß ich Zeit und Kräfte frei habe für andere Aufgaben. Ich werde weiter im Unterrichtsbetrieb mitarbeiten und ihnen bei der

Weiterentwicklung der Curricula helfen. Und ich werde mit ihnen das neue Sozialkonzept erarbeiten.

Ich würde gerne noch mal etwas Fachliches über unsere Arbeit veröffentlichen. Zwar gibt es einige Untersuchungen, aber ich würde gerne einen umfassenden Länderbericht für die WHO erstellen. Denn schließlich ist unser Programm erfolgreich gewesen. Das sollte man nicht undokumentiert lassen.

Danach würde ich auch noch gerne ein Buch für meine Freunde in Pakistan schreiben, auf Urdu. Vermutlich werde ich aber dazu nicht mehr kommen.

Schließlich würde ich gerne etwas für unsere eigene Kongregation tun. Denn wir müssen nicht nur unsere Ignatianische Spiritualität im asiatischen Kontext durchdenken. Das haben die Jesuiten von Poona in Indien gemacht. Wir sollten sie auch im muslimisch geprägten Frauenkontext durchdenken, und zwar im Dialog mit unseren jungen Frauen. Es geht darum, ihnen den Freiraum zu verschaffen und neue Wege zu eröffnen, die im Zusammenhang mit ihrer eigenen geschichtlichen Überlieferung stehen. Welche diakonischen Konzepte schweben ihnen vor, welche spirituellen Vorstellungen, welche Träume haben sie? Ich sehe bei diesen jungen Frauen eine sehr viel spontanere Zuwendung zum Menschen, eine größere Risikobereitschaft – und gleichzeitig eine weniger ausgeprägte Neigung zur Planung. Gerne würde ich mit ihnen gemeinsam das Positive von der einen Seite und das Gefährdende von der anderen Seite reflektieren, um für die kommende Generation Perspektiven zu formulieren.

Unbegangene Wege

Und dann möchte ich wirklich das tun, was Jeannine bereits macht und was ich zu oft in meinem Leben zurückstellen mußte: Ich möchte wieder das verrückte, abenteuerliche und experimentierfreudige Leben einer Nonne führen.

Und das könnte dann vielleicht ganz neue Dimensionen eröffnen, zu neuen Ufern rufen, dorthin, wo die Wege noch nie begangen worden sind in meinem Leben – zu Krankheit, Alter und Einsamkeit.

Ich möchte wirklich mit dem Altwerden anfangen. Warum? Vielleicht weil es wieder etwas Neues in meinem Leben verspricht. Ich habe alle vorherigen Stufen so intensiv ausgekostet, daß sie nicht mehr viel Neues hergeben können. Das Alter ist es eine Erfahrung, die ich noch nicht kenne. Nein, ich kann nichts „abgeben".

Altern heißt für mich nicht Verminderung. Das ist kein Wert, den ich akzeptieren kann. Deshalb nicht, weil ich glaube, daß Glück, aber nicht Verminderung ins Leben einprogrammiert ist, daß also Minderung immer ein Anzeichen ist, daß wir eine Möglichkeit verpassen, indem wir hinter dem falschen Ziel herlaufen. Wenn also das Altwerden auf dem Programm steht (und daran ist nicht vorbeizukommen), dann soll es mit aller Intensität auch Altwerden sein. Denn wenn ich mich diesem Neuen nicht zuwende – wenn ich noch an all den Aufgaben der Zeit meiner Vollkraft festhalte und mich daran klammere, woher habe ich denn die Zeit und die Aufmerksamkeit, die neuen Erfahrungen auszukosten? Glück wird man nie erfahren, wenn man sich quer zum Leben legt. Glück ist nur erfahrbar im Ja: Gut, daß es dich gibt – Menschen, Erfahrungen, Lebensabschnitte –.

So aus „vollem Frauenalter" in den Tod – das habe ich mir früher einmal gewünscht. Heute denke ich anders. Da müssen Abschiede davor liegen – neue Wege nach innen sein, die ich noch nicht gegangen bin (und es hat mich immer gekratzt in Pakistan, wenn ich eine Straße in den Bergen oder der Wüste sah, die ich noch nicht gelaufen oder gefahren war!), also das sind auch noch „Straßen" im Leben, die eine neue Erfahrung zu vermitteln haben, die ich vorher noch nicht gekannt habe. Und ich will *alle* Erfahrungen ausgekostet haben. Einige werden beunruhigend sein und dunkel – und wie ich damit umgehen soll, weiß ich noch nicht. Mit körperlichen Einschränkungen zu leben ist in Asien vermutlich nicht so schwierig – unsere jungen Mitschwestern sind darauf eingestellt, daß alte Menschen körperliche Gebrechen haben, das ist alles so normal.

Schwerer werden mir geistige Einschränkungen fallen. Sie werden kommen, das weiß ich mit Sicherheit. Behinderung in „mich ausdrücken" – wird dann vielleicht eine Chance sein, tiefer zu gehen?

Das ist wohl eine sehr frühe Erfahrung in meinem Leben, daß Gott nie etwas nimmt, ohne etwas Schöneres anzubieten – an uns liegt es, herauszufinden, was es beinhaltet. Daher: Ein spontanes, jetzt wohl schon fest einprogrammiertes Ja – zu allem, so auch zum darin enthaltenen Abschied und der damit eröffneten Möglichkeit, diesen „freien Platz" mit einer neuen Erfahrung zu besetzen (einfach weil „Platz geworden" ist).

Trotz alledem – das letzte Wort wird Liebe sein

Die Erfahrung meines Lebens

Ein Weg mit vielen Kehren

In einem der kleinen UN-Flugzeuge von Pakistan nach Afghanistan. Wir fliegen in einer Sechssitzermaschine, von jungen amerikanischen Piloten geflogen, die sich in ihrer Heldenrolle gefallen. Beim Start in Islamabad wußte niemand, wie das Wetter werden würde. Und jetzt segeln wir wie ein Schwan auf einem stillen See, durch unendliche Bläue, weit über einer wildzerklüfteten feindlichen Bergwelt: Die Welt ist im Lot.

Es gab Flüge, da wußte ich nicht, wie ich mich auf dem Sitz festhalten sollte und ob sich das Flugzeug im nächsten Moment nicht überschlagen würde. Auf derselben Route, in der gleichen Maschine, mit genau der gleichen Mannschaft.

So ist mein Leben. Bisweilen schwierig und zuzeiten leicht. Ein Weg mit vielen Kehren. Meine Erfahrung sagt mir: Leben ist immer vielschichtig, bunt, widersprüchlich, unvorhersehbar und nie eindeutig. Ich reagiere allergisch, wenn mir jemand feste Antwort in den Mund zu legen versucht. Ich habe Phasen gehabt, da schien alles nur Licht. Zeiten, in denen ich dachte: Herrlich! Wie schön das Leben ist! Von der äußeren Bilanz her gesehen, scheint mein Leben in der Tat ungewöhnlich erfolgreich. Aber was heißt schon Erfolg? Und genausogut: Was heißt denn Niederlage? Wenn ich die Erfahrungen meines Lebens betrachte, kann ich sie nicht als Plus- oder Minuserfahrungen aufrechnen oder saldieren. Scheinbare Mißerfolge waren im Rückblick durchaus positiv oder haben positive Elemente enthalten.

Und es gab Erfolge, die sich später als banal herausstellten, die in meinem Leben und dem Leben anderer nichts geändert, nicht einmal Spuren hinterlassen haben.

Immer wieder habe ich Zeiten der Depression. Ob das Veranlagung ist? Reaktion auf Kindheitstraumen, auf Krieg und Ungeborgenheit? Ich weiß es nicht. Depression ist geballtes Leid. Ich kann mir schwer Belastenderes vorstellen.

Einmal, im Himalaya. Wir hatten einen erfolgreichen Einsatz hinter uns und kamen zurück. Stolz und beschwingt, den Bergwind noch in den Haaren. Wir halten noch einmal im Bazar, um die Fladenbrote fürs Abendessen zu kaufen. Ein Mann tritt an den Jeep, alt, verhärmt, und bietet Schnürsenkel zum Verkauf an. Ausgerechnet Schnürsenkel. Wo hier keiner Schnürschuhe trägt. Sein Kasten ist auch noch ganz voll, und es ist später Nachmittag ...

Eine halbe Stunde später fahren wir in die Außenstation ein. Das ganze Team steht zum Empfang bereit. Man hat bereits vom Erfolg unseres Einsatzes erfahren. Nein, ich entsinne mich nicht mehr auf das Tal, in dem wir drei Frühfälle, Kinder unseres Patienten, diagnostiziert haben und blauen Enzian und blaßrote Bergnelken gepflückt – ich sehe nur noch den alten Mann, der uns Schnürsenkel verkaufen wollte. Was wird er seinen Kindern sagen, wenn er heimkommt, heute abend, mit den nicht verkauften Schnürsenkeln?

Ich trinke noch eine Tasse Tee mit dem Team, höre von fern, wie sie sich ihre Abenteuergeschichten erzählen. „Ich bin müde", sage ich entschuldigend, „ihr habt doch nichts dagegen, wenn ich mich zurückziehe?"
Warum habe ich dem Mann nicht den ganzen Kasten abgekauft? Das wird mich über die nächsten Tage verfolgen.

Ich weiß nie, wann die Depressionen kommen und wann sie ausbleiben. Sie lassen sich auch nicht bestellen. Man ist nicht mehr fähig, auch nur zu hoffen, daß es etwas anderes geben könnte. Und trotzdem: Vielleicht ist die depressive Veranlagung ein nötiges Korrektiv gegen die Gefahr der Erfolgsverhaftung. Denn sich selbst zurückzunehmen ist gar nicht einfach. Ich sollte eigentlich froh sein, daß ich diese genetische Unsicherheit in mir habe.

Geschaffen für das Glück

Jemand hat mir einmal gesagt, der furchtbarste Satz sei für ihn: Am Ende ist das Leben vielleicht traurig. Ich halte trotzig daran fest: Der Sinn des Lebens ist das Glück. Der Mensch hat das Recht zum Glück. Es ist konstituierend für uns, Endziel und Schwerkraft des Lebens. Glück, das ist keineswegs die Grundstruktur der Welt. Trotzdem ist meine reale Erfahrung mit Menschen, daß wir zum Glück geschaffen sind. Ich weiß, daß das „andere", das, was „eigentlich" nicht sein soll, für die meisten von uns die Mehrzahl, die große Mehrzahl unserer geschichtlichen Erfahrungen bestimmt. Aber es ist ein Unterschied, ob ich 99 Prozent Unglück erfahre, aber weiß: Und ich bin *doch* zum Glück geboren. Selbst wenn ich das konkrete Leid in meiner Situation nicht mehr ertragen könnte und aussteigen würde, würde ich dadurch das Verlangen nach Glück nicht desavouieren. Im Gegenteil, ich würde in einem solchen Akt des Protestes mein Recht auf Glück geradezu einfordern. Wenn ein politischer Gefangener in einem Terrorregime vor der Folter steht und Suizid begeht, negiert er doch das Leben nicht, im Gegenteil. Er klagt es ein. Es ist etwas ganz anderes, wenn sich jemand tötet aus der Überzeugung: Der Mensch ist dem Unglück rettungslos verfallen. Zu protestieren, wo dem Glück zuwidergehandelt wird, das geht nur, wenn man vom Recht auf Glück überzeugt ist. Natürlich kann man auch daran glauben, daß alles pervers und absurd ist. Aber mir leuchtet nicht ein, daß mein Glücksverlangen letztlich illusorisch sein soll. Das wäre, wie wenn ein Fisch Kiemen hätte und nicht zum Schwimmen gedacht wäre oder ein Vogel mit Flügeln erschaffen sein sollte, die nicht zum Fliegen da sind.

Das ist eine Hoffnung, die nicht in der Gegenwart erfüllt wird; sie bezieht die Ewigkeit mit ein. Ewigkeit, Gott – das sind Worte, die per definitionem mit einem endlichen Verstand und mit menschlichen Denkkategorien nicht gedacht werden können. Aber: Wenn Gott nicht wirklich existierte: Wie hätte der Mensch dazu kommen können, den Vokativ zu erfinden, den er nicht denken kann? Warum leiden wir an der Endlichkeit unseres flüchtigen Lebens? Ich bin doch für Dauer gedacht. Warum ist dieses Leben so kurz? Warum bin ich in mein enges Bewußtsein eingesperrt? Das ist etwas außerhalb unserer biologischen Veranlagung.

Ewigkeit in diesem Leben

Der Ort, an dem wir Ewigkeit erfahren, ist dieses unser Leben. Auch wenn wir sie hier vor allem als Negativ, als brennende Sehnsucht, als Mangel erfahren. Aber wieso meinen wir denn, daß uns die Ewigkeit zustände? Wieso denkt der Mensch von sich so groß, ohne daß er je den realen Erweis dafür erbracht hätte, daß er wirklich so groß ist? Wie sollte der Begriff der Ewigkeit in die Existenz des Menschen eingedrungen sein, wenn er nicht auf diese Wirklichkeit hin geschaffen wäre? Der Existentialismus hat das gleiche Argument umgekehrt als Beweis für den Unsinn des Ganzen verwandt: Wieso denken wir, die wir nicht einmal fliegen können, wir seien unsterblich? Aber daß eine ganze Spezies sich so pervers entwickelt und trotzdem überlebt, eine Spezies, die sich aus ihrem biologischen Lebensraum herausentwickelt hat, kann ich als Naturwissenschaftlerin nicht akzeptieren. Atheismus ist für mich keine logische Möglichkeit.

Vielleicht sind positive Erfahrungen nicht alltäglich. Aber das Gegenteil kann man nicht ableugnen. Jeder hat es schon einmal empfunden, das Gefühl: „Mir ist Unrecht widerfahren." Wenn ich nicht kostbar wäre, wenn es auf mich nicht ankäme und ich nur amorpher Teil einer ungestalten evolutiven Sozialmasse wäre, was könnten dann „Recht“ und „Unrecht“ bedeuten? Auf mich bezogen?

Die Grundsünde sei, nicht der sein zu wollen, der man ist, hat Kierkegaard gesagt. Er schließt mit dieser These keineswegs aus, daß sich jemand seine Träume oder seinen Hunger nach der Ewigkeit abgewöhnen kann oder daß es schlechthin auch religiöse Atrophien gibt: Auch geistige Organe schrumpfen, wenn sie nicht gebraucht werden. Und sicherlich ist die religiöse Begabtheit unterschiedlich intensiv. Natürlich ist der Mensch auch Produkt der Evolution. Aber wenn jemand mit der Überzeugung auskommt, daß er sich vom Tierreich nicht grundsätzlich unterscheidet, zeugt das wohl nicht gerade von geistiger Vitalität. Denn daß ein gesunder Mensch nicht hungert nach dem, was „über uns hinaus“ ist, das vermag ich nicht zu glauben. Daß es einem guttut, wenn man mit Namen angesprochen wird – das unterscheidet Christen nicht von Atheisten und Kommunisten.

Trotzdem – Leid ist nicht das letzte Wort

Und trotzdem bleibt das Leid: oftmals überwältigend. Manchmal kann man etwas dagegen tun. Keineswegs immer. Wir haben uns in Pakistan erfolgreich bemüht, konkretes Leiden, das mit der Krankheit Lepra verbunden ist, zu lindern. Das Netz ist dicht, in dem wir dieses Leiden auffangen. Aber meine Berufserfahrung deckt sich auch keineswegs mit meiner Leiderfahrung. Lepra ist ausheilbar, wenn man sie rechtzeitig entdeckt. Wirkliches Leid ist etwas ganz anderes, etwas Umfassenderes als Krankheit, die man therapieren kann.

Kumari, 28 Jahre, keine Hoffnung, je ein eigenes Kind in ihren Armen zu halten – in keiner Familie akzeptiert, sie wird ihr Leben lang im Behindertenheim bleiben müssen.

Nasiba, der wir sechs Jahre ihr restliches Augenlicht haben erhalten können und die sich schon jenseits der Gefahr glaubte, und nun doch erblindet ist, 36 Jahre, sie hat kein Gefühl mehr in den Händen, keine Angehörigen. Wer wird sie ein Leben lang pflegen? Sie kann nicht einmal den Löffel erfühlen ...

Amina, deren Sohn in einer Terroristengruppe mordet, „und der Junge war so ein zärtliches Kind" ...

Mutabar, dessen Sohn in der Drogenszene gelandet ist, und er war sein einziger, und er hatte gehofft, daß er die Eltern in ihrem Alter unterstütze ...

Leid – das ist alles Böse und Schreckliche, das ganze Leben ist davon durchtränkt. Wie damit umgehen?

Die Bettlerkinder, die über die abgenagten Hühnerknochen herfallen, die der Besitzer der Straßen-Gaststätte mit dem Müll auf die Straße kippt ...

Wie damit umgehen?

Es wahrnehmen. Es nicht verdrängen. Den Mut haben, es an sich herankommen zu lassen. Sich weh tun zu lassen. Das Erinnern zulassen. Zu unseren ungeweinten Tränen stehen.

Trotzdem: Leid ist nicht alles im Leben, es hat nicht das letzte Wort. Das letzte Wort wird Liebe sein. Ich sage das vor dem Hintergrund eines Lebens, das aufgrund der Wahrnehmung meines Berufs stark in der Gefahr steht, Leben mit Leid zu identifizieren. Meine Aussage ist eine trotzige Aussage, eine Aussage der Hoffnung. Hoffnung ist nie naiv, sie fordert Konsequenz. Sie hat Aufforderungscharakter. Man muß und man kann etwas *tun*. Hoffen, allen Fakten zum Trotz, das heißt: auf etwas intensiv warten, obwohl es nicht greifbar ist, obwohl man dessen keineswegs sicher sein kann, worauf man hofft. Für „normale" Hoffnung ist der gute Ausgang wahrscheinlich. Trotzige Hoffnung läßt nicht locker und besteht auf dem guten Ausgang, auch gegen alle Wahrscheinlichkeiten. Die äußeren Tatsachen, der Augenschein, der Ausgangspunkt – sie sind dieselben. Nicht gleich sind aber das dahinterstehende Lebensgefühl und die Überzeugung: daß die Sonne hinter den Wolken durchdringen muß, und wenn sie nicht durchdringt, daß sie da ist, auch wenn man sie nicht sieht. Widerstand, wenn er nicht von Liebe getragen ist und in Hoffnung einmündet, läßt sich nicht aufrechterhalten. Wo sollte die Kraft zum Durchhalten denn herkommen, wenn man sich von der Kraftquelle abkoppelt?

Wir haben die Wahl

Woher ich den Mut zu solcher Hoffnung nehme? Das fragen mich viele. Ich frage dagegen: Was bleibt denn anderes übrig? Das ist heute nicht anders als vor vierzig Jahren. Im Grunde wiederholen sich die Themen unseres Lebens. Bei mir ist es jene Alternative, die sich durch mein ganzes Leben durchzog: Selbstmord – oder dennoch ja zum Leben sagen. Ich habe mich für das Leben entschieden. Die Zuversicht hat sich als tragfähig erwiesen, bis heute. Ich kann es nicht verneinen, auch in den Momenten nicht, in denen ich unter der dunklen Wolke bin: daß es sich *lohnt*.

Gleichgültigkeit ist eine Gefahr für uns alle. Damit leugne ich nicht die Notwendigkeit der Distanzierung, die wir alle bisweilen zum Überleben brauchen. Eine Frage, die sich uns im Projekt immer wieder stellt. Wieviel Empathie kann man sich leisten? Ich halte Empathie für das allerwichtigste. Aber ich weiß auch, daß es mich in Entscheidungen, gerade als Ärztin, lähmt, wenn ich sie mir im falschen Moment leiste. Wieviel Leid kann ich ertragen? Wir sind nicht dazu verdammt, die Welt zu erlösen, indem wir alle Marter durchleiden. Ich kann mich nicht in die Lage dieser Mutter versetzen, deren Kinder auf brutale Weise in Karachi umgebracht werden. Das würde mich in den Wahnsinn treiben. Elie Wiesel sagt: „Du hast die Wahl." Entscheide dich für den Wahnsinn. Dann kannst du dir Empathie uferlos leisten. Oder entscheide dich für das Erinnern. Dann wirst du zumindest deine Sprache behalten, um deine Erinnerung dem anderen weiterzugeben.

Erinnern ist eine aktive Tugend gegen die Gleichgültigkeit. Wahnsinn wäre in letzter Konsequenz doch ein Aussteigen. Man löst so vielleicht das Problem für sich selber. Wenn man aber versucht, die anderen an das Problem zu erinnern, dann ist das ein sozialer Dienst, eben eine Tugend.

Tugend meint etwas Selbstverständliches. Es gibt Dinge, die muß man einfach tun, ohne langes Nachdenken, ohne komplizierte Beweisketten. Sie sind klar, so wie man bestimmte Sterne nur sieht, wenn man sich nicht nach ihnen umdreht und sie fixiert. Das hängt mit unserer Fähigkeit zusammen, gewisse Strahlen nur auf einer bestimmten Seite der Netzhaut zu empfangen. Es gibt Dinge, die, wenn man sie fixiert und fragt, wieso und warum, nicht mehr klar erkennbar sind. Es gibt Situationen, in denen selbstverständlich klar ist – im Westen wie im Osten: Das ist recht, und das ist unrecht: Man läßt jemanden in Gefahr nicht allein. Man hilft, wenn jemand in Not ist. Das ist in Afghanistan genauso evident wie hierzulande.

Und was wir in Pakistan tun, ist kein außergewöhnliches Abenteuer, sondern etwas, was in jedem Leben, bei einem Single, bei einer alleinerziehenden Mutter, in einer Ehe, genauso gelebt werden kann: Sich berühren lassen. Anderen zur Entfaltung verhelfen. Die natürliche Neigung zum Glück unterstützen. Nicht aussteigen, wenn es schwierig wird. Das gilt im großen wie im kleinen. Jeder einzelne ist gefragt: „Tausend Leute sagen, was kann ein einzelner denn tun?“ Ein Autoaufkleber, den ich nie vergessen habe.

Heraus aus dieser Endlichkeit

Vielleicht sind solche Tugenden auch ein Weg zu einem guten Tod. Wenn ich einen Weg gehe, habe ich doch das Ziel vor Augen, auf das alles zuläuft. Es ist bislang jeder gestorben. Daß auch ich alt werde und sterbe, ist die einzige feststehende Tatsache in der Welt für mich. Daß sie in meinem Leben keine Rolle spielen sollte, daß ich mich gar davor drücken sollte, wäre mir einfach zu dumm. Man wird geboren, und man stirbt. Daß ich ausfallen werde, kann ich mit meinem Team ganz offen besprechen. „Was macht ihr, wenn ich tot bin?" – dieser Satz ist kein Tabu.

Sterben, auch schon älterwerden, beinhaltet Abnehmen. Das gehört nicht zu den Werten, die von einer auf Leistung bedachten Gesellschaft gefördert werden. Die Verminderung der Kräfte, der intellektuellen Möglichkeiten, des gesellschaftlichen Einflusses, alles, was mit dem Alter zusammenhängt und dann im Tod kulminiert, in der totalen Rückgabe der Selbstbestimmung von allem – das widerspricht dem gültigen Lebensgefühl und wird tabuisiert.

Ich wollte schon deshalb nicht mehr nach Deutschland zurückkommen, weil ich in Pakistan ein viel normaleres Alter leben kann. Drüben würde doch keiner zu mir sagen, wenn er ein Kompliment machen will: „Verzeihen Sie, aber so jung sind Sie." Natürlich bin ich alt. Was ist denn daran verkehrt? Als ob ich nicht das Recht hätte, jetzt alt zu sein. Und ich kann selbstverständlich von den Mitarbeitern erwarten, daß sie mir im Außendiensteinsatz nicht mehr den Gipfel des Berges zumuten, auch wenn ich es früher nicht darunter gemacht hätte. Es ist klar, daß ich die den Straßen naheliegenden Berghöfe kriege. Weder würde ich sagen, das ist schrecklich, daß ich nun alt werde, noch würde irgend jemand anders sagen, wie schrecklich, daß die Frau jetzt alt geworden ist. Das ist eben so.

Die Dichterin Marie Luise Kaschnitz hat auf ihrem Grabstein in Bollschweil stehen: „Wohl denen, die gelebt, eh sie starben." Die Kunst zu sterben, von der viele heute sprechen, hängt zusammen mit der Kunst zu leben, mit der Liebe.

Der Tod ist etwas Normales. So schön ich das Leben finde – der Himmel verhüte, daß ich nochmals 25 Jahre leben muß.

Irgendwann möchte ich aus dieser Endlichkeit heraus, sogar bald. Vom Tod erwarte ich die eigentliche Erfüllung dessen, was ich mein Leben lang ersehnt habe: das Glück mitzuerleben, wie meine Endlichkeit auseinanderbricht.

Und das letzte Wort wird Liebe sein.

Auch wenn meine Erfahrung tausendfach dagegen spricht. Meine Hoffnung weiß – weiß?, ja: *weiß* es: Das letzte Wort wird Liebe sein.

Auf dem Rückflug

An Bord der Lufthansa-Maschine auf dem Rückflug nach Karachi. Zum erstenmal wieder eine pakistanische Zeitung in der Hand: die *News* liegt auf. Der Präsident ruft Allah an, Karachi den Frieden zu geben (der Börsenkurs hat sich akut verschlechtert. Das ist kritisch für die Wirtschaft). Streik in Karachi. Sieben Terrortote, drei hat man offensichtlich schwer gefoltert, ehe sie erschossen wurden.

Die Stewardeß verteilt bunte Broschüren: das Unterhaltungsprogramm der Lufthansa. Wir werden informiert, daß wir dank der neuen Kommunikationstechniken jetzt das Bord-Telefon benutzen könnten. Zehn Dollar pro angebrochene Minute. Benutzung der Handys bei Abflug und Landung verboten.

In der Außenstation Lyari lehnten wir den Antrag von Zarina auf monatliche Unterstützung von Rupien 500,– (12 Dollar) ab. Eine Minute Bordtelefon. Wir wollen sie nicht zur Bettlerin machen. Ihr Mann hat sie verlassen, drei Kinder, was sie tun solle? Arbeiten. Wo? Wie haben Sie bis jetzt überlebt? Das Bild geht mir nicht aus dem Kopf. Wie die junge verhärmte Frau in ihrer schwarzen Burka schweigend den Raum verläßt.

In Speyer muß der Glockenturm des Domes für 30 Millionen restauriert werden. Kulturgut.

Für DM 50,– kann man einen Leprapatienten ausheilen. Wir haben den Weltdurchschnittswert errechnet. Ein Frühfall kommt uns billiger. Im späteren Stadium wird Wiederherstellungschirurgie benötigt. Die DM 50,– schließen die Kosten des Krankenhausaufenthaltes ein. Der Tagessatz der deutschen Krankenhäuser liegt zwischen DM 350,– und 540,–.

10 100 Meter über Wien, 910 Kilometer Stundengeschwindigkeit. Es gibt keine Brücke zwischen uns und euch. Alles, was ich in den letzten fünf Wochen getan habe, war der hilflose Versuch, das Unmögliche möglich zu machen und eine Sprache zu finden, die den Abgrund überbrückt. Aber das Wesentliche blieb ungesagt. Die ungeweinten Tränen stehen dazwischen – meine eigenen, die der anderen ...

Und doch: wir können nicht mehr ohne einander. Wir brauchen euch, um im Dennoch auszuhalten, auch im Chaos noch etwas Konstruktives zu tun. Ihr gebt uns die finanzielle Möglichkeit dazu. Und ihr braucht uns, weil ihr es auch nicht aushalten könntet, daß nichts geschieht – nicht ertragen könntet, wenn heute noch ein sechsjähriges Mädchen für tot erklärt würde, nur weil es an Lepra erkrankt ist ...

1955 – seit nunmehr acht Jahren wird das neue erfolgreiche Lepramedikament DDS in den USA angewandt. In Pakistan ist die Krankheit noch immer unheilbar. Noch immer verlassen Menschen nachts heimlich ihre Familien, um in dem Aussätzigen-Ghetto in Karachi, hinter dem Bahnhof, unterzutauchen – dort, wohin sich nie ein Gesunder verirrt. Oder sie werden aus dem Dorf getrieben und finden schließlich in diesem Aussätzigen-Ghetto, dieser Kloake Karachis, eine letzte Bleibe, von der sie niemand mehr vertreibt.

1956 geraten zwei Ordensfrauen zufällig in dieses Aussätzigenlager. Und können das Grauen des Ortes nicht mehr aus ihren Gedanken bannen. Sie kommen zurück – verbinden Wunden – versuchen, die Krankheit mit einem bei der Tuberkulose eingesetzten Präparat zu lindern – bemühen sich, dem einen oder anderen der gesunden Kinder, die im Lager aufwachsen, einen Platz in einem Waisenhaus zu vermitteln – und schreiben schließlich an die Ordensleitung: Sie brauchten eine Ärztin, dringend eine Ärztin, ob es nicht möglich wäre, ihnen eine Mitschwester zu schicken?

1960. Das Aussätzigen-Ghetto ist auf 800 Familien angewachsen, Menschen, die sich ohne Hoffnung auf Linderung hier zusammendrängen. Menschen? Nicht daß ihnen Rechte als Menschen zugestanden würden. Die „Siedlung" hat kein Wasser, keine sanitären Anlagen, keine Elektrizität – und keine Hoffnung. Dumpfe Ergebung in ein übermächtiges Schicksal. Die kärgliche Nahrung wird erbettelt. Manchmal rührt sich noch eine kurze, rasch erlöschende Leidenschaft; dann, wenn eine Frau, von der Krankheit gezeichnet, aus blanker Not in diesem Lager Zuflucht sucht. –

Hier, in einem aus alten Kistenbrettern zusammengenagelten Verschlag, beginnt 1960 mit der Ankunft einer deutschen Ärztin die Lepraarbeit, keimt Hoffnung auf Zukunft.

1996: Nachdem das Lepravorkommen in allen Provinzen Pakistans unter die Gefahrenschwelle gesenkt worden ist, unter der sich die Krankheit nicht mehr als Seuche ausbreiten kann, stehen jetzt auch die Zeichen in Karachi auf Erfolg – trotz des Bürgerkrieges, der in dieser Riesenstadt, diesem Moloch von 13 Millionen, wütet. Das Land ist in enger Zusammenarbeit von Regierung und freiwilligen Hilfsorganisationen mit einem Netz von 159 Lepra-Bekämpfungsstationen überzogen, über 43000 Patienten sind erfaßt, 40000 ausgeheilt. Drei Leprakrankenhäuser mit rund 400 Betten, ein staatlich anerkanntes Ausbildungsinstitut für Lepra-Fachkräfte, Wiederherstellungschirurgie, Datenbank, Rehabilitationsdienste – das Leprateam feiert die Frucht seiner Mühen.

Wodurch ist dieses Wunder erblüht? Wie hat sich eine Handvoll Freiwilliger gegen Spott und Widerstand, Gleichgültigkeit und Not durchsetzen können?

Es gibt so viele Geschichten im Werden dieser Arbeit, und eine, vielleicht die wichtigste, ist die Geschichte zwischen Marie Adelaide Leprosy Centre und dem Deutschen Aussätzigen-Hilfswerk. Begonnen haben sie mit ihrer Arbeit im gleichen Jahre, aber kennenlernen sollten sie sich erst 1963. Als ein Bild-Reporter eine reißerische Reportage schrieb und das Deutsche Aussätzigen-Hilfswerk darauf reagierte: wie es denn möglich sei, daß eine deutsche Ärztin für die Aussätzigen arbeitete und das DAHW wüßte nichts davon? – und die Antwort darauf lautete: Und wie es denn möglich sei, daß sich eine deutsche Ärztin um die Aussätzigen mühe und nicht wüßte, daß ein DAHW existiere?

In den nächsten 36 Jahren flossen 40 Millionen DM nach Pakistan und halfen, die Gefahr der Lepra im Lande zu bannen. Aber die Menschen, das Land vom Fluche der Lepra zu befreien, nein, das haben wir noch nicht erreicht. Der Kampf ist nicht endgültig gewonnen.

Wir müssen weitermachen. Müssen für jene knapp 30000 vorsorgen, die schon die Krankheit in sich tragen und in den nächsten zehn, zwanzig Jahren die ersten Symptome entwickeln werden. Müssen unseren „geheilten" Patienten nahe sein, damit sie den Weg zurück ins Leben finden, müssen Behindertendienste aufbauen und helfen, Kindheitstraumen aufzuarbeiten, müssen Existenzgrundlagen schaffen.

Und schon keimt eine neue Hoffnung in Dörfern, Weilern und Slumvierteln: daß das Leprateam für Tuberkulosekranke dasselbe tun wird, was es für Leprakranke getan hat.

Wenn wir die Front jetzt abbauen – was wird das Schicksal dieser Menschen sein?

Anders Leben

Lisa Engbers
Tagebuch einer Pennerin
Band 4526

Mit 20 an der Uni. Mit 30 auf der Straße. Die spanndende Geschichte einer Frau, die nicht aufgibt, trotz allem.

Barbara Krause
Das Glück ist eine Insel
Irische Reise
Band 4524

Eine Frau erfüllt sich eine Lebenssehnsucht. Per Fahrrad erkundet sie die rauhe und verzauberte irische „Anderswelt".

Herma Kennel
Es gibt Dinge, die muß man einfach tun
Der Widerstand des jungen Radu Filipescu
Band 4446

Eine wahre Geschichte über das Abenteuer der Zivilcourage – spannender als jeder Krimi.

Ruth Pfau
Verrückter kann man gar nicht leben
Ärztin, Nonne, Powerfrau
Band 4436

Illegal im Afghanisthan-Krieg. Allein auf Himalaya-Pfaden. Zupackend im Elend der Städte. Eine atemberaubend starke Frau, die vor den Mauern der Not nicht haltmacht.

Ursula Spuler-Stegemann
Allah und die Deutschen
Türkische Muslime unter uns
Band 4419

Spektakulär: Die Ausrufung des Islamstaates Türkei in Köln. Wer Kultur, Mentalität und Verhalten eines großen Bevölkerungsanteiles hierzulande verstehen will, braucht dieses Buch.

HERDER / SPEKTRUM

Hanspeter Oschwald
Abbé Pierre
Herausforderung für die Etablierten
Band 4415

Vom jungen Kämpfer der Résistance zum sozialen Gewissen der Nation – Abbé Pierres Kampf für die Schwachen, die Obdachlosen, die Randgruppen zeigt, wie einfach es sein kann, die drängenden Probleme zu lösen

Evelyn Friedlander
Ich will nach Hause, aber ich war noch nie da
Eine jüdische Frau sucht ihr verborgenes Erbe
Band 4410

Eine Powerfrau erzählt: ehrlich, temperamentvoll und voll Witz. Ein packendes Dokument deutscher Wirklichkeit.

Mutter Teresa
Zeiten der Barmherzigkeit
Hrsg. von L. Höhren-Seeber
Band 4373

„Lasse nie zu, daß du jemandem begegnest, der nach der Begegnung mit dir nicht glücklicher ist" (Mutter Teresa).

Jean-Bertrand Aristide
Laßt mich meine Geschichte erzählen
Mein Leben für Haiti
Mit einem Vorwort von Jean Ziegler.
Band 4352

„Pe Titid" erzählt seine Geschichte: Die Entwicklung vom Priester einer befreiungstheologischen Basisgemeinde zum Präsidenten.

Anna Grimshaw
Ich hörte auf den Klang der Stille
Unter den Dienerinnen Buddhas in Ladakh
Band 4333

Eine Europäerin erliegt dem Reiz eines einfachen, unverfälschten Lebens: Ein Winter bei den Nonnen in Ladakh – ein Stück tibetischer Alltag und eine spirituelle Grunderfahrung.

HERDER / SPEKTRUM

Martin Luther King
Mein Traum vom Ende des Hassens
Texte für heute
Band 4318

Die wesentlichen Texte Kings, die seinen hoffnungsvollen Traum begründen.

Sonja Auras
Ich bin Ärztin und HIV-positiv
Eine junge Frau kämpft gegen Ausgrenzung und mächtige Interessen
Band 4280

Eine junge Ärztin infiziert sich in ihrem Beruf mit der tödlichen Krankheit. Es beginnt ein mutiger Kampf gegen die gesellschaftliche Ausgrenzung und das persönliche Schicksal.

Gerhild Tieger
Wo die Uhren anders ticken
Geschichten vom Aussteigerleben in Irland
Band 4228

Einfach aussteigen? Gerhild Tieger hat's gewagt. Augenzwinkernd holt sie so manchen romantischen Outdoor-Traum auf den Boden irischer Tatsachen zurück.

Dorothee Sölle/Fulbert Steffensky
Wider den Luxus der Hoffnungslosigkeit
Band 4257

Welchen Wert haben Visionen von einem anderen Leben, wenn alle Kreativität in Sachzwängen unterzugehen droht? Zukunftsentwürfe wider die Resignation.

Fridolin Stier
Vielleicht ist irgendwo Tag
Die Aufzeichnungen und Erfahrungen eines großen Denkers
Band 4234

Erfahrungen an der Grenze des Lebens. Von der philosophischen Reflexion bis zum Gedicht. Ein Buch über Krisen, Auflehnung und niemals aufgegebene Hoffnung.

HERDER / SPEKTRUM

Ina und Peter Heine
O ihr Musliminnen...
Frauen in islamischen Gesellschaften
Band 4217

Frauen zwischen religiösem Ideal, rechtlicher Einengung und sozialer Realität – ein fundiertes, plastisches Portrait.

Tisa von der Schulenburg
Ich hab's gewagt
Bildhauerin und Ordensfrau – ein unkonventionelles Leben
Band 4169

Das abenteuerliche Leben einer ungewöhnlichen Frau: Tisa von der Schulenburg erzählt, wie sie die Freiheit fand, die sie immer gesucht hat.

Philomena Franz
Zwischen Liebe und Haß
Ein Zigeunerleben
Mit einem Nachwort von Reinhold Lehmann und einem Beitrag von Wolfgang Benz
Band 4088

Philomena Franz wurde als Sintifrau nach Auschwitz verschleppt – und doch: „Sie spricht, als trüge sie ein Gedicht vor" (Süddeutsche Zeitung)

Daniil Granin
Die verlorene Barmherzigkeit
Eine russische Erfahrung
Band 4043

Der große russische Dichter erzählt von der Not Rußlands und von seiner Initiative, dem „Werk der Barmherzigkeit".

Elie Wiesel
Den Frieden feiern
Mit einer Vorrede von Václav Havel
Band 4019

„Wir kennen den Preis, den man für Kriege bezahlt. Welchen Preis darf man für den Frieden bezahlen?" (Elie Wiesel).

HERDER / SPEKTRUM